Ton ARROGANCE Mon INSOLENCE

NATHALIE CHARLIER

Ton ARROGANCE *Mon* INSOLENCE

roman

&

HARPERCOLLINS FRANCE

83-85, boulevard Vincent-Auriol, 75646 PARIS CEDEX 13.
Service Lectrices — Tél. : 01 45 82 47 47

www.harlequin.fr

ISBN 978-2-2804-1091-5

« L'intelligence n'est pas une chose sérieuse,
et ne l'a jamais été.
C'est un instrument dont on joue,
voilà tout. »

Oscar Wilde

Playlist ♫

Comme pour beaucoup d'auteurs, la musique occupe une part importante quand j'écris. Voici les morceaux qui ont accompagné la rédaction de ce roman et m'ont aidée à imaginer l'histoire d'Ella et Nathan. Cette playlist est consultable sur Deezer, sous le titre du roman.

Busy P — *Genie*
London Grammar — *Wasting My Young Years*
Ed Sheeran — *Shape of You*
Adele — *Set Fire to the Rain*
DJ Khaled/Rihanna — *Wild Thoughts*
Justin Nozuka — *After Tonight*
Lost Frequencies — *Here With You*
Feder — *Back For More*
Nolwenn Leroy — *Une femme cachée*
Nickelback — *How You Remind Me*
Arizona — *I Was Wrong*
Seal — *Love Don't Live Here Anymore*
Alex Hepburn — *Under*
Bill Withers — *Ain't No Sunshine*
Tears For Fears — *Mad World*

1

Ella

— Oh ! Allez ! Merde, Ella, tu as vingt-trois ans, pas cinquante. Tu es jeune, belle, et tu viens de terminer ta spécialisation en chirurgie. On peut au moins fêter ça, quand même !

J'observe ma sœur jumelle avec affection. Mickaëlla, surnommée Mika, est également ma colocataire. Nous sommes très dissemblables, aussi bien physiquement que du point de vue de nos personnalités. Elle est extravertie et je suis introvertie. Elle rit toujours, quand j'arbore une mine sérieuse en permanence. Elle est blonde comme les blés avec une peau hâlée et de grands yeux sombres, alors que je suis châtain avec le regard bleu de notre mère. Même nos silhouettes sont différentes, puisque ma frangine est tout en courbes appétissantes, tandis que je suis très mince et beaucoup moins féminine. Malgré cela, notre complicité est extraordinaire, comme seule peut l'être celle de jumelles.

— Je comptais me poser devant la télé ce soir et

préparer les cours pour l'année prochaine dès demain. Je te signale que je n'ai pas encore terminé mon cursus. Il me reste une année pour achever ma spécialité.

— Quelle idée d'avoir choisi des études aussi longues et fastidieuses ! Moi, j'ai fini depuis un an et j'ai déjà un super job.

— Mais je bosse tout autant. Je te rappelle que je suis habilitée à effectuer les opérations simples depuis l'an dernier. Alors, tu peux dire ce que tu veux, mais je travaille, et pas qu'un peu.

— Ne te fâche pas, Ella, murmure-t-elle en s'asseyant près de moi sur le canapé et en prenant ma main. Ce que j'essaie de t'expliquer, c'est que depuis des années tu passes tout ton temps le nez plongé dans tes bouquins.

Décidée à faire valoir mon point de vue, je l'interromps d'une voix douce.

— C'est le prix à payer pour exercer le métier que j'aime.

— Mouais ! Dis surtout que c'est notre cher père qui exige que tu sois chirurgienne. Toi, si mes souvenirs sont bons, tu te voyais obstétricienne.

— Mika, je t'assure que tu te trompes. C'est vraiment ce que je désire faire.

— Si tu le dis… En attendant, pour en revenir à tes activités extra-universitaires, elles se réduisent au zéro pointé.

— Mais non ! Je vais au squash tous les dimanches matin.

— Avec papa ! Tu parles d'une sortie ! Qu'as-tu fait de fou ces derniers mois ?

Je réfléchis un instant avant de baisser la tête, dépitée. Elle a raison, je le sais bien. Depuis que je suis entrée en fac de médecine, il y a dix ans, je n'ai rien fait d'autre que bosser, bosser et bosser encore. Je n'essaie même pas de lui expliquer que j'aime étudier, que je ne me sens jamais aussi bien que quand je suis submergée de travail. Elle ne comprendrait pas. Mika adore faire la fête, alors que ce n'est pas du tout mon truc.

— Viens avec moi ce soir, insiste-t-elle une fois de plus.

Avec un petit sourire narquois aux lèvres, je lui demande :

— Et où comptes-tu m'emmener ?

Elle me fait un clin d'œil, pas dupe. Elle a parfaitement saisi que je cherche à détourner la conversation. C'est habituellement ainsi que je procède quand une discussion me dérange ou me met mal à l'aise. Or, évoquer ma vie personnelle aussi désertique que le Sahara, oui, ça me gêne. Je n'ai pas besoin de m'entendre dire que je n'ai aucune vie sociale, je ne le sais que trop.

— Au Showcase. J'ai rencontré un super mec ! s'enthousiasme ma sœur avec des étoiles plein les yeux. Il sera là et j'espère conclure ce soir.

Ben voyons ! J'aurais dû me douter qu'il y avait un homme là-dessous. Avec Mika, il y en a toujours un…

— Ah bon ?

— Il s'appelle Enrique. Il est attaquant au PSG.

Pourquoi ne suis-je pas étonnée ? Ma frangine, journaliste de profession, s'est spécialisée dans la rubrique sportive, juste pour pouvoir côtoyer des mâles appétissants. Enfin, c'est ce qu'elle dit toujours pour plaisanter. En réalité, elle fait formidablement bien son job. Au point qu'elle vient d'être recrutée par une chaîne d'information en continu.

— Un footballeur ? Mince, Mika, tu aurais pu choisir autre chose quand même ! Ces mecs ont des QI d'huître ! *C'est nous les joueurs qu'on court vite derrière le ballon*, je mime d'une voix grave avec l'air complètement abruti.

— Oh, ça va ! Tout le monde ne peut pas être un cerveau dans ton genre. Tu crois que c'est donné à n'importe qui de passer son bac à treize ans et d'avoir vingt de moyenne ?

Cette conversation, nous l'avons déjà eue des dizaines de fois. Et c'est sans fin ! Oui, je suis surdouée, mais je n'ai pas choisi de l'être. Je suis née ainsi et il a bien fallu que je m'en accommode. L'avantage, quand on a des parents attentifs comme les nôtres, c'est qu'ils ont repéré le fait que je savais lire couramment lorsque j'avais trois ans. Ils m'ont alors inscrite dans une école spécialisée où j'ai pu m'épanouir totalement. Trop d'enfants précoces se déscolarisent et ne s'intègrent pas à la société, j'en ai conscience. J'ai eu la chance d'avoir évolué dans les meilleures conditions et de pouvoir faire de grandes études. Cela dit, c'était un peu la seule option : dans ma famille, on ne jure que par les diplômes. Plus on va loin dans son cursus, plus mon père nous tient en haute estime. Mika s'en fiche, mais pas moi. J'ai toujours été comme ça, à rechercher son approbation, à ne jamais vouloir le contrarier, quitte pour cela à le laisser me dicter mes choix, même si je ne l'admettrai jamais devant ma jumelle.

— Il y aura tous ses potes ! Tu trouveras bien quelqu'un avec qui passer un bon moment, non ?

Elle remue les sourcils de manière suggestive. Comme si j'avais envie de me taper un type qui a l'air plus stupide qu'un bulot.

— Non, merci. J'aurais trop peur qu'il ouvre la bouche pour parler, fais-je remarquer avec ironie.

— Arrête, ce ne sont pas tous des crétins finis. Tu ne devrais pas t'arrêter à ce genre de considération. Et puis, je te rappelle que ce n'est pas l'intelligence qu'on baise.

— Mais je n'ai l'intention de baiser avec personne ! Pour ces mecs, la monogamie est une maladie sexuellement transmissible. Je te jure, quand j'en entends un en interview à la télévision, j'ai juste pitié. De toute façon, je ne suis pas une adepte des coups d'un soir et ce n'est pas aujourd'hui que ça changera, footballeur ou pas.

— Dans la mesure où personne ne t'a sautée depuis trois ans, je ne sais pas de qui il faut avoir le plus pitié.

Agacée par l'ironie contenue dans sa voix, je la fusille du regard.

— Ça, c'est un coup bas !

— Non, c'est la vérité. Écoute, j'ignore si ça donnera quelque chose avec Enrique, mais j'ai envie d'essayer. Et puis, le fait de pouvoir les rencontrer me permet d'étoffer mon carnet d'adresses et c'est important pour mon job. Tu peux le comprendre, ça ?

— Tu aurais mieux fait de devenir journaliste politique, comme le souhaitait notre père. Tu ne serais pas en contact avec une quantité pharaonique de testostérone et tu ne passerais pas tout ton temps à ne penser qu'à une chose : t'envoyer en l'air.

— Je me fiche de ce que papa veut. Je fais ce qui me plaît.

Par ces mots, elle ne fait que souligner ma propre docilité. Aussi, vaguement contrariée, je ne peux m'empêcher d'ironiser, un brin acide :

— Tu es une rebelle, toi !

— Absolument, acquiesce-t-elle avec un sourire suffisant. Bon alors, tu viens ?

Je m'apprête à répliquer qu'elle ne me laisse pas vraiment la possibilité de refuser, quand soudain je suis prise d'un doute.

— Dis, tu es certaine que c'est pour retrouver ce type que tu tiens à tout prix à te rendre dans cette discothèque ?

Un silence un peu trop long précède sa réponse. Mon intuition se confirme, il y a autre chose…

— Bien sûr, rétorque-t-elle avec trop de nonchalance pour être tout à fait honnête.

C'est que je connais ma sœur par cœur. Elle ne perd jamais l'essentiel de vue, même quand la bagatelle entre en ligne de compte.

— Menteuse. Vas-y, crache le morceau !

— Je ne vois pas du tout de quoi tu parles.

— À d'autres ! Ce joueur aurait aussi bien pu t'emmener dîner. D'ailleurs, c'est comme ça que tu procèdes d'habitude. Alors ?

Mika soupire longuement, mais, face à mon regard sceptique, elle finit par avouer.

— Eh bien, il y aura Nathan Leray à cette soirée.

— Et ? C'est qui, d'abord ?

— Ella ! T'es chiante, à ne jamais être au courant de rien !

— Eh, la spécialiste sportive, c'est toi, pas moi. Est-ce que je te soûle avec des péritonites, des œdèmes sous-duraux et des angioplasties ?

— D'accord. Nath Leray est une recrue récente du PSG. Un attaquant de génie, le nouveau Zlatan. Il vient de Lille et, en trois matchs, il a déjà marqué quatre buts. C'est le transfert de l'année.

— Et ?

— Et il ne donne jamais d'interview.

— Tiens donc… Et pourquoi ? Il n'en est pas encore au stade du langage articulé ?

— Moque-toi ! Non, c'est juste qu'il a sorti une boulette un jour et les journalistes se sont foutus de lui. Il l'a mal pris et, depuis, c'est motus. Or, si moi, je pouvais décrocher un entretien, je suis sûre que mon nouveau patron m'offrirait illico une promotion.

— Quel genre de gaffe ?

Mika ne répond pas. Amusée par la tournure de notre conversation, j'insiste.

— Ben alors ? C'est celui qui voulait à tout prix évoluer dans le club italien de Barcelone ?

Ma sœur me narre souvent les bourdes des joueurs et je dois avouer que c'est en général très drôle. Pour faire court, disons que leur facilité à s'exprimer est inversement proportionnelle à leur talent à manier la balle.

— Euh, non… C'était une sombre affaire de calcul.

— Quoi ? Allez, j'ai envie de savoir !

Mika s'installe confortablement près de moi pour me raconter toute l'histoire.

— C'était il y a un an environ. Nathan était titulaire à Lille et faisait déjà beaucoup parler de lui. Comme il a carrément une super belle gueule, c'était devenu le chouchou des journalistes. Bref, lors d'une interview d'après match, il a sorti quelque chose du genre *« nous avons maîtrisé quatre-vingt-dix-neuf pour cent de la rencontre, mais les trois pour cent restants nous ont été fatals »*. Résultat, celle qui l'a interrogé s'est fichue ouvertement de sa poire en lui suggérant de retourner à l'école primaire et d'apprendre à compter. Ça a fait le tour des médias, il s'est vexé et refuse obstinément de nous parler depuis cet épisode. Le pire, c'est qu'il s'agissait d'une simple petite vengeance personnelle. La journaliste avait eu une aventure avec lui et il venait de la lourder. Du coup, elle a sauté sur l'occasion de l'humilier publiquement.

— Ce n'est pas très cool.

J'ai beau trouver son lapsus particulièrement marrant, je réprouve le fait que ce garçon ait pu faire l'objet de moqueries devant la France entière. C'est à la fois très méchant et parfaitement gratuit.

— Disons que ce n'était pas sa première boulette. Il

avait déjà sorti une perle du style *« le prochain match se jouera dans l'Est, à Bordeaux »*.

Je ne peux pas m'empêcher d'éclater de rire.

— Ah ouais, quand même ! On sent qu'il a la géographie dans le sang, celui-là.

— Que veux-tu ? Tous les sportifs ne sont pas des intellectuels, et ce n'est d'ailleurs pas ce qu'on leur demande.

— Mika, il y a un minimum. Ce que je qualifierais de fondamentaux en quelque sorte.

— Peut-être, mais je te rappelle que les supporters se fichent du niveau scolaire des footballeurs. Tout ce qui intéresse les amateurs du ballon rond et les dirigeants, c'est qu'ils marquent des buts. Qu'ils soient incultes n'a pas la moindre importance.

— Voilà pourquoi je n'ai aucune envie de t'accompagner. Franchement, mes oreilles vont saigner d'entendre ce genre d'inepties.

— Alors, tu n'auras qu'à te les boucher ! Mais il n'est pas question que je te laisse à la maison. Tu viens, un point c'est tout.

Je proteste à nouveau, mais quand ma sœur a une idée en tête, elle ne l'a pas ailleurs. Aussi, au bout de quelques minutes, je finis par déclarer forfait.

Tandis que je me lève pour me rendre dans ma chambre, afin de me changer, sa voix retentit derrière moi :

— Et s'il te plaît, fais un effort sur la tenue. Je n'ai pas envie que tu m'accompagnes vêtue d'un de tes vieux jeans. Ce soir, je veux que tu montres tes jolies jambes bronzées.

Je soupire, agacée. Il y a deux semaines, nous avons été durant huit jours en Grèce. Pendant que ma frangine passait ses nuits dans tous les clubs du coin, je révisais tranquillement au bord de la piscine. Alors oui, mes guibolles sont hâlées, mais je ne peux pas dire que j'ai réellement profité de ce séjour. Les rares fois où j'ai été tentée de faire un break, le regard désapprobateur de mon père m'en a dissuadée.

Pour que vous puissiez bien comprendre, je suis issue d'une famille où on ne jure que par le travail et l'intellect. Papa est sénateur et maire de la ville de Vendôme dans le Loir-et-Cher, où j'ai passé toute mon enfance. Ma mère est femme au foyer et vit complètement sous la coupe de son mari. L'un de mes frères est astrophysicien et chercheur à la NASA. L'autre est avocat et titulaire d'un doctorat, tout comme son aîné. Seule Mika fait office de loseuse avec son master, même si elle s'en fiche.

Je ne les critique pas, je pense même que je suis chanceuse d'être la fille de mes parents. Nous avons grandi dans un milieu aisé, sans problème apparent, et avons toujours eu tout ce que nous voulions. Ainsi, notre appartement de la rue Saint-Martin a été acheté par papa. Mes frangins y ont résidé quand ils étaient étudiants et, tout naturellement, Mika et moi avons pris la suite.

— Grouille-toi, s'écrie ma sœur avec impatience, on n'a pas toute la nuit.

Je peste, mais me dépêche de me préparer. Vous ai-je déjà dit, que dans notre duo, je n'étais pas l'élément dominant ?

2

Dès que nous quittons l'appartement, je suis assaillie par l'air chaud de ce mois de juillet. Depuis plusieurs jours, la température est caniculaire et, même à 21 heures, j'ai l'impression de me liquéfier. Heureusement que j'ai écouté ma sœur et que j'ai revêtu une petite jupe blanche en jean ainsi qu'un débardeur rouge. Des Converse assorties complètent la tenue. Mika a hurlé en les apercevant et a insisté pour me prêter une paire d'escarpins, mais j'ai tenu bon. Les poules auront des dents avant que je me perche sur ce genre d'échasses. Pas question de risquer une entorse juste pour paraître sexy. Pour ce que j'en ai à faire ! Vraiment, je me demande comment ma frangine s'y prend pour ne pas se casser la figure avec ses sandales dont les talons font au moins quinze centimètres. Le pire, c'est qu'elle parvient même à conduire avec.

Nous nous engouffrons dans son Austin Mini et je ne peux m'empêcher de redouter les heures à venir. En toute honnêteté, je n'ai aucune envie d'être là. Je préférerais cent fois pouvoir m'avachir tranquillement sur mon canapé en pyjama, devant un film quelconque, avec un énorme bol de pop-corn, plutôt que de devoir me coltiner une bande de prétentieux ignares et incultes.

Une demi-heure plus tard, nous arrivons aux abords du club. Bon sang, ce n'est pas trop tôt, j'ai failli mourir de peur, tellement ma sœur conduit mal ! Elle a brûlé deux feux rouges, a refusé un nombre incalculable de priorités, et a même pris une rue à contresens. Franchement, c'est à se demander comment cette fille est encore en vie ! Il n'y a pas de place ? Qu'à cela ne tienne, elle se gare sur le trottoir, comme si la ville lui appartenait.

— Tu sais que la voiture ne sera plus là quand on ressortira ?

— Ne t'inquiète pas. Je suis super pote avec le patron du club. En fait, c'est un ex, révèle-t-elle avec un petit rire insouciant.

— Quoi ? Tu t'es envoyé un mec qui n'était pas un sportif de haut niveau ? je m'écrie d'un air faussement scandalisé. Oh, mon Dieu ! Quelle horreur !

— C'est ça, rigole, espèce de bouffonne ! On dira qu'il s'agissait d'un moment d'égarement.

— Toi, égarée ? Tu te fous de moi ?

— Ouais, bon ! C'était au printemps et je venais de larguer Ted.

— Ted ?

— Mais oui, tu sais… le joueur de l'OM !

— À toi seule, tu vas finir par te taper toute l'équipe de France, et l'entraîneur avec.

Je secoue la tête, découragée par les mœurs libérées de ma sœur. On est vraiment comme le jour et la nuit, toutes les deux.

Reconnais que tu l'as déjà enviée plus d'une fois, souffle ma conscience avec cynisme.

Mais non ! Je suis très heureuse comme je suis, lui réponds-je *in petto.*

Toutefois, mes joues ont rosi.

— En attendant, moi, j'ai des orgasmes régulièrement, et pas grâce à ma main ou à un jouet en plastique. À quand remonte le dernier en ce qui te concerne ?

Je ne réponds pas. Nous arrivons devant le club, ce qui me permet de couper court à cette conversation qui ne me convient pas du tout.

Dès que nous entrons, après avoir gratté toute la file grâce aux relations de Mika, je suis assaillie par un sentiment de malaise. Pourtant, la musique, un air entraînant d'un artiste en vogue, donne plutôt envie de danser. Mais cet endroit est trop fermé, trop peuplé, et surtout trop bruyant. Mal à l'aise, je suis ma sœur qui fend la foule en bonne habituée, après avoir laissé mon sac au vestiaire.

Nous approchons d'une zone délimitée par un cordon, que le videur décroche pour nous. Le carré VIP. Elle ne s'est pas moquée de moi. Pour autant, je ne suis pas impressionnée pour deux sous. Il semblerait que cet endroit soit le repaire des joueurs du PSG, du moins de ceux qui sortent en boîte. Leur quartier général, en somme.

Mika me désigne des canapés disposés en arc de cercle, entourant une table basse où toutes sortes de boissons traînent, du jus d'orange au Coca et du whisky au champagne.

— Viens, je vais te présenter Enrique, me crie-t-elle pour couvrir le bruit de la musique.

Un grand gaillard se lève et marche dans notre direction. Je balaie rapidement les sofas des yeux. Il y a là deux couples, deux gars qui discutent, et enfin un dernier gus. Installé avec une nana à sa droite et une autre à sa gauche, il les galoche à tour de rôle. Incroyable ! Ça existe, des mecs qui ne se comportent pas comme de sales machos ? Sans compter que je trouve ça terriblement avilissant pour ces filles. Non mais, comment peuvent-elles accepter d'être traitées comme du bétail, parfaitement interchangeables ?

Le type doit sentir mon regard réprobateur peser sur lui, car il se redresse soudain et me fixe avec une insistance presque insultante pour ses copines. S'il est un tant soit peu perspicace, il doit lire le dégoût sur ma figure. Tant mieux, ça lui fera les pieds. Je me détourne, comme s'il était une vulgaire crotte qu'il faut contourner sur un trottoir, pour me focaliser sur la nouvelle proie de ma sœur. Mika se tient près de lui et ses pupilles brillent d'un éclat que je n'ai pas vu depuis fort longtemps. Oh ! oh ! Serait-elle en train de baisser la garde ? Il faut reconnaître que ce garçon a tout pour plaire. Des cheveux longs bouclés et soyeux, une carrure athlétique, de beaux yeux marron et un sourire adorable. Oui, il est vraiment canon. Il me rappelle un peu Zahed, mon ex-petit ami, sans doute en raison de son physique méditerranéen. Avec bonne humeur, il se penche vers moi et me fait la bise. Je ne peux que lui rendre son sourire, tellement il est sympathique. Nous nous dirigeons vers les canapés. Il s'installe à côté de l'autre gars, toujours entouré des deux jeunes femmes, suivi de près par ma sœur. Je m'assieds en bout de banquette et fixe la piste de danse avec envie. Depuis quand ne me suis-je pas éclatée sur le dance-floor ? Des années, si tant est que cela ait déjà été le cas. J'ai l'impression que le regard du mec aux deux nanas est toujours braqué sur moi. Un rapide coup d'œil discret confirme mes soupçons. Mais qu'est-ce qu'il me veut, ce crétin ? Il paraît complètement fasciné, alors que je suis juste complètement écœurée.

Pour être franche, s'il est très beau, ce type constitue l'archétype même du footballeur selon moi : arrogant, prétentieux, stupide et incroyablement occupé à se mater le nombril. Physiquement, il n'a rien à envier à l'ami de Mika, dans un genre totalement différent. Il a l'air grand, voire très grand, et sa carrure est également athlétique. Remarquez, cette constatation est parfaitement débile, puisqu'on n'a jamais vu des clubs de foot recruter des sumos. Ses cheveux châtains sont courts sur les côtés et plus longs au-dessus. Il arbore une barbe de quelques jours, comme c'est la mode actuellement. Mais ce qui m'interpelle le plus, ce sont la finesse de ses traits et ses yeux dont je n'arrive pas à déterminer la couleur. Noisette ? Verts ? Mais on s'en fiche, de toute façon ! D'où je viens, le physique n'est pas ce qui importe le plus. Non, on m'a toujours appris à m'intéresser à l'intellect avant toute chose. Voilà pourquoi, contrairement à ma sœur, je ne pourrais jamais sortir avec un sportif, même si je dois reconnaître que cet homme est très plaisant à regarder.

— Allez, viens, on va danser, me lance Mika en m'envoyant un coup de coude pour m'obliger à me pousser.

Heureuse de me soustraire à son attention, qui devient oppressante et me met très mal à l'aise, je bondis et la suis vers la piste. Le dernier tube de Katy Perry est diffusé en ce moment même et j'ai vraiment envie de me défouler. Quitte à être ici, autant en profiter pleinement, non ?

Les chansons s'enchaînent et je m'amuse de plus en plus. Il faut reconnaître que ma jumelle est parfaite comme partenaire de danse, fringante et rieuse. Finalement, elle avait raison. C'est si agréable de lâcher prise, de m'éclater sans penser à rien d'autre, comme n'importe quelle fille de mon âge.

Avec Zahed, nous n'allions jamais en boîte de nuit, ce n'était pas dans ses mœurs et cela allait à l'encontre de ses convictions religieuses : pas d'alcool, pas de drogue et pas de femmes. Oui, oui, vous avez bien lu ! En l'occurrence, j'ai été son unique exception, la seule fois où il a transgressé ses préceptes. C'est sans doute pour cette raison que j'ai tellement cru en nous et que j'ai eu besoin d'autant de temps pour me remettre de notre rupture.

Lorsque nous revenons vers nos places, en nage et complètement déshydratées, je remarque que les deux nanas ont disparu, mais le type est toujours là. J'aurais pourtant parié le contraire. C'est vrai, ça paraissait tout cuit pour lui et quel homme refuserait un plan à trois ? J'ai beau avoir des doutes quant à mes propres capacités à apprécier les joies du libertinage, je connais les mœurs des mecs et Mika m'a souvent parlé de celles de certains sportifs. Et le moins que l'on puisse dire, c'est que c'est édifiant.

J'attrape mon virgin mojito et en bois une longue gorgée à la paille, tandis que ma sœur se précipite sur une coupe de champagne. Elle discute quelques minutes avec celui qui a l'air bien parti pour devenir son futur petit ami, avant de le suivre quand il se lève. Je me demande avec inquiétude où ils se rendent, en les voyant se diriger vers un couloir mal éclairé.

— Ils ont décidé de trouver un coin tranquille, susurre une voix grave à mon oreille.

Lorsque je pivote vers celui qui vient de me parler, je m'aperçois qu'il s'agit de l'homme aux deux filles. Je ne l'ai pas entendu approcher, si bien que je ne peux m'empêcher de sursauter et de rougir sous ce regard incandescent qui me dévisage ouvertement. Ses yeux sont brun-vert, je le distingue parfaitement maintenant. Je n'en ai jamais vu de cette couleur. À la fois clairs et sombres, lumineux et hypnotiques. Mes joues chauffent tellement que j'en suis gênée. Franchement, cela ne m'est jamais arrivé, de me comporter comme une collégienne rougissante, pas même avec Zahed.

— Salut, parviens-je tout juste à bégayer.

— Tu t'appelles comment ?

— Ella.

Salut ? Ella ? Et rien de plus spirituel ? Non, mais au secours ! Qu'est-ce qui se passe et qu'y avait-il dans mon virgin mojito ? Parce que je ne m'explique pas cette attitude de bécasse autrement. Je suis une femme intelligente, pragmatique, et très calme. Je n'ai rien en commun avec cette fille qui bave de façon aussi honteuse devant une belle gueule et des abdos. Merde, je vaux tellement mieux que ça !

— Je ne me suis pas présenté. Je suis Nathan Leray, mais je suppose que tu le sais déjà, déclare-t-il d'un air supérieur qui me fait immédiatement revenir à la réalité.

Mais quel gros prétentieux, ce mec ! Ne peut-il pas imaginer un instant que je puisse ignorer qui il est ? Ce qui est en l'occurrence exactement le cas. Je me retiens de rire en songeant aux révélations de Mika. Me voici donc face à Monsieur Calculette, le seul et l'unique, celui pour qui quatre-vingt-dix-neuf et trois font cent, et qui place Bordeaux à l'Est de l'Hexagone !

J'ai conscience que je ne suis pas très sympa de me moquer. Après tout, ce n'est pas vraiment de sa faute s'il est con comme une valise sans poignée, mais son snobisme me donne juste envie de le baffer. Tant d'arrogance chez une seule et même personne, ça devrait être interdit par la loi, si vous voulez mon avis. Certes, il paraît que c'est un excellent joueur, qui a été accueilli au PSG comme le Messie, et qui marque un nombre incalculable de buts. Mais cela ne fait pas de lui la star qu'il se plaît à incarner, loin de là. Pour moi, il est et restera un gros débile dont la suffisance n'a d'égale que l'ignorance. Et peu importe qu'il soit doué dans son domaine, cela ne m'impressionne pas. Après tout, je le suis aussi dans le mien et je n'en fais pas étalage.

J'ai envie de lui balancer deux ou trois vérités bien senties. Mais je me retiens, en repensant aux paroles de ma sœur qui m'a suppliée dans la voiture de ne pas faire mention de mon curriculum vitæ, prétendant que je faisais peur aux hommes. Et, dans le fond, je reconnais qu'elle a raison. J'ai très souvent été confrontée à ce genre de situation. En général, ils prennent tous la tangente quand ils découvrent mon parcours.

— Alors ? chuchote ce crétin à mon oreille.

— Alors quoi ? parviens-je à répondre normalement en ignorant le frisson qui me parcourt quand je sens son souffle sur ma peau.

— Tu sais qui je suis, pas vrai ?

Waouh ! Quel ego surdimensionné ! Je crois qu'il est temps de le faire revenir sur Terre, celui-là.

— Absolument pas.

— Qu'est-ce que tu fous là, dans ce cas ?

Mais qu'est-ce qu'il sous-entend, ce con ? Que l'entrée est uniquement réservée aux nanas qui ont l'intention de se taper un joueur ? En dépit de mon énervement, je m'oblige à rester courtoise. Mika rêve de l'interviewer et je n'aimerais pas qu'elle me reproche d'avoir saboté son projet.

— J'accompagne ma sœur.

— Quoi ? La blonde qui est avec Enrique, c'est ta frangine ? La journaliste ? C'est quoi son nom, déjà ?

— Mickaëlla, mais tout le monde l'appelle Mika.

— C'est vraiment ta sœur ?

— Oui. Qu'est-ce qu'il y a de si étrange à cela ?

Je ne peux refréner un certain mépris dans ma façon de lui parler. Ce mec est physiquement parfait, mais dès qu'il ouvre la bouche, c'est une tout autre histoire !

— Vous ne vous ressemblez pas du tout. Elle ne casse pas trois pattes à un canard, alors que toi… Tu pourrais participer au casting pour le recrutement de la mère de mes enfants.

Son air très satisfait me donne envie de le gifler. Sa technique de drague est tellement pourrie que j'en perds mes mots. Sans blague, il est absolument hallucinant de bêtise ! Quant à sa déclaration, qui doit probablement en flatter plus d'une, elle est naze au possible, et je suis juste atterrée. Même s'il me trouble avec sa belle gueule, je n'ai rien en commun avec ce prétentieux. Cela dit, j'aimerais quand même savoir ce qui se passe dans sa tête. À mon avis, c'est le vide sidéral.

3

Nathan

Hypnotisé, je ne peux me détourner de cette nana. Bordel, qu'est-ce qu'elle est belle avec ses traits fins et ses immenses yeux bleus ! Pourtant, ce n'est pas vraiment mon style de meuf. Moi, j'adore les blondes à gros nichons qui aiment la baise et ferment leur gueule. Cette fille, c'est plutôt le genre princesse qui pète plus haut que son cul. Mais il y a quelque chose en elle qui m'attire et, depuis que j'ai croisé son regard, je ne suis plus réduit qu'à ça : la mater.

Et le spectacle est vachement plaisant. Une petite jupe blanche, un débardeur et des baskets en toile rouges mettent en valeur un corps mince et harmonieux en toute simplicité.

Au moment où j'ai remarqué cette souris qui m'observait d'un air bien dégoûté, je m'apprêtais à rouler une nouvelle pelle à une pouffiasse quelconque, avant de passer à sa copine. J'ai eu l'impression d'être sur le point de me faire engueuler comme au collège, quand ma prof de maths m'envoyait chez le principal pour insolence. Je chasse aussitôt ces souvenirs désagréables d'une époque que je veux à tout prix oublier. Pour résumer, on dira que je n'ai pas tiré les bonnes cartes au départ. La misère et la déchéance, je les ai vues de près, vous pouvez me croire. Par chance, je m'en suis sorti grâce au foot, qui m'a tout apporté.

Aujourd'hui, j'apprécie pleinement mon statut de star du ballon rond. Du fric comme s'il en pleuvait, des nanas faciles et belles comme le jour, du cul sans complications, et enfin une célébrité dont je n'aurais jamais osé rêver. Depuis quelques années, plus rien ne me résiste et je suis au sommet de ma gloire. À seulement vingt-cinq ans !

Alors, ce n'est pas cette pimbêche avec son regard hautain qui changera cela. Mais c'est plus fort que moi, je suis titillé par le fait qu'elle me snobe. Me battre pour la baiser, c'est un vrai challenge, alors que le plan à trois proposé par les deux copines… Ce n'est pas que ça ne me tente pas, mais ce ne serait pas la première fois. Et c'est comme tout, on finit par se lasser, même si deux culs pour le prix d'un, ça ne se refuse pas. Ce soir, je trouve bien plus marrant de batailler un peu, plutôt que de prendre quelque chose qui me tombe tout rôti dans le bec. Cette fille a réveillé mon instinct de chasseur et j'ai envie de sortir le grand jeu. Je suis convaincu que sous sa froideur se cache une nature bouillonnante. Comment je suis si sûr de moi ? À cause du feu qui brille dans ses yeux.

Après avoir viré les deux autres, j'attends le bon moment pour lui balancer mon baratin et y aller franco. Cela m'arrive rarement, mais ça marche à tous les coups. Quand vous faites miroiter un avenir commun à une gonzesse, en général elle accroche. Si, en plus, vous lui laissez entendre à demi-mot qu'elle est assez bonne pour sortir du lot, c'est du tout cuit.

— Elle ne casse pas trois pattes à un canard, alors que toi... Tu pourrais participer au casting pour le recrutement de la mère de mes enfants.

Son air ahuri me donne l'impression que l'affaire est dans le sac. Mais quelques secondes plus tard, je lis un profond dégoût sur son visage.

— Pauvres gosses ! s'exclame-t-elle avec dédain. Jamais je n'imposerais un calvaire pareil à des gamins. Ce serait un crime contre l'humanité.

Elle est sérieuse ? Elle vient juste de me casser comme si j'étais un vulgaire cul-terreux ? Mais pour qui elle se prend, cette pintade ? Elle peut toujours se la raconter, je sais que je la trouble. Je maîtrise assez bien le langage du corps pour avoir vu qu'elle avait rougi et frissonné. Alors c'est quoi son problème, au juste ? Elle se croit tellement au-dessus de tout le monde, pour penser que je ne suis pas assez bien pour elle ? Elle devrait plutôt se sentir flattée d'avoir attiré mon attention. Je pourrais avoir n'importe quelle nana dans cette boîte.

— Arrête de faire ta frimeuse, m'agacé-je, arborant à mon tour un air arrogant. Tu as envie de baiser avec moi, ça se voit comme le nez au milieu de la figure. Je suis jeune, je suis beau, je suis super populaire, pété de thunes et en passe de devenir le nouveau Maradona.

— Quand on voit comment Maradona a fini, je pense que ton exemple est mal choisi. Cela étant, tu devrais revenir à la réalité et être un peu plus humble. Je crois que ça te ferait un bien fou de faire dégonfler ton melon. Et puis, évite les clichés débiles pour me draguer. Franchement, j'ai les tympans qui saignent de t'entendre débiter ton tissu d'inepties !

J'ignore ce qu'ineptie veut dire, voilà un vocabulaire que je n'emploie jamais. Mais, bien évidemment, elle ne le saura pas. Tout dans son attitude, dans son regard méprisant, me donne l'impression d'être le dernier des abrutis et je n'aime pas me sentir en position d'infériorité.

— Prends tes grands airs si tu veux, mais j'offre du rêve à des millions de gens. Est-ce que tu peux en dire autant ?

— Je ne les fais peut-être pas rêver, mais, moi, je sauve leurs vies. Est-ce que tu peux en dire autant ? rétorque-t-elle, sans se démonter.

Elle doit être infirmière ou un truc dans ce style. Franchement, je ne vois pas ce qui lui permet de me snober de cette manière. Son job est sans doute très honorable, mais ça ne casse pas trois pattes à un canard. En tout cas, rien de comparable à ce que j'accomplis pendant chaque match.

Avant que j'aie eu le temps de lui répondre, genre une remarque bien vacharde pour la remettre à sa place, elle se lève et se dirige vers l'espace fumeur, tout en sortant un paquet de blondes de la poche arrière de sa jupe. Elle clope ? Beurk ! Je déteste les nanas qui empestent le tabac froid, c'est totalement écœurant. Sans parler du fait que les gens ne se rendent pas compte à quel point ils foutent leur vie en l'air. Mes vieux fumaient comme des locomotives. Yann, mon frangin, et Emma, l'aînée de la famille, également. Moi, j'ai toujours refusé de toucher à cette cochonnerie.

Avant d'avoir compris ce qui m'arrive, je me lève pour la suivre. Il faut croire que je suis salement maso : je viens de me faire jeter comme un moins-que-rien et pourtant, j'en redemande.

Dans le couloir, j'aperçois les deux sœurs qui semblent être en train de s'engueuler. J'ai envie de savoir ce qu'elles se racontent, alors je me planque. Dissimulé dans la pénombre, je les espionne, immobile.

— Mais enfin, c'est quoi ton problème ? peste sa sœur qui lui fait face. Il est super mignon, non ? Nathan Leray fait fantasmer toutes les filles ! Il y en a qui donneraient leur jambe gauche pour passer une nuit avec lui et toi tu joues la difficile ?

— Il est complètement idiot, proteste faiblement Ella.

Sa remarque me blesse terriblement, sans doute parce qu'elle est très proche de la vérité. En effet, je n'ai pas fait de grandes études et, jusqu'à présent, cela ne m'a jamais posé de problème, sauf en présence des journalistes. C'est d'ailleurs pour cette raison que je ne leur parle plus. Alors, pourquoi est-ce que je réagis aussi mal ? Cette gonzesse m'agace autant qu'elle m'attire. Étrangement, j'ai envie de la prendre dans mes bras. Même si c'est une snobinarde de première, j'ai presque de la peine pour elle en voyant sa sœur la rembarrer comme ça. C'est un comble quand on sait de quelle manière elle vient de me traiter.

— Mais bien sûr ! Pas étonnant que tu sois toute seule. Personne n'est jamais assez intelligent pour toi !

Donc, elle n'a pas de mec. C'est bon à savoir.

— N'importe quoi ! Pour qui est-ce que tu me prends ?

— Pour ce que tu es. Une femme trop orgueilleuse pour se mêler au commun des mortels. Mais merde à la fin, il t'a matée toute la soirée. Il a viré les deux filles qui étaient avec lui. Tu lui plais, c'est évident !

— Et si ce n'était pas réciproque ? Tu as pensé à ça ?

— Je ne peux pas le croire. Ce garçon est beaucoup trop mignon. Toutes les femmes sont attirées par lui comme des abeilles par un pot de miel. Je t'ai vue rougir quand il te regardait, alors pas la peine de me raconter des salades.

— Il n'y a pas que le physique.

— Pour une nuit, si. Écoute, depuis Zahed, tu n'as eu personne. Ta vie est d'une tristesse sans commune mesure. Tu sais qu'il ne reviendra jamais, il est parti sans se retourner. Alors, qu'est-ce que tu attends pour t'amuser et jouir de ta jeunesse ?

— En me tapant un mec différent chaque semaine, comme toi ?

Mika fulmine maintenant, les poings serrés. Bon sang, ça chauffe entre les frangines.

— Ça, ma vieille, c'est un coup bas indigne de toi ! Qu'est-ce qui s'est passé avec Nathan Leray, hein ? Tu lui as récité ton CV et il s'est enfui en courant, comme tous les autres ?

Ben dites donc, elles ne se ménagent pas, toutes les deux ! C'est à celle qui fera le plus mal. Et pour l'instant, Mika mène largement. Pour un peu, je la trouverais presque sympa, même si je déteste les journalistes. À mes yeux, ce ne sont que des hyènes à la recherche de chair fraîche à déchiqueter.

— C'est ça ? Oh, bon sang, je ne le crois pas ! Y aura-t-il un instant où tu oublieras qui tu es, pour profiter tranquillement de la vie ? Tu veux que je te dise ? Un jour, quand tu seras vieille et ridée, tu le regretteras. Mais il sera trop tard. Parce que, au train où vont les choses, tu finiras toute seule.

Puis, en deux temps trois mouvements, la blonde lui tourne le dos pour s'engouffrer dans les toilettes situées non loin. Ella reste figée. Elle inspire et expire profondément pendant quelques instants, sans doute pour retrouver son calme, puis se dirige vers les portes qui mènent à la petite cour intérieure où les fumeurs peuvent s'en donner à cœur joie.

Je sors de ma planque, incertain de ce que je dois faire. C'est vrai, cette fille me prend pour un babache, mais il y a quelque chose en elle qui m'intrigue et il me semble que c'est la première fois que ça arrive. De tout temps, je n'ai connu que des coups faciles, même lorsque je n'étais pas encore célèbre. Cette résistance a éveillé en moi une furieuse envie de me la faire et je n'ai pas du tout l'intention de lâcher ma proie. Du moins, pas tant que je ne l'aurai pas baisée.

4

Ella

La main tremblante, j'allume ma clope, à la fois furieuse et terriblement triste. Voilà fort longtemps que Mika et moi ne nous sommes pas disputées et je n'aime pas la manière dont elle m'a parlé. Mais il n'y a pas que cela…

Ma sœur a agité devant moi le spectre de la solitude et je dois reconnaître qu'elle m'a fait peur. Dans le fond, je sais qu'elle a raison. Je dois m'ouvrir aux autres et les accepter tels qu'ils sont, sans chercher à mesurer systématiquement leur intelligence.

Vous me trouvez sans doute incroyablement snob, mais ce n'est pas le cas. Le fait est que j'ai été scolarisée dans une institution où il n'y avait que des surdoués. Ensuite, je me suis retrouvée en fac de médecine avec des étudiants beaucoup plus âgés que moi, si bien que je n'ai jamais su m'intégrer. Résultat, je me suis peu à peu renfermée, jusqu'à ma rencontre avec Zahed. Avec lui, j'avais un ami et un amant. J'étais réellement persuadée d'avoir trouvé celui qui me correspondait, mais je me suis trompée, puisqu'il m'a quittée.

Depuis, hormis ma sœur, je n'ai pas de copines et je ne sors pas. Les personnes qui me connaissent me dévisagent comme une bête curieuse, parce qu'elles me croient différente en raison de ma précocité. Si ça me blessait lorsque j'étais plus jeune, ce n'est plus le cas aujourd'hui. Je me force à les regarder avec condescendance et dédain. C'est ma manière à moi de me protéger.

Alors, même si ma jumelle est dans le vrai, je ne vais quand même pas coucher avec le premier abruti venu, aussi canon soit-il ! Soudain, je repense à ce qu'elle a dit en début de soirée. « *Ce n'est pas l'intelligence qu'on baise.* » Elle n'a pas tort. Si c'est uniquement pour s'envoyer en l'air, autant le faire avec un footballeur beau et stupide, plutôt qu'avec un intello qui a la tronche d'Einstein. J'en suis là de mes réflexions, lorsqu'une voix grave murmure :

— Tout va bien ?

Il m'a suivie. Malgré la façon dont je l'ai traité, il est toujours ici. J'ai du mal à comprendre ses motivations, mais c'est peut-être un signe… Je repense à tous ces couples à l'intérieur qui s'amusent, insouciants, alors que j'ignore la signification même de ce mot. Puis, je me rappelle les paroles de ma sœur, la solitude qui est la mienne depuis toujours. Je me sens triste et frustrée d'être incapable de prendre du bon temps sans me poser mille et une questions. Mais au fond, il n'est pas trop tard, non ? Je peux encore modifier le scénario tout écrit qui voudrait que je rentre chez moi en taxi, pour me morfondre d'être toujours seule. Il serait peut-être temps de me mélanger à mes semblables. Et pourquoi pas avec lui ? C'est vrai, il est très mignon et me fait de l'effet. Alors, serait-ce si terrible de m'amuser un peu ?

Certainement pas, susurre l'habituelle petite voix. *Au contraire, tu es jeune, jolie, alors profite de la vie, même si c'est pour une seule nuit.*

Pour la première fois, je décide de l'écouter et de remiser ma raison au placard. Ne vaut-il pas mieux vivre avec des remords qu'avec des regrets ? Je décide donc de faire un pas dans la direction du garçon qui se tient en face de moi.

— Je suis désolée de t'avoir parlé comme je l'ai fait.

Ma voix est tremblante, parce que je suis gênée de reconnaître que j'ai eu tort. Ce n'est pas dans mes habitudes.

— De quoi tu t'excuses, au juste ? De m'avoir rembarré ou de m'avoir traité d'idiot ?

Il sourit, mais ses yeux restent froids, ce qui me laisse deviner qu'il l'a mal pris. Remarquez, à sa place, je réagirais exactement de la même façon. J'ai été odieuse et je doute que mes regrets suffisent à le lui faire oublier. Bon, eh bien, tant pis. Ce n'est pas ce soir que je me dévergonderai.

— Tu sais que fumer est très mauvais pour la santé ? Pour quelqu'un qui sauve des vies, tu crains carrément. Et en plus, maintenant, tu pues du bec ! Dans dix ans, tu te retrouveras avec des artères aussi bouchées que les égouts parisiens.

Bim, prends ça dans les gencives, Ella, tu ne l'as pas volé. J'aimerais bien lui assener une ou deux vérités, mais à quoi bon ? Après tout, c'est de bonne guerre, non ?

— Ce n'est pas faux, admets-je avec un sourire contrit. Mais que veux-tu, je suis issue d'une famille de grands fumeurs.

Et c'est vrai. Mon père est une locomotive, tout comme ma mère et mes deux frangins, d'ailleurs. Mika, quant à elle, m'en pique une de temps à autre, mais ça reste exceptionnel. Pour ma part, je clope cinq ou six cigarettes par jour, sauf en période d'examens où je double facilement ma consommation. J'ai conscience qu'il s'agit là d'une très mauvaise habitude, mais je n'arrive pas à m'en défaire.

— T'es pas obligée de suivre leur exemple. C'est important de prendre soin de soi. Manger sainement, pratiquer une activité sportive, ne pas fumer, ne pas boire.

Dites, il n'est quand même pas en train de me donner un cours d'hygiène de vie ? Ce serait le monde à l'envers ! Le médecin, c'est moi, que je sache.

— Ouvre la bouche, ordonne-t-il soudain.

Sans savoir pourquoi, je m'exécute aussitôt. Je ne me pensais pas aussi obéissante. Est-ce cette assurance qui émane de lui et que je lui envie ou une autorité naturelle qui me pousse à faire ce qu'il me demande ? Je n'en ai aucune idée et je ne cherche même pas à comprendre. Il écarte alors ses lèvres et récupère son chewing-gum qu'il glisse entre les miennes.

Hé ! Mais c'est vraiment cradingue !

— Mâche, commande-t-il.

Cette fois, en revanche, je n'obtempère pas. C'est dégoûtant ! Juste au moment où je suis sur le point de le cracher dans le cendrier, je ne peux m'empêcher de m'exclamer :

— Ce que tu viens de faire est parfaitement dégueulasse, j'espère que tu en as conscience.

— Dans moins de cinq minutes, ma langue sera dans ta bouche, alors où est le problème ?

Pas faux.

— Tu es très sûr de toi. Qu'est-ce qui te permet de croire que j'accepterai de t'embrasser ?

— Ne jamais dire non avant d'avoir testé la marchandise, déclare-t-il avec suffisance, tout en s'approchant de moi. Si c'est une nuit de plaisir que tu cherches, je suis ton homme.

— Mais quel prétentieux !

Bizarrement, je trouve la situation marrante, presque rafraîchissante. Et inutile de me voiler la face, sa proximité est délicieusement troublante. Cela fait tellement longtemps qu'un membre de la gent masculine ne m'a pas prise dans ses bras. Je n'avais pas réalisé, jusqu'à cet instant précis, que ce genre de contact m'avait beaucoup manqué. Alors, quel mal y aurait-il à m'amuser pendant quelques heures ? Jeune et insouciante, ça fait rêver…

— Pas du tout. Je suis observateur, ce n'est pas pareil. Tu pues la frustration sexuelle à plein nez.

Là, clairement, je tique. Il est peut-être stupide, mais il n'en reste pas moins perspicace. C'est d'ailleurs assez étonnant, car je n'imaginais pas que les deux allaient de pair. Sans même m'en être rendu compte, je me suis mise à mâcher son chewing-gum.

— Charmant, ça fait plaisir !

— Ella, j'ai beaucoup de défauts, mais je ne suis pas un menteur et encore moins un faux-derche.

Pour le coup, je le crois. Il est trop brutal dans sa façon de s'exprimer pour maîtriser l'art de la diplomatie.

— J'irais même plus loin, je suis un mec cash. L'unique chose qui m'intéresse chez toi, c'est ton corps. Je te propose une nuit et rien de plus. Les relations sérieuses, ce n'est pas mon truc. Je suis trop jeune pour me cantonner à un seul cul, quand je peux en avoir des centaines.

Eh bien, au moins, ça a le mérite d'être clair. Alors que ses paroles devraient me faire fuir à toutes jambes, c'est l'effet inverse qui se produit. Soudainement, je me sens tout émoustillée. Car, à le regarder de plus près, il n'est pas juste mignon. Il est carrément superbe, le genre de beauté qui attire inévitablement l'attention sur lui, comme s'il était entouré d'un halo lumineux. La midinette qui sommeille en moi est en train de se réveiller et je suis flattée qu'il m'ait remarquée, alors que je n'ai strictement rien fait pour cela. C'est une sensation très nouvelle, mais assez agréable. Je n'ai jamais misé sur mon physique, cela m'a toujours paru superficiel. Pourtant, ce soir, je ne suis qu'une fille qui plaît beaucoup à un garçon. Et celui-ci ne lui est pas indifférent, loin de là.

— Hé, poupée, je ne vais pas te cavaler après, ni te supplier. Si tu as envie de te faire désirer, cherche un autre mec. Il me suffit de retourner à l'intérieur pour trouver une partenaire en trois minutes chrono.

S'il commence à me mettre la pression, ce ne sera pas possible. Bon, il faut que je me décide, que je pèse le pour et le contre. Mais y suis-je réellement obligée ? Serait-ce si grave de ne pas réfléchir, pour une fois ?

Pas vraiment, murmure une petite voix dans ma tête. *Tu peux aussi lâcher prise, pour changer. Après tout, c'est sans conséquence, ce type ne connaît que ton prénom. Et encore, pas vraiment, puisqu'il s'agit de ton diminutif. Alors, qu'est-ce que tu attends ? C'est la première fois qu'un mec te trouble depuis Zahed. Pourquoi ne pas cesser de réfléchir, juste pour une fois, et vivre l'instant présent ? Ce serait tellement agréable et franchement reposant.*

Il est déjà en train de se détourner, prêt à repartir, lorsque je me décide enfin.

— D'accord.

Je n'étais pas sûre de moi en ouvrant la bouche, mais maintenant que c'est dit, je ne le regrette pas. Non, les remords, je les aurais eus si j'avais laissé passer cette occasion et fini toute seule dans mon lit. Mais pour une fois, tout porte à croire que ce ne sera pas le cas. Un frisson d'anticipation parcourt ma colonne vertébrale. Soudain, j'ai chaud et mes paumes sont moites, tandis qu'il revient vers moi avec un sourire conquérant aux lèvres.

— D'accord ?

Nathan arque un sourcil ironique et je ne peux m'empêcher de rougir. Bon sang, je n'ai jamais été aussi intimidée par un homme, pas même par mon ex.

— C'est ce que j'ai dit : d'accord.

— Très bien, fait-il après une seconde de silence qui m'a donné l'impression qu'il allait changer d'avis.

— C'est tout ? je m'exclame, surprise par son manque de réaction.

Ce n'est pas que je le prends pour un gros rustre — enfin si, peut-être un peu quand même —, mais j'imaginais qu'il allait me sauter dessus comme un loup sur sa proie. Or, il se contente de me détailler, les yeux plissés. Alors, je me mets à redouter un éventuel traquenard, une espèce de vengeance parce que je l'ai traité d'idiot. Plus d'un mec agirait ainsi, non ? Mais après tout, pour ce que j'y connais aux hommes !

— Maintenant, on joue selon mes règles. D'abord, tu vas éteindre cette saloperie. Ensuite, tu vas cracher ton chewing-gum.

Aussitôt demandé, aussitôt exécuté. C'est incroyable ce que je peux me soumettre à ses ordres ! Même moi, je n'en reviens pas.

— S'il te plaît, ça marche aussi, pesté-je, histoire de lui rappeler que je ne suis pas un toutou bien dressé.

— S'il te plaît, Ella.

Avant d'avoir eu le temps d'anticiper sa réaction, je me retrouve plaquée au mur, son grand corps musclé se pressant contre le mien. Je ne pense pas être une femme tactile, bien au contraire, je n'aime pas spécialement qu'on me touche et encore moins la proximité avec des inconnus. Pourtant, là, en cet instant précis, je suis carrément excitée. En même temps, avec mon petit mètre soixante, je me sens comme enveloppée dans un énorme cocon protecteur. Quelle taille fait-il ? Je n'en sais trop rien, mais il me semble qu'il me dépasse d'au moins trente centimètres. J'en veux pour preuve que ma tête arrive tout juste au niveau de son épaule. S'il est particulièrement grand, il est également musclé et élancé, sans être trop massif. Je dois reconnaître qu'il est juste hallucinant de beauté. Et quand sa bouche fond sur la mienne, je lui réponds immédiatement, avant d'oublier jusqu'à mon prénom.

5

Nathan

Elle est juste délicieuse. Bon sang, je suis excité comme un adolescent qui se branlerait pour la première fois. Alors que je mordille sa lèvre inférieure, histoire de lui faire comprendre que je veux qu'elle ouvre la bouche, je me dis que j'ai bien fait d'insister. C'est vrai, cette meuf donnait l'impression d'être un véritable glaçon, mais il y avait un je-ne-sais-quoi dans son regard qui m'assurait que ce n'était sans doute qu'une illusion et qu'elle pouvait se révéler super chaude.

Quand elle m'a traité d'idiot, je l'ai eue mauvaise. Personne ne s'amuse plus à se comporter de cette façon avec moi depuis très longtemps. Je devrais plutôt dire qu'on ne s'y risque plus. À ce moment-là, j'ai voulu l'envoyer chier, mais je n'ai pas pu. Elle me plaisait vraiment trop. Et puis, j'avais terriblement envie de lui faire ravaler son insulte, de lui montrer que je valais beaucoup mieux que l'idée qu'elle se faisait de moi.

Tandis que ma langue trouve enfin le chemin de la

sienne, je sens un délicieux frisson me parcourir. Nom de Dieu ! Par réflexe, je la plaque contre le mur avec mon corps, pour qu'elle comprenne à quel point j'ai envie d'elle. Au lieu de s'écarter, elle se met à onduler contre moi et, même si je ne le reconnaîtrai jamais devant personne, je suis à deux doigts de jouir dans mon froc comme un puceau. Putain, elle me fait un tel effet ! Sa langue, douce et chaude, s'enroule autour de ma langue. Au début de notre baiser, elle était timide, mais ce n'est plus le cas. Sa bouche va au-devant de la mienne avec la même impatience. Je suis sûr que cette fille est une vraie bombe au lit, sous ses airs de pimbêche hautaine.

— Viens, je susurre avec difficulté.

Le visage niché dans son cou, je hume son parfum délicat, fleuri et léger.

— Où ?

Elle semble avoir autant de mal que moi à respirer. On dirait qu'elle a sprinté, tellement elle paraît essoufflée.

— Ma bagnole est garée juste à côté, parviens-je tout juste à chuchoter contre sa peau si douce.

— Pour aller où ? demande-t-elle, les yeux clos.

Comment ça, pour aller où ? Pour baiser, pardi !

Ma bouche se trouve à présent tout près de la zone derrière son oreille, endroit qui me fait littéralement craquer, parce que je sens qu'il est particulièrement sensible. Je vois les poils de sa nuque se dresser, elle a la chair de poule. Bordel, je suis encore plus excité, même si je ne pensais pas que ce serait possible. Si on ne se dépêche pas, je sens que je fonce droit vers la catastrophe.

— Mon Range Rover est spacieux, on aura de la place.

À peine ai-je prononcé ces mots qu'Ella se fige, raide comme la justice. Ben quoi ? Qu'est-ce que j'ai dit de mal ? Quand elle a donné son accord, c'était bien pour ça, non ? Alors ? Elle s'écarte de moi et je devine qu'elle est fumasse. La question, c'est : pourquoi ?

— Est-ce que j'ai une tête à me faire sauter sur la banquette arrière d'une voiture ?

Merde, j'aurais dû réfléchir avant de parler. Elle n'est pas comme les autres, c'est évident. Hélas, je n'ai rien de mieux à lui offrir. Je ne propose jamais à mes coups d'un soir de venir chez moi, c'est trop risqué. J'ai commis cette erreur une fois, mais pas deux.

Peu après mon arrivée à Paris, j'ai levé une nana à une fête et je l'ai ramenée à mon appartement. Dès le lendemain, elle a commencé à me harceler et, comme elle connaissait mon adresse, ça a été facile pour elle. Résultat, pendant les deux semaines qui ont suivi, j'ai vécu l'enfer. Depuis, je suis plus organisé. C'est soit ma bagnole — et laissez-moi vous dire que mon Range Rover offre des possibilités que vous n'imaginez même pas —, soit je vais chez la fille, à condition qu'elle loge tout près. Mais je préfère éviter cette solution, parce que je suis toujours mal à l'aise quand ça se passe de cette façon. Une fois qu'on a baisé, c'est la plaie de partir, elles veulent toujours que je reste dormir.

Mais ce soir, avec Ella, je sens qu'il va falloir que je m'adapte, sinon elle me filera entre les doigts. Et avec la trique que j'ai, c'est hors de question.

— T'habites où ?

J'ai posé la question avec méfiance.

— Rue Saint-Martin, dans le troisième, indique-t-elle à contrecœur.

Apparemment, elle a aussi peu envie de m'inviter chez elle que moi d'y aller. Bon, je fais quoi maintenant ? Si je ne me décide pas, elle va se barrer.

— C'est trop loin, râlé-je.

— Chez toi, alors ?

— Trop loin également.

Mentir ne m'a jamais posé le moindre problème. Surtout avec les filles. Des fois, il faut être capable de savoir se tirer de situations qui pourraient rapidement virer au sac de nœuds. Les choses peuvent très vite dégénérer, je le sais par expérience.

Lorsque je croise son regard, je comprends immédiatement qu'elle n'est pas dupe, même si elle ne le dit pas.

— Dans ce cas, tant pis, murmure-t-elle avec un fatalisme qui me fait aussitôt paniquer. Ce sera pour un autre soir.

— Et comme tu ne viens jamais ici, ce sera jamais.

Cet endroit est mon QG, lorsque je n'ai pas d'entraînement le lendemain et que je veux baiser. Si Ella était une habituée, je l'aurais forcément remarquée. Or, je suis certain de ne l'avoir jamais rencontrée avant ce soir.

— Probablement, admet-elle avec un petit sourire mystérieux.

Je tente une approche différente, histoire de voir si elle est plus sensible à d'autres arguments.

— Tu ne sais pas ce que tu perds.

— Je m'en remettrai. Ne t'inquiète pas pour moi.

Je colle à nouveau ma bouche à son oreille. Avec un air suffisant, je chuchote :

— On me surnomme « l'anaconda ».

— Ah bon ? Pourquoi ?

Sérieusement ? Elle n'a pas compris ? Mais de quelle planète est-ce qu'elle débarque ? Et c'est moi l'idiot de l'histoire ?

— À ton avis ? je m'enquiers, un brin ironique.

Ella reste quelques secondes perplexe, avant de rougir furieusement. Enfin, elle a pigé ! Amusé de l'avoir plongée dans l'embarras, j'attends de voir la suite, même si je n'ai plus aucun doute. Taxez-moi de prétentieux, mais je suis juste réaliste. La nature s'est montrée plutôt généreuse avec moi et je sais que je suis un bon coup. C'est un fait avéré, il n'y a pas à tortiller.

— On fait quoi, alors ? finit-elle par demander. Parce que la bagnole, même pas en rêve !

Mon cerveau fonctionne à plein régime, ce qui ne lui arrive pas si souvent, il faut bien l'admettre. Au moment où je crois que c'est foutu, vient enfin l'illumination. Sans rien dire, mais sans la lâcher non plus, je sors mon smartphone de la poche arrière de mon jean, pour vérifier quels sont les hôtels les plus proches. Faut quand même être complètement stupide pour ne pas y avoir songé plus tôt !

Quelques minutes plus tard, j'ai réservé une chambre dans un cinq étoiles, pas très éloigné de la discothèque. Pourquoi un palace, me direz-vous ? Après tout, un petit établissement pas cher aurait aussi bien fait l'affaire, l'essentiel étant qu'il y ait un lit et des draps propres.

Seulement, j'ai développé des goûts de luxe ces dernières années. J'ai trop longtemps pioncé dans une minable piaule merdique de neuf mètres carrés que je devais partager avec mon frangin, pour ne pas apprécier ce que l'argent peut m'apporter maintenant que j'en ai suffisamment pour me permettre des extra lorsque j'en ai envie. Et là, clairement, la situation l'exige. Parce que la princesse qui est dans mes bras n'acceptera jamais que je l'emmène dans un bouge. Alors, autant lui en foutre plein la vue.

Sans lui demander son avis, je l'entraîne à l'intérieur pour qu'on puisse s'éclipser sans attendre. Toutefois, lorsqu'elle aperçoit sa sœur, elle me retient par la main.

— Attends, il faut que je prévienne Mika.

— Quoi ? Tu lui causes encore ?

Franchement, je suis sur le cul ! Si quelqu'un m'avait engueulé comme sa frangine l'a fait, je ne lui adresserais plus la parole.

— Bien sûr, pourquoi ?

On dirait qu'elle a carrément oublié leur prise de bec. Punaise ! Elle peut toujours se la raconter mais moi, j'arrive à inspirer le respect, et personne ne me parle de cette façon. Voilà pourquoi je déteste les journalistes, et sa sœur ne fait pas exception à la règle, même si c'est une super jolie poupée.

— Non, pour rien.

Après tout, si elle n'a pas compris le souci, ce n'est certainement pas à moi de le lui expliquer. Si elle a envie qu'on la considère comme un paillasson sur lequel on s'essuie les pieds, c'est son problème, pas le mien. Tout ce que je demande, c'est de pouvoir la baiser une ou deux fois, histoire de faire disparaître ma trique. Le reste, je m'en tape comme de l'an quarante, elle gère sa vie comme bon lui semble.

Je lâche sa main à contrecœur. J'ai envie d'entendre leur conversation, mais avec la musique, ce n'est pas gagné. Ella fait des signes à sa frangine pour que celle-ci la rejoigne dans le couloir. J'en profite pour lui indiquer que je me rends aux toilettes. Il faut que j'achète des capotes. J'en ai une dans mon portefeuille, mais je ne suis pas sûr que ça suffira. Autant prendre mes précautions, afin de ne pas me retrouver coincé après.

Dès que j'ai récupéré une boîte dans le distributeur, j'approche de la porte que j'entrouvre doucement. Mika est plantée devant sa sœur, les bras croisés.

— Qu'est-ce qui se passe ? Et puis d'abord, que foutais-tu dehors avec Leray ? Je croyais qu'il était trop débile pour toi !

— Il n'y a que les imbéciles qui ne changent pas d'avis, la défie Ella en relevant le menton.

J'apprécie son attitude de wineuse. En fait, à part sa foutue langue de vipère et son regard hautain qui me donne l'impression d'être une nullité sur pattes, j'aime tout chez elle, de ses joues qui rougissent joliment à ses jambes sublimes que j'imagine très bien enroulées autour de ma taille.

— Tu m'en diras tant ! râle la blonde.

— Ben quoi ? C'est pourtant toi qui m'as encouragée à aller de l'avant toute la soirée. Il faudrait rester cohérente...

— Je sais, répond Mika, soudain radoucie. Mais fais gaffe quand même. Je te connais, tu es du genre à t'attacher, et Nathan Leray n'est en aucun cas l'homme de la situation. Alors, je te le redis, pas d'imprudence.

— Écoute, comme tu l'as si bien fait remarquer, il faut que je profite de ma jeunesse. Et cet homme est carrément splendide. J'aurais pu trouver largement pire.

Je souris, fier comme un coq.

— Tout ce que j'attends de lui, c'est d'oublier ces derniers mois pendant lesquels j'ai passé tout mon temps à bosser comme une folle.

— Ces derniers mois ? C'est plutôt l'histoire de ta vie, tu veux dire, rétorque sa sœur.

— Eh bien, peut-être que grâce à ton influence déplorable, j'ai décidé de me lâcher un peu. Qu'y aurait-il de mal à passer la nuit avec lui ? Nous sommes tous deux majeurs et vaccinés, alors ça ne regarde que nous et personne d'autre. Pas même toi.

— Si t'émanciper, c'est te faire sauter sur la banquette arrière de sa bagnole, je trouve quand même ça très moyen.

— Il a réservé une chambre d'hôtel, donc remballe

tes conseils à trois balles ! Tu ne peux pas me tenir un discours une minute, et tout son contraire l'instant d'après.

— OK, je renonce. Passe une bonne nuit de folie avec cet apollon, et file au petit matin dès que tu le pourras.

— T'inquiète, dit Ella en l'embrassant.

— Et n'oublie pas les capotes.

— Tu me prends pour une bleue ou quoi ? S'il y en a une qui est au fait de ces choses-là, ici, c'est bien moi.

Je crois que le moment est venu d'entrer à nouveau en scène. Dès qu'elle m'aperçoit, Mika se raidit et s'écarte un peu. Je ne sais pas si elle a pigé que j'avais tout entendu et je m'en cogne. En se tenant si près de la porte des toilettes pour hommes, elle n'était pas très discrète et je crois qu'elle vient d'en prendre conscience. Mais il est trop tard, alors tant pis pour elle.

— Sois prudente, lance-t-elle malgré tout à sa sœur, tandis que j'attrape cette dernière par le bras pour la tirer derrière moi dans la direction opposée.

Ella ne répond pas, mais je sens à son attitude un peu plus raide qu'elle se pose tout un tas de questions et ça me fait carrément chier. Il est temps que je reprenne les choses en main, si je ne veux pas qu'elle me file entre les doigts.

Après un passage par le vestiaire, où elle récupère son sac, nous sortons enfin du club. Tandis que nous dépassons la file d'attente en silence, je baisse la tête pour éviter d'être reconnu. Entendons-nous bien, ce n'est pas que j'ai honte d'être vu en compagnie de cette si belle jeune femme, au contraire. Mais je redoute qu'il y ait un photographe parmi les badauds et qu'on nous suive. Autant pour elle que pour moi, il vaut mieux que personne ne nous aperçoive en train d'entrer dans cet hôtel.

Nous marchons donc en direction de l'établissement,

qui se trouve à moins de cinq minutes, sans nous toucher et sans rien dire. Mais très vite, je m'impatiente. Il faut que je m'assure que nous sommes toujours sur la même longueur d'onde.

— Tout va bien ? je demande doucement.

Ella ne répond pas tout de suite, comme si elle réfléchissait aux mots qu'elle allait employer. Merde, ce n'est pas bon signe !

— Euh, oui, parfaitement, finit-elle par bégayer. Pourquoi cette question ?

— J'ai entendu ta conversation avec Mika. Je ne l'ai pas fait exprès, j'étais sur le point de sortir des toilettes et vous étiez postées juste devant la porte, mens-je comme un arracheur de dents.

Elle ne semble pas s'en formaliser. Pour autant, elle ne s'étale pas non plus sur leur échange. Alors, je décide de prendre les devants. Bordel, je suis attaquant, non ? C'est le moment ou jamais de le prouver.

— Tu sais, je n'ai peut-être pas lu l'œuvre intégrale de Shakespeare…

— Moi non plus, je te rassure ! s'exclame-t-elle avec un rire insouciant.

Sans tenir compte de cette interruption, je continue :

— … mais je te certifie que je suis un putain de bon coup.

— Ça me va parfaitement. C'est tout ce que j'attends de toi, et certainement pas que tu m'invites à l'hôtel pour déclamer des alexandrins.

Évidemment, j'ignore ce qu'est un alexandrin, mais je m'en tape. Au contraire, je souris à ces mots, parce que j'ai l'impression qu'elle devient plus humaine, comme quand je l'ai embrassée tout à l'heure.

Pour que vous puissiez comprendre, Ella est d'une beauté

spectaculaire, presque intimidante, d'autant qu'elle n'en joue pas le moins du monde. Mais parce qu'elle a une caboche qui semble bien remplie, elle représente tout ce que je déteste habituellement. C'est vrai, je ne suis pas un adepte des filles intelligentes. Elles se prennent trop au sérieux et sont plus difficiles à manipuler que les bimbos bien cruches que j'affectionne. La vérité, c'est que j'ai besoin de dominer ma partenaire dans tous les sens du terme, et dès que quelqu'un se révèle plutôt brillant, cela me rappelle à quel point je manque d'éducation. Si j'avais dû réussir grâce à mon cerveau, je serais sans doute encore en train de me lever à 4 heures du matin et je bosserais dans la boulangerie de mon beau-frère pour des clopinettes ! Ajoutez à cela que je me suis fait avoir une fois avec une salope de journaliste qui m'a ridiculisé devant la France entière, et vous comprendrez mon allergie pour les intellos.

— Alors nous sommes bien d'accord, chuchoté-je en prenant sa main pour entrelacer mes doigts aux siens.

Arrivés devant l'établissement où j'ai réservé, je ris intérieurement en voyant sa mine ahurie.

Elle s'arrête et tente de me tirer en arrière.

— Tu es sûr que c'est là ? s'enquiert-elle.

— Tu ne croyais tout de même pas que j'allais t'emmener dans un hôtel de passe miteux ?

Son visage gêné, au moment où nous nous présentons à l'accueil, est un spectacle comique à lui tout seul. Je cesse néanmoins de me marrer lorsque je me rends compte que le réceptionniste est en train de la dévorer du regard.

Oh ! Mais ça va bien, oui ? Tu veux peut-être que je te prête des lunettes aussi, blaireau ?

Mes prunelles lancent des éclairs et je manque de lui enfoncer le stylo dans la main au moment de lui rendre le formulaire que je viens de signer. Il doit avoir pigé l'origine de ma brusque tension, parce qu'il rougit furieusement quand son regard croise le mien, l'air horriblement mal à l'aise.

Eh ben, voilà ! Je préfère ça !

Sans un sourire ni même un merci, je récupère la clé de la chambre et entraîne Ella vers les ascenseurs. Dans la cabine, je me calme un peu et me rends compte qu'elle m'observe avec un mélange de curiosité et d'incompréhension.

C'est pas vrai ! Elle n'a strictement rien remarqué. Incroyable !

Une fois devant la porte, je me tourne vers elle. Pour la première fois, je prends conscience de ma chance. Merde, cette fille est juste sublime et elle a accepté de me suivre, moi, le ch'ti issu des bas-fonds de Roubaix. Pour un peu, il faudrait presque que je me pince.

— Tu es sûre de toi ? je demande à nouveau. Parce que si tu franchis le pas de cette porte, il n'y aura aucun retour en arrière possible.

Je ne sais pas pourquoi j'agis ainsi. Habituellement, je suis nettement moins gentleman. Mais Ella n'est pas comme les autres, je l'ai compris dès que mon regard a croisé le sien. Un instant, je suis saisi par une vague de panique, mais je me souviens presque immédiatement qu'il n'est question que d'une nuit de baise, pour elle comme pour moi.

— Ouvre, murmure-t-elle.

Sa voix est tremblante, mais déterminée, ce qui me conforte dans l'idée qu'elle en a autant envie que moi. Et c'est tout ce que j'avais besoin de savoir.

6

Ella

Au moment où je franchis le seuil de la chambre, je sais que j'ai pris la bonne décision, même si j'ai failli fuir à toutes jambes à plusieurs reprises entre le moment où j'ai accepté de le suivre et maintenant. Mais je suis toujours là. Qu'est-ce qui m'en a empêchée ? Eh bien, durant une partie de la soirée, j'ai observé les jeunes gens de mon âge qui s'éclataient sans se poser de questions. Et la vérité, c'est que je les ai enviés. Alors, pour les quelques heures à venir, je voudrais juste être une fille qui profite de la vie et oublier celle que je suis. Oui, j'ai besoin de piment et d'insouciance, tout ce qui manque dans mon quotidien. Et Nathan Leray est parfait pour ça.

Alors qu'il referme la porte, je m'attends à ce qu'il me saute dessus. À mon grand étonnement, il ne le fait pas, se contentant de glisser la carte dans le logement prévu à cet effet et d'observer le lit, éclairé par deux lampes de chevet. La chambre est spacieuse, mais pas démesurée. Elle est idéale, parce qu'un endroit trop vaste m'aurait forcément mise mal à l'aise. L'ensemble est quand même très luxueux.

— Ah, une dernière chose, murmure-t-il en se tournant vers moi.

— Oui ?

— Je ne pratique pas le sexe oral.

— Sérieusement ?

— Absolument. Je ne te lécherai pas. Du coup, si tu ne veux pas me sucer, c'est pas un problème.

Durant une seconde, je me demande si j'ai bien entendu. Quoi ? Il me semble pourtant que les hommes adorent les fellations. Une petite partie de moi est déçue, parce que c'est justement ce que j'attendais de lui. Zahed n'aimait pas cela et n'a jamais pu s'y résoudre. Pour lui, cette pratique était sale. Là où les choses diffèrent, c'est qu'il n'était pas contre une pipe, c'est le moins qu'on puisse dire. Au contraire, il me le demandait souvent. Mais dès qu'il s'agissait de me rendre la pareille, il arguait que ce n'était pas hygiénique. Ben voyons… Je réalise, à cet instant précis, à quel point il s'est montré égoïste. Pour ma part, jeune et amoureuse, je n'avais pas protesté, même s'il me semblait que je ratais quelque chose.

La curiosité est sans doute un vilain défaut, mais je lui pose malgré tout la question qui me brûle les lèvres.

— Je peux savoir pour quelle raison ?

— C'est un truc trop personnel, que je refuse de faire avec un coup d'un soir. Désolé, je ne veux pas te vexer, mais je préfère être franc avec toi.

— Tu fais bien, admets-je avec un petit sourire. Si je pige bien, tu…

— Je ne fourre pas mon visage dans n'importe quelle chatte.

Waouh, voilà qui s'appelle être cru !

Je devrais me sentir insultée, mais ce n'est pas le cas. Au moins, il a le mérite de se montrer honnête. D'ailleurs, il n'y a rien de méprisant dans sa voix, c'est simplement une constatation, un état d'esprit.

— Mais ton pénis, ça ne te dérange pas ? fais-je remarquer avec amusement.

— Il est plastifié, c'est pas pareil, réplique-t-il aussitôt.

Il me faut quelques secondes pour comprendre ce qu'il entend par *plastifié*. Parce que là, franchement, ça prête à confusion, vous en conviendrez. Cela m'indique qu'il a un peu de mal à maîtriser la langue française. Mais bon, ce n'est pas pour jouer au Scrabble que je suis dans cette chambre d'hôtel, donc je préfère ne pas relever. Je ne tiens pas à le mettre mal à l'aise en le corrigeant. Je suppose que cela doit être désagréable et, surtout, je risque de casser l'ambiance. Or, cette option est inenvisageable. Depuis qu'il m'a embrassée, je ne pense qu'à ça. Et j'ai terriblement envie qu'il recommence, le plus vite possible de préférence.

— Très bien, comme tu voudras. Ce n'est pas le genre de chose que je fais la première fois, de toute façon, crois-je utile de préciser.

Et c'est vrai. Dans le fond, je suis comme lui. Pratiquer une fellation est pour moi une preuve d'amour, une manière de montrer ses sentiments à son partenaire. Or, ici, il n'est question que de désir et de recherche du plaisir. Autant ne pas tout mélanger.

À cette idée, je suis soudain submergée par une vague de stress. Faudra-t-il que je simule ? Zahed n'a jamais réussi à m'emmener assez haut pour que je puisse avoir un orgasme et, pourtant, ce n'est pas faute d'avoir essayé. Hélas, je suppose que je n'ai jamais su lâcher assez prise. Bref, je suis ce qu'on appelle une femme frigide. Mais ce que vous ne connaissez pas ne peut pas vous manquer, n'est-ce pas ? D'autant que, malgré cela, j'ai apprécié de faire l'amour avec celui qui a été mon unique partenaire. Mais il me semble que c'était plus pour le contact et pour le rapprochement affectif que pour l'aspect physique de la chose.

Avant que j'aie eu le temps de paniquer pour de bon, Nathan se place derrière moi et colle son bassin à mon dos, histoire de me montrer à quel point il est excité. Au lieu de me rendre nerveuse, ce contact me grise comme jamais. Une chaleur insidieuse me gagne pour culminer entre mes cuisses. Nom d'une pipe, je n'ai jamais été troublée à ce point ! Refusant que mon cerveau reprenne le dessus, je ferme les paupières et me laisse aller à ces sensations si nouvelles pour moi, mais terriblement enivrantes.

La main de celui qui va selon toute probabilité devenir mon amant se glisse sous mon débardeur pour caresser la peau de mon ventre. Aussitôt, mes poils se hérissent sous l'effet de la chair de poule. Je me presse un peu plus contre lui. Considérant cela comme une reddition — et il a raison, c'est exactement le cas —, il fait remonter ses doigts vers ma poitrine pour empaumer l'un de mes seins par-dessus la dentelle de mon soutien-gorge. Ceux-ci sont gonflés tellement je suis excitée, si bien que je me déconnecte totalement de mon esprit, ne cherchant qu'à aller plus loin dans la quête du plaisir. Qui sait ? Peut-être que Nathan réussira là où Zahed a échoué ? En tout cas, je l'espère sincèrement. Après tout, n'a-t-il pas prétendu qu'il était doué ?

D'un mouvement brusque, il me retourne afin que je sois face à lui. Sa bouche fond sur la mienne et, une fois de plus, j'oublie tout. Cet homme a un pouvoir sur moi qui pourrait me sembler terrifiant ou diabolique si ce n'était pas aussi bon. Il me pousse à reculer, jusqu'à me faire basculer doucement en arrière sur le lit. Alors que je pensais qu'il s'allongerait sur moi, il se redresse et se déshabille prestement. À mesure que ses vêtements disparaissent de ma vue, je découvre un corps absolument parfait. Musclé sans être trop massif, élancé et admirablement proportionné. Sur son torse, j'aperçois un tatouage représentant un dragon et ce dessin menace de me rendre complètement dingue. En hâte, je me débarrasse de mes baskets et de mes chaussettes basses. Au moment où je m'apprête à ouvrir le bouton de ma jupe, il pose sa main sur la mienne et murmure d'une voix éraillée qui me fait chavirer :

— Laisse, je m'en occupe.

J'adore cette idée, tout simplement. Le fait qu'un homme puisse gérer totalement la situation sans rien demander en retour est véritablement libérateur. Au fond, tout ce qu'il attend de moi, c'est que je profite du moment sans me préoccuper de rien d'autre. Ce n'est pas dans mes habitudes de réagir ainsi, mais qu'est-ce que ça fait du bien de s'abandonner !

C'est alors qu'il baisse son caleçon, après avoir récupéré la boîte de préservatifs dans la poche arrière de son jean et l'avoir jetée sur le lit. Quand je découvre son pénis fièrement dressé, je ne peux retenir un hoquet de surprise. Je ne crois pas être une mijaurée et j'ai vu de nombreux hommes nus dans le cadre de mon métier. Mais là… je n'avais jamais eu face à moi un mec aussi bien pourvu. À la fois large et long, son sexe est impressionnant. En tout cas pour moi. Je sais bien que ça ne se fait pas d'établir des comparaisons, mais je ne peux m'empêcher de repenser à Zahed et je me demande pour la première fois si le problème ne venait pas finalement de lui. Même s'il n'avait pas ce qu'on pourrait qualifier de micropénis, il faisait tout de même pâle figure par rapport à l'énorme engin qui se trouve sous mon nez. Je souffle malgré moi :

— L'anaconda.

— Ouais, exactement, rétorque-t-il avec le sourire satisfait du mec particulièrement fier de lui.

Néanmoins, je ne peux pas le blâmer, parce qu'il a toutes les raisons de l'être. Je suis la première à le reconnaître. Quel corps ! J'en suis encore toute retournée, alors qu'il se penche sur moi pour ouvrir le bouton de ma jupe et la faire glisser le long de mes cuisses. Vient ensuite le débardeur qui disparaît en un clin d'œil. Ainsi exposée, juste vêtue de mes dessous rouges, je me sens plus fragile que je ne l'ai jamais été. En réalité, je manque cruellement de confiance en moi, face à ce type dont la beauté me coupe le souffle.

— Putain, qu'est-ce que t'es jolie ! s'extasie-t-il d'une voix qui laisse deviner son émoi.

Cela a le don de me rassurer immédiatement et c'est moi qui dégrafe l'attache de mon soutien-gorge en me cambrant. Lorsque je le retire, je vois ses pupilles se dilater. Sans perdre une seconde, il me débarrasse de ma culotte, si bien que nous sommes tous deux totalement nus. Alors seulement, il s'allonge et son corps recouvre le mien, tandis que sa bouche revient vers la mienne avec une ferveur et une fébrilité qui menacent de me rendre folle. Sa peau se frotte à la mienne et je ne peux empêcher mes jambes de s'enrouler autour de ses hanches, mais il les repousse doucement. Surprise, je l'observe, les sourcils froncés. Avec un sourire empreint d'une tendresse qui provoque un raté de mon cœur, il chuchote :

— Pas encore.

Alors là, je suis perplexe. Si nous ne faisons pas de

cochonneries avec la bouche, que nous reste-t-il hormis le rapport en tant que tel ? Lorsqu'il se penche sur mes seins qu'il embrasse longuement sans jamais toucher mes mamelons devenus douloureux, je ne tarde pas à découvrir que j'ai tout faux. Quand il décide enfin de s'en occuper et qu'il en happe un pour le sucer avec force, je pousse un cri de stupéfaction et de plaisir mêlés. Après l'avoir léché, mordillé, et titillé de toutes les manières possibles et imaginables, il recommence avec le second. Incapable de me retenir, je me trémousse dans tous les sens en geignant d'une voix que je ne reconnais pas comme étant la mienne.

— T'es vraiment trop bonne, susurre-t-il tout contre ma peau.

Ses doigts prennent tout leur temps pour se diriger vers le sud. Je choisis de l'imiter, estimant qu'il est parfaitement injuste de lui laisser faire tout le boulot. J'arrive à peine à en faire le tour tellement il est massif, mais quand ma main se met à bouger sur son sexe, Nathan pousse un grognement qui fait ruer le sang dans mes veines. Un rush d'adrénaline me submerge brutalement et c'est avec frénésie que je cherche sa bouche afin de l'embrasser encore et encore. Il glisse son majeur et son index en moi sans la moindre difficulté, tellement je suis humide. Encore une fois, c'est une première. Zahed devait sans cesse mouiller avec sa salive, afin de me lubrifier. Or là, c'est totalement inutile. Quand ses doigts se mettent à bouger et que son pouce trace des cercles autour de mon clitoris, j'ai l'impression que je suis en train de décoller du matelas. Les sensations sont si intenses que ma respiration se coupe et je sens mes yeux se révulser. Puis, alors que je ne m'y attends pas, je la perçois… Oui, une véritable houle gagne l'ensemble de mon corps. C'est dingue, mais tellement, *tellement* bon ! Et ça monte et monte toujours…

Soudain, tous mes muscles se tendent, j'ai l'impression d'être sur le point de sauter du bord d'une falaise sans le moindre parachute. Pas le temps de paniquer, cependant, parce que l'instant d'après des spasmes m'agitent violemment. Alors, c'est ça l'orgasme… Je comprends maintenant pour quelle raison on en fait tout un plat. C'est juste extraordinaire d'intensité et de bonheur à l'état pur.

Les doigts de Nathan me quittent quelques secondes, pendant qu'il enfile un préservatif, tandis que je tente de reprendre mon souffle qui s'est sacrément emballé.

Enfin, il se poste au-dessus de moi et guide son pénis vers mon sexe. Une fois de plus, je n'ai pas le temps d'avoir peur, ni de me demander si je vais être capable de l'accueillir, que déjà, sans aucune difficulté, il se glisse en moi. Je baisse les yeux vers l'endroit où nos corps se rejoignent et je découvre avec surprise qu'il n'en est qu'à la moitié, alors que je le pensais complètement en moi. À nouveau, il pousse doucement, observant les réactions sur mon visage, guettant sans doute la moindre trace d'inconfort. Mais c'est loin d'être le cas, bien au contraire. À mesure qu'il progresse, les sensations refluent et l'excitation me gagne à toute vitesse. Quand enfin il est totalement enfoui en moi, je me sens parfaitement comblée.

— Bon sang, ta chatte est tellement serrée ! grogne-t-il entre ses dents.

C'est le paradis. Lorsque mes jambes s'enroulent autour de sa taille, il se met à bouger tranquillement, avant d'accélérer le rythme. Prise d'une frénésie que je ne parviens pas à contrôler, j'ondule en me calquant sur ses mouvements. Et tout recommence, mais de manière décuplée. Je suis comme folle, chaque fois qu'il cogne contre ce que je suppose être mon point G, et au bord du gouffre quand il se retire. Les doigts enfoncés dans sa chevelure, je l'observe, fascinée par le spectacle qu'il m'offre. Avec ses cheveux ébouriffés par mes mains et sa lèvre inférieure coincée entre ses dents, Nathan est juste splendide. Et lire l'extase sur ses traits me propulse vers un monde extraordinaire fait uniquement de plaisir dans sa version la plus intense.

Je ne pensais pas que c'était possible, mais il continue à accélérer. Dans la pièce, on n'entend plus que nos respirations erratiques, le claquement de nos peaux, et nos gémissements. C'est incroyable ! Il bouge maintenant de plus en plus rapidement. Je n'ai que peu d'espoir d'avoir un nouvel orgasme, même si j'adore ce qu'il me fait. Je suis donc particulièrement choquée lorsque je sens tout mon corps se crisper violemment, avant d'exploser avec tant de force que j'ai l'impression d'être sur le point de faire une syncope. Nathan me rejoint après deux poussées supplémentaires dans un cri digne du rugissement d'un lion.

Nous demeurons longtemps affalés l'un sur l'autre, tentant tant bien que mal de recouvrer nos esprits. En toute franchise, je viens de vivre l'expérience la plus dingue de toute ma vie et je ne remercierai jamais assez cet homme pour ce qu'il m'a apporté. Durant toutes ces années, il m'a semblé naturel de rester systématiquement sur le bord du chemin, sans jamais connaître l'assouvissement. Je comprends aujourd'hui que rien de tout cela n'était normal.

Après ce qui me semble une éternité, mon amant d'une nuit se retire et se relève pour se rendre dans la salle de bains. De mon côté, je suis toujours incapable de bouger. J'ai l'impression que mes membres pèsent une tonne. Et c'est terriblement agréable de me sentir à la fois lourde et légère, complètement déconnectée de la réalité.

Au moment où Nathan revient vers le lit, je suis brusquement gênée, ne sachant quelle attitude adopter.

— Tout va bien ? s'enquiert-il avec sa nonchalance habituelle.

— Hum, oui, pas mal.

C'est clairement en dessous de la vérité. Mais je ne peux tout de même pas lui avouer que je viens de vivre les moments les plus intenses de toute mon existence et que, grâce à lui, je ne verrai plus jamais les choses de la même manière. Il me semble également qu'avec n'importe quel autre mec je n'aurais jamais eu autant de plaisir. Mais ça non plus, je ne peux pas le lui confier.

Nous restons silencieux, tandis que je m'installe sur les oreillers et qu'il s'allonge à mes côtés, le regard rivé sur le plafond. Le malaise devient palpable et je décide d'abréger ses souffrances et de lui proposer une porte de sortie. C'est le minimum après ce qu'il vient de m'offrir.

— Tu veux que je m'en aille ?

Nathan se raidit et tourne enfin son beau visage vers moi.

— Pourquoi, tu veux partir ?

Il n'a pas répondu à ma question, mais je ne m'en formalise pas.

— Pas vraiment. Sauf si la situation te met mal à l'aise.

— Non. J'étais juste en train de me dire que j'avais trouvé ça vachement bien.

Je souris, soulagée.

— Moi aussi.

— Et je me demandais aussi combien de temps il te fallait pour récupérer. Parce que j'ai carrément envie de recommencer.

— Pareil.

J'ai à peine terminé de prononcer ce simple mot, que déjà il se rue sur moi, et je ris.

Durant une bonne partie de la nuit, nous ne parlons plus. Au lieu de ça, nous soupirons, nous gémissons, nous crions. Avec étonnement, je me découvre à la fois téméraire et joueuse. Lorsque j'embrasse son torse, suivant les contours de son tatouage du bout de la langue tout en le masturbant lascivement, ses râles de contentement sont aussi plaisants pour moi que ses caresses. Je me surprends même à me mettre à califourchon sur lui pour mener la danse. Bref, je n'écoute plus que mon corps et le sien, pour sombrer dans un plaisir sans cesse renouvelé. Je cesse de compter les fois où il me fait jouir à partir de la quatrième et c'est loin d'être la dernière. J'avais déjà entendu parler des orgasmes multiples, mais j'ai toujours cru qu'il s'agissait d'une légende urbaine. Une fois de plus, je me suis trompée. Enfin, épuisés, mais comblés, nous nous endormons enlacés.

Lorsque je me réveille, éblouie par la lumière de l'aube, Nathan sommeille profondément à mes côtés. Après avoir pris quelques secondes pour recouvrer mes esprits, je décide de m'éclipser. Ce n'est pas que je suis mal à l'aise, mais… en fait, si, carrément ! Avec mille précautions, je me dégage et me lève pour récupérer mes vêtements éparpillés sur la moquette, avant de me rendre dans la salle de bains. Après un passage rapide par les toilettes, je m'habille à toute vitesse. Je n'ai aucune envie d'être là quand il émergera et ne saura plus comment se débarrasser de moi. Il a sa vie, j'ai la mienne, et il n'a jamais été question d'autre chose que d'une nuit de plaisir.

Lorsque je reviens dans la chambre, je retiens mon souffle de peur de le réveiller. Alors que je suis sur le point de partir, je suis prise d'une impulsion soudaine. Je saisis un bloc-notes à en-tête de l'hôtel et y inscris :

Merci pour tout. Ella

Je déchire la feuille et la place délicatement sur mon oreiller. Puis, je récupère mon sac et me dirige vers l'entrée. Après un dernier regard empli de tendresse et de reconnaissance, je quitte enfin la chambre.

Je ne considère pas mon parcours jusqu'à la porte du hall comme un *walk of shame*, d'abord parce que je pars la première et aussi parce que je suis plutôt fière de moi. Quand la brise fraîche du matin caresse mon visage, je ne peux m'empêcher de sourire. Je ne me rappelle pas m'être sentie aussi bien depuis des lustres, vivante tout simplement. Et c'est à Nathan Leray que je le dois. Ce type est peut-être un monstre d'arrogance, mais c'est également un amant hors du commun. Un petit regret me pince le cœur, lorsque je m'engouffre dans le taxi qui vient tout juste de s'arrêter à ma hauteur. Cette alchimie si incroyable entre nous aurait mérité d'être creusée. Mais ce ne sera pas le cas et il est temps de revenir à la réalité après cette nuit inoubliable.

7

Nathan

Le clic de la porte qui se referme me fait ouvrir les yeux. Avec étonnement, je constate qu'Ella vient de s'en aller. Pour un peu, j'en serais presque déçu, même si je dois avouer que je suis soulagé. Elle a eu la présence d'esprit de nous épargner des adieux plus gênants qu'autre chose. Pourtant, une partie de moi aurait bien aimé prendre le petit déjeuner en sa compagnie, histoire d'apprendre à la connaître un peu mieux, avant de la déposer chez elle.

De qui tu te fous ? me souffle une petite voix intérieure. *Tu avais juste envie de la sauter une dernière fois avant de te retrouver dans une situation à la con dont tu n'aurais pas su comment te sortir. Est-ce que ça en aurait vraiment valu la peine ?*

Putain que oui ! je songe immédiatement.

Lorsque je me tourne pour plonger le nez dans son oreiller, afin de respirer son odeur si unique, je découvre une feuille de papier, sur laquelle elle m'a laissé un mot. Son écriture est à la fois belle, droite et parfaitement lisible. Ça change de mes griffonnements dignes d'une patte d'ours. Ses mots me surprennent un instant, avant de me faire sourire. Elle me remercie ? Mais de quoi au juste ? C'est plutôt moi qui aurais dû le faire !

Si je suis honnête, je dois admettre que j'ai vécu la nuit la plus hallucinante de toute ma vie. Et pourtant, Dieu sait que j'ai baisé un paquet de nanas, par tous les trous, et dans toutes les positions imaginables ! Mais jamais aucune ne s'était abandonnée avec autant de ferveur dans mes bras. Nos corps se sont emboîtés à la perfection, comme s'ils se reconnaissaient, et j'ai eu avec elle plus de plaisir qu'avec n'importe quelle autre femme. Dire que nous n'avons même rien fait de particulièrement cochon ! Mais il n'y en avait pas besoin, parce que les sensations étaient déjà tellement intenses que c'était à la limite du supportable. Bon sang, quel pied d'enfer ! J'essaie de chasser le sourire abruti qui barre mon visage de part en part, mais c'est impossible. Je dois avoir l'air complètement stupide.

Sous la douche, je ne peux pas m'empêcher de repenser à cette petite souris qui m'a retourné la bite et le cerveau. Elle n'avait pas beaucoup d'expérience, je l'ai compris immédiatement, mais elle a pris sur elle et m'a procuré plus de sensations que la plus experte des actrices porno. À ce souvenir, ma queue tressaille et se met au garde-à-vous, comme si elle n'en avait pas eu assez hier. Et pourtant, j'ai exploré son corps pendant des heures, baisé et joui plus qu'avec n'importe qui d'autre. Hallucinant ! Ma main se ferme sur ma bite et commence à la masturber avec lenteur, pendant que j'imagine que c'est elle qui me caresse de cette manière. Bien sûr, ma grosse paluche n'a rien en commun avec ses petits doigts effilés, aux ongles dépourvus de vernis et coupés court. Ça aussi, ça la différenciait des meufs habituelles. La plupart d'entre elles ont des ongles longs — souvent faux — et parfaitement manucurés. Même son absence totale de coquetterie m'a envoûté. Alors, pour en profiter une dernière fois tant que je suis encore sous le charme, les mouvements de ma main s'accélèrent, jusqu'à ce que le plaisir me vrille les reins pour finir par une éjaculation qui soulage enfin mon pénis plus dur que du béton.

Lorsque j'émerge de la salle de bains, je récupère le mot d'Ella. Il n'est pas question que le personnel le découvre, il est à moi. Avec une pointe de regret, j'observe le lit défait où j'ai passé des moments délirants, avant de quitter la chambre. Je suppose qu'avoir fait ça dans un hôtel, et non dans ma bagnole, a accentué l'aspect unique de l'expérience. J'aurais bien aimé recommencer, juste pour vérifier si c'est aussi terrible que dans mes souvenirs ou si je ne suis pas en train d'idéaliser cette nuit et de me faire des films.

Mais cela ne fait pas partie de mes projets et je ne dérogerai pas à la règle que je me suis fixée, c'est-à-dire jamais deux fois de suite. Ma seule priorité est ma carrière, et rien ne doit se mettre en travers de ma réussite. C'est parce que je suis toujours concentré et à fond dans mon boulot que je parviens à donner le meilleur de moi-même. Une nana est systématiquement synonyme d'embrouilles, tout le monde sait ça.

Et puis, l'exemple déplorable de mes parents ne me donne aucunement envie de construire quoi que ce soit avec qui que ce soit. Une pochtronne et un raté qui se sont détruits mutuellement, voilà ce qu'ils nous ont laissé comme modèles. Et nous, leurs gosses, avons juste été des dommages collatéraux dont ils se foutaient royalement.

Une heure plus tard, je suis chez moi et sur le point de partir à l'entraînement. En ce moment, nous sommes en pleine trêve estivale, mais il ne faut malgré tout pas se relâcher. Après deux semaines passées avec des potes à Miami, c'est le moment de se remettre au boulot. Ceux qui sont présents peuvent bénéficier de sessions de préparation. Voilà pourquoi je suis à Paris, alors que la capitale se déserte lentement.

À mon arrivée au centre sportif, je suis étonné de voir Enrique en grande discussion avec Chris, un défenseur espagnol. Je n'aime pas ce mec, il est sulfureux et pas très franc du collier. Il a une mauvaise influence sur certains coéquipiers, donc j'évite d'être trop en contact avec lui. Même pendant les matchs, il pousse ses adversaires à la faute et simule comme un putain d'acteur. Pour moi, ce n'est pas ça, le jeu. Mais bon, il fait partie de la team, alors je ne peux pas l'esquiver tout le temps.

— Ho, Nath, lance mon pote argentin.

À en juger par son sourire, il est ravi que je sois là pour le sortir de ce sac de nœuds.

— Salut, les gars. Alors, on a décidé de souffrir ? réponds-je, amusé.

Pour des raisons évidentes, je suis de super humeur ce matin.

— J'étais en train d'expliquer à notre ami les bienfaits de la sextape, déclare Chris en me serrant la main.

Je comprends mieux pourquoi Enrique a l'air super mal à l'aise et m'a accueilli comme le Messie.

— Tiens donc ! Tu m'en diras tant…

— C'est génial pour se branler si t'es dans des chiottes et que t'as la trique.

Je cache une grimace écœurée. Bon sang, il est complètement perché, lui !

— Et puis, si la fille t'emmerde, tu peux la coincer grâce à ça. Résultat, elle fait tout ce que tu veux !

— Ce n'est pas un peu illégal, le chantage ? ne puis-je m'empêcher de lui faire remarquer.

— Et alors ? Si ça te permet de baiser ses copines, c'est le bon plan, non ? Si tu la diffuses, elle passe pour une salope et toi pour un dieu du sexe. Je te jure que c'est vrai ! C'est du gagnant-gagnant, ajoute-t-il face à ma mine sceptique.

— Jusqu'à ce qu'il y en ait une qui soit moins conne que les autres et qu'elle te colle en taule. Tu devrais te méfier, mec, on ne joue pas avec les nanas comme avec des Playmobil !

— *Mierda !* Vous êtes décidément trop coincés, bande de nuls, rétorque-t-il en s'éloignant.

Enrique se tourne vers moi et m'adresse un sourire reconnaissant.

— Merci, Nath, j'ai cru que je n'arriverais jamais à m'en débarrasser. Mika m'a raconté que c'était un sale type et qu'elle ne voulait plus avoir affaire à lui. Il paraît qu'il lui a foutu la main au cul et qu'elle lui a collé une baffe. Depuis, elle évite à tout prix de l'interviewer. Il sait que je sors avec elle, c'est pour ça qu'il m'a parlé de cette connerie de vidéo. Je te jure, il me dégoûte !

— C'est vrai alors ? Tu es avec cette journaliste ?

— Ouais, elle me plaît trop ! Et toi ? Je t'ai aperçu avec sa sœur.

— Ben, comment dire ? On a passé un bon moment, un très bon moment même, je murmure avec un regard rêveur.

Mon pote se met à rire, parce que je dois avoir la bobine d'un parfait abruti.

— Tu vas la revoir ?

— Nan, c'était l'histoire d'une nuit, rien de plus. Je ne suis pas comme toi, je ne sors pas avec les filles. D'ailleurs, que penserait ton épouse si elle était au courant de cette petite aventure ? Au fait, elle arrive quand ?

Je n'ai pas pu m'empêcher de lui renvoyer ses propres conneries à la tronche. Parce que, sous ses airs de gentil, Enrique est un peu faux-cul sur les bords et même au milieu. Il est marié, père de famille, mais quand sa femme est absente, il la trompe sans état d'âme. Donc, de nous deux, je ne suis pas sûr d'être le plus salaud en baisant des filles que je n'ai pas l'intention de revoir. Aucune promesse, aucun engagement. Ça vaut ce que ça vaut, mais ça a le mérite d'être clair. Mon pote, lui, ne leur raconte jamais qu'il est marié. Quand ses conquêtes le découvrent, c'est souvent trop tard, car elles sont déjà mordues. Pas très correct comme comportement, si vous voulez mon avis.

— Tu es comme Chris ?

Je me tourne vers lui, à la fois surpris et vexé. Comment peut-il me comparer à ce bouffon ?

— T'es pas bien ?

— Dans ce cas, pourquoi ne pas la revoir ? Tu as dit toi-même que tu l'aimais bien !

— Ce n'est pas comme ça que je fonctionne.

— Alors, comment ? Moi, je n'apprécie pas les débuts, je suis toujours mal à l'aise. Ce que je préfère, c'est quand on se connaît déjà un peu et qu'on se découvre encore. Tu devrais essayer. Personne ne te demande de l'épouser ni de lui faire un gosse !

Face à ma mine épouvantée, il éclate de rire.

— Tu as tort, mon ami, parce qu'elle est sacrément jolie et Mika m'a expliqué que sa sœur était un drôle de phénomène. Je crois que c'est l'unique personne qui l'impressionne.

Alors que nous entrons dans le vestiaire pour nous mettre en tenue, je suis une fois de plus stupéfié par ce mec. C'est vrai, il cause mieux le français que moi ! Dès qu'il a su qu'il voulait être footballeur pro et évoluer dans un club européen, il a appris l'anglais, l'italien et le français. Il parle les trois langues couramment et ça m'épate, moi qui ne connais que vaguement le ch'ti et qui ne maîtrise aucune langue étrangère, pas même pour dire bonjour ou au revoir.

Durant tout le temps de l'entraînement, je ne parviens pas à me sortir les paroles d'Enrique de la tête. Si je suis honnête, je dois avouer que j'ai vraiment envie de revoir Ella. Pas juste pour baiser, mais aussi pour la connaître. Seulement, cette simple idée me fait flipper comme un malade. Je me dépense plus encore que d'habitude, histoire de penser à autre chose. À la fin de la session, je suis épuisé, mais pas forcément plus avancé. C'est même carrément le flou total. Pourtant, je suis toujours de bon poil, malgré tout.

Lorsque j'arrive près de ma voiture, je remarque un billet glissé sous l'essuie-glace avant.

— T'en fais ce que tu veux, lance Enrique en me donnant une claque sur le dos. À demain, mon pote.

Avec curiosité, je le récupère et m'installe derrière le volant de mon Range noir. Depuis quand ce babache met-il des mots doux sur mon pare-brise ? N'importe quoi !

Quand je le déplie, je sens immédiatement le sang pulser dans mes tempes.

Ella Moreau — 259 rue Saint-Martin — 75003 Paris (c'est en face du Conservatoire des arts et métiers).

Je démarre pour retourner chez moi, le cerveau plus retourné que jamais. J'adore mon appartement, situé avenue Montaigne. Ça fait partie des avantages en nature octroyés aux joueurs phares du PSG. Et clairement, être logé gratuitement dans un quartier de la capitale où les loyers sont tellement chers que même une bourge comme Ella ne pourrait pas s'y payer un studio a été déterminant dans mon choix. Après, Paris ne sera qu'un passage, puisque je rêve depuis que je suis gosse d'évoluer dans un club italien. Je me donne encore un an ou deux pour me faire remarquer par un entraîneur étranger, avant de mettre les voiles. La Juventus de Turin, le Milan AC ou la Lazio de Rome, voilà des teams qui me branchent. Pour le môme qui a grandi sous le ciel gris et pluvieux de Roubaix, ce serait une sacrée revanche. Cela dit, jouer en Angleterre ou en Espagne pourrait également se révéler intéressant. Laissez-moi vous expliquer ceci : peu importe si je n'ai pas mon bac, ni le brevet des collèges, je suis capable de flairer une occasion et de négocier mes contrats sans l'aide d'un agent. Dès qu'il s'agit de pognon et de carrière, je n'ai pas besoin de qui que ce soit pour savoir ce qui est bon pour moi. Et personne, je dis bien *personne*, ne me détournera de mon objectif, pas même cette petite souris aux yeux bleus qui semble m'avoir ensorcelé.

Après deux heures à tourner en rond et à me creuser les méninges dans tous les sens, j'en arrive à la conclusion qu'il faut que je la revoie. Je me persuade que si nous sortons une ou deux fois ensemble, je remarquerai ses défauts et elle finira par me gonfler comme toutes les autres. Parce que, au train où vont les choses, mes hormones et surtout ma bite sont en train d'en faire une déesse du sexe et de la mettre sur un piédestal qui me paraît particulièrement malsain. Il faut donc que je crève cet envoûtement dans l'œuf, tant que je le peux encore.

Alors que je m'apprête à appeler Enrique pour lui demander le numéro de Mika, mon portable sonne. Je découvre qu'il s'agit de ma sœur aînée, Emma. C'est elle qui m'a élevé et qui se rapproche le plus de ce qu'on pourrait appeler une figure maternelle. Ma vieille, elle, a passé plus de temps torchée que sobre et a fini par en crever comme une merde, quand j'avais treize ans. Parce que mon paternel s'était tiré et qu'on ne l'avait pas revu depuis dix ans, c'est Emma qui nous a recueillis, Yann, Léa et moi. Rien que pour ça, je ferais n'importe quoi pour elle. Aussi, je décroche immédiatement.

— Hey, frangine ! Tu vas bien ?

— Mais oui, mon mignon !

Je lève les yeux au ciel, en entendant ce surnom qu'elle utilise depuis des années. Pourvu que personne ne l'apprenne jamais, sinon je serai la risée du monde du foot !

— Tu as besoin de quelque chose ?

En règle générale, nous nous téléphonons une fois par mois pour prendre des nouvelles. Or, je l'ai eue en ligne la semaine dernière. Donc, je sais que ce n'est pas juste pour me demander comment je vais qu'elle m'appelle.

— Oui et non. Je voulais juste te dire que j'ai vu Yannick.

À ces mots, je me fige.

— Tu es toujours là ? finit-elle par s'inquiéter.

— Oui.

— Grâce à une histoire de remises de peine, il peut sortir avant la fin de l'année. Enfin, s'il a un boulot.

— Et alors ?

— Nathan, Yann est ton frère !

— Ouais, et c'est aussi un sombre connard qui a buté un mec. Et puis, je te signale que je lui verse une pension chaque mois, comme tu me l'as demandé il y a sept ans. J'en fais assez, je pense.

— Il t'a élevé ! Bon sang, comment tu peux être aussi ingrat ? Je ne te comprends pas ! C'est lui qui t'a appris le foot, lui qui t'a entraîné pendant des années et qui a invité le responsable du centre de formation du LOSC pour qu'il te regarde jouer. Sans lui, tu serais encore en train de faire du pain à la boulangerie !

Je soupire longuement. Depuis qu'il a été incarcéré, j'ai toujours refusé de voir mon frère. Ce con a écopé de douze ans et a foutu toute notre relation en l'air en m'abandonnant au moment où j'avais le plus besoin de lui. Jamais je n'ai pu le lui pardonner et la rancune est sans doute un de mes pires défauts.

Toutefois, Emma est dans le vrai et j'ai conscience de ce qu'il a fait pour moi.

— Il ne peut pas rester à Roubaix, ce n'est pas possible. Si j'avais une autre solution, je ne te demanderais pas ton aide. Et tu sais que je n'ai jamais rien réclamé pour moi.

Là encore, c'est la vérité. J'ai voulu lui payer une baraque et lui filer du fric, mais elle a systématiquement refusé, préférant tirer la langue et bouffer des pâtes, plutôt que de me devoir quoi que ce soit. Pour résumer, elle est au moins aussi orgueilleuse que je suis rancunier. Mais bon, je dois reconnaître qu'elle n'a pas tort. Je dois beaucoup à mon frangin qui a toujours veillé sur moi quand j'étais môme. Je ne peux décemment pas refuser de l'aider.

— Écoute, je vais voir ce que je peux faire. Mais sans diplôme, ça va être compliqué.

— Et après ? T'en as un, toi ? C'est un bosseur et il veut se réinsérer pour laisser les conneries derrière lui. On peut quand même le soutenir, ou bien ? Tout le monde a droit à une seconde chance.

— C'est lui qui t'a dit de m'appeler ?

— Bien sûr que non ! Qu'est-ce que tu crois ? Il ne va pas te demander la charité, ce n'est pas son genre. Mais si cette saleté de gang l'attrape et essaie de se venger, il est foutu. On retrouvera son cadavre au fond de la Deûle. Et je refuse ça pour mon frère. C'est un gars bien, et tu le sais.

— Mouais…

Je ne partage pas vraiment son avis, mais je préfère me taire. Inutile de nous engueuler au téléphone.

— Il y a autre chose.

— Vas-y…

— C'est Dylan.

Je souris à l'évocation de mon neveu. Ma sœur a affublé ses quatre enfants de prénoms américains. Je trouve ça ridicule, surtout que son nom de famille est Fournier. Non mais, Dylan Fournier, vous avouerez quand même que c'est bien naze ! Bref, c'est le petit dernier et, à tout juste quatre ans, il leur en fait baver comme aucun autre avant lui.

— Est-ce que tu pourrais lui demander de se calmer ? L'instit m'a expliqué que je devais l'emmener chez un psychologue, sinon elle refuse de le laisser passer en deuxième année de maternelle. Elle prétend qu'il est attardé, enfin elle ne l'a pas dit comme ça, mais c'est ce qu'elle laissait entendre. Je te jure, j'en dors plus ! Et je ne te parle pas de son comportement à l'école et avec nous. Une catastrophe ! Est-ce que tu pourrais lui parler ? Tu es son idole, il n'écoute que toi.

Je serre les dents, scandalisé. Comment une maîtresse d'école peut-elle parler comme ça d'un gosse ? Merde, je sais bien qu'on n'est pas des flèches dans ma famille et qu'on n'a jamais brillé en classe, mais il y a des limites.

— C'est elle, la connasse complètement débile ! T'inquiète, je passerai d'ici une quinzaine de jours, pour un week-end. Je lui ferai la morale.

— Merci, Nath, tu me sauves la vie ! Préviens-moi juste pour m'indiquer quand tu penses venir, que je prévoie le dîner. Je ne peux pas t'inviter au resto comme tu l'as fait la dernière fois, les temps sont durs en ce moment, mais…

— Eh, eh, eh ! Pas de panique. Fais-moi une tarte au maroilles, ça m'ira très bien. Tu veux que je t'envoie du fric ?

— Certainement pas. Je préfère crever la gueule ouverte plutôt que de mendier ! J'ai ma fierté.

Qu'est-ce que je vous disais ? Quelle bourrique, celle-là !

— T'es bête, tu sais… Je peux t'aider, ça ne me pose aucun problème.

— Ben à moi, si. Et si tu continues à me faire chier avec ça, je te jure que je raccroche !

— C'est bon. Je n'insiste pas.

— Tu fais bien. Est-ce que tu iras voir Yann ?

— Alors là, sûrement pas ! Faut pas pousser quand même.

Nous coupons la communication peu après et je me sens super énervé. Fait chier ! Je ne veux plus entendre parler de mon aîné, il m'a trop déçu. C'est si difficile à comprendre ? Bon sang, je ne devrais pas avoir à me justifier !

Puis, mes yeux dévient vers le papier qui traîne sur la table basse. Ella Moreau. Avec elle, j'ai tout oublié, y compris mon passé. Sur un coup de tête, je reprends mon iPhone et effectue une recherche dans les pages jaunes.

Trois minutes plus tard, je dicte ma commande.

— J'aimerais faire livrer un bouquet de fleurs…

8

Ella

— Ella ! Bouge tes fesses immédiatement ! crie ma sœur depuis le salon.

Encore complètement dans le coltard, je refuse d'ouvrir les paupières.

— ELLA !

Oh, mince, mais qu'est-ce qu'elle me veut ? Paresseusement, je récupère mon portable et découvre qu'il est déjà 14 heures. Quoi ? J'ai dormi cinq heures ? Incroyable ! Moi qui ne sommeille jamais en journée, quand bien même j'ai quasiment fait une nuit blanche, je suis la première étonnée.

— *ELLA !*

Les hurlements de Mika commencent sérieusement à me stresser. J'ignore ce qui lui prend, mais il faut qu'elle se calme.

— J'arrive !

Chancelante, je traverse la chambre pour rejoindre

notre salon. J'atteins le pas de la porte, juste au moment où elle s'apprête à crier à nouveau.

— C'est bon, je suis là. J'espère que tu as une bonne excuse pour beugler comme ça. C'est un miracle si les voisins n'appellent pas les flics, avec tout le boucan que tu fais !

Lorsqu'elle s'écarte de la table basse, je découvre un énorme bouquet de roses rouges et blanches. Il doit au moins y en avoir une soixantaine.

— Waouh ! Eh bien, ton Enrique ne s'est pas moqué de toi, lancé-je, épatée.

Pour une fois qu'elle n'est pas tombée sur un blaireau !

— Ah, mais elles ne sont pas pour moi. C'est à toi qu'elles sont adressées.

Je m'approche, incrédule.

— N'importe quoi !

Elle se fiche de moi, c'est sûr. Je ne vois pas qui pourrait m'envoyer une composition pareille. Ça doit coûter la peau des fesses. À moins que…

Intriguée, je m'arrête à un mètre du bouquet, comme si j'en avais peur.

— Ton nom est sur la carte.

— Mais ça vient de qui ?

— Tu n'as qu'à lire le mot pour le savoir ! Même si j'ai une petite idée, ajoute-t-elle en remuant les sourcils de manière suggestive.

— Et donc, selon toi, Sherlock Holmes, qui est à l'origine de cet envoi ?

— Je penche pour Nathan Leray. Déjà, le fait que tu aies pioncé toute la matinée me laisse deviner que tu n'as pas dû dormir beaucoup cette nuit. Moi qui pensais que tu étais du genre coincé, je suis obligée de revoir mon jugement. Parce que tu as dû lui faire un effet bœuf pour avoir droit à ça !

Une fois de plus, je rougis furieusement. Elle doit se tromper, c'est évident. Nathan était censé n'être qu'une aventure sans lendemain. Alors, pourquoi m'enverrait-il des fleurs ? D'ailleurs, il ignore mon adresse, ainsi que mon nom de famille. Cela ne peut pas être lui. Je chasse la pointe de déception que je ressens quand je me fais cette réflexion. Parce que j'aurais bien aimé que ça vienne de lui, inutile de me voiler la face. Mais je dois rester raisonnable et ne pas oublier que cette nuit n'avait aucune chance de déboucher sur quoi que ce soit de sérieux. Je comprends mieux ce que Mika voulait dire, lorsqu'elle m'exhortait à la prudence.

— Bon alors ? Tu ouvres ou je m'en charge ?

Ma jumelle est en train de piaffer d'impatience près du bouquet.

— Je te l'interdis, pesté-je avec un regard torve. Demande à ton nouveau jules de t'en envoyer, si ça te met dans cet état !

— Je te signale que tu n'as jamais eu de fleurs. Pas même quand tu sortais avec Zahed.

Elle n'a pas tort. Mon ex m'a offert plusieurs cadeaux, parfois onéreux, mais il n'a jamais pensé à me faire livrer des roses.

Les doigts tremblants, je déchire la petite enveloppe, après l'avoir délicatement détachée du papier transparent. Un hoquet de stupeur s'échappe de ma bouche, lorsque je lis le message inscrit sur la petite carte blanche.

À moi de te remercier pour cette nuit. Et si on en discutait ? Appelle-moi. NL

Juste en dessous figure son numéro de portable.

Choquée au-delà des mots, je me tourne vers Mika qui a lu le message par-dessus mon épaule. Vous ai-je déjà expliqué que la notion de discrétion est une vue de l'esprit pour ma frangine ?

— Ben, merde alors ! fait-elle, aussi scotchée que moi.

— Ouais, comme tu dis…

— Je ne comprends pas, Ella. Je croyais qu'il s'agissait d'un coup d'un soir. Tout le monde sait qu'il n'emmène pas ses conquêtes plus loin que la banquette arrière de son Range Rover. Alors, que s'est-il passé ?

— J'ai besoin d'un café, si tu permets.

Je me rends dans la cuisine, glisse une capsule dans la machine et commence à respirer normalement après la première gorgée. Finalement, je décide d'écouter les gargouillis de mon estomac et m'installe à table, pour prendre mon petit déjeuner. Là, je lui raconte tout, du moment où je l'ai aperçu avec les deux greluches à celui où nous sommes entrés dans l'hôtel. Mais lorsqu'elle m'interroge sur les détails intimes de cette nuit, je me ferme. J'adore ma sœur, mais je ne suis pas du genre à me confier sur ce sujet. Si elle gaffait devant Nathan, quelle serait sa réaction, connaissant son aversion pour la presse ? Une bourde, même involontaire, est bien vite arrivée.

Une demi-heure plus tard, nous nous asseyons toutes les deux sur le balcon pour fumer notre première cigarette de la journée.

— Alors ? Tu vas le rappeler ?

Avec une moue qui traduit mon incertitude mieux que des mots, je murmure :

— Franchement, je n'en ai aucune idée. Ce n'était pas prévu.

— Parfois, il faut savoir sortir des sentiers battus, Ella. Si ce garçon te plaît, pourquoi ne pas le revoir ?

— Parce que fréquenter un mec, qui plus est un footballeur, n'a jamais fait partie de mes projets. J'ai encore une année à effectuer pour finir ma spécialisation. Après ça, j'aurai tout le temps de penser à ma vie personnelle.

— Mais qu'est-ce qui t'empêche de gérer les deux en même temps ? Tu crois que tu serais la première ? Tu faisais comment avec Zahed ?

— La situation était très différente. Nous étions dans le même cursus.

— Et donc ?

— Le monde de Nathan Leray est trop éloigné du mien. Et, pour être tout à fait honnête, il ne me semble pas fiable.

Clairement, c'est la voix de la raison qui parle, tandis que j'essaie tant bien que mal d'occulter les images de cette nuit qui se bousculent inlassablement dans ma tête.

— Alors là, Raphaëlla Moreau, laisse-moi te mettre le nez dans ta propre merde ! Je te rappelle que tu avais une confiance aveugle en ton ex. Ça ne l'a pourtant pas empêché de partir sans se retourner pour épouser celle que sa famille avait choisie pour lui.

— C'est vrai, admets-je en blêmissant.

— Écoute, tu sais que je t'aime et que je veux ce qu'il y a de mieux pour toi. Il est évident que tu feras ce que tu jugeras bon, personne ne pourra te forcer à quoi que ce soit. Cela dit, je pense que tu commets une erreur en ne l'appelant pas. Ce n'est pas son genre de courir après une femme et il n'en a pas besoin, elles tombent toutes comme des mouches. Alors s'il t'a recontactée, je pense que ça signifie vraiment quelque chose. Et il me semble que cet homme pourrait t'apporter la légèreté qui manque tant à ta vie.

— Pour combien de temps ?

Car c'est bien ce qui me turlupine. Quand il en aura marre de voir ma tronche, est-ce qu'il s'en ira lui aussi, à l'instar de Zahed ? Une deuxième déception serait difficile à surmonter, j'en ai conscience.

— Mais pour le temps que ça durera ! Rien n'est écrit. Tu sais où tu mets les pieds, tu sais qui il est, alors tu prends ce qu'il a à te donner et quand ce sera terminé, eh bien, le cours de ta vie ne s'arrêtera pas pour autant. C'est ça, les relations entre hommes et femmes. Le prince charmant n'existe que dans les contes de fées ou au rayon des biscuits. Ne gâche pas tes plus belles années à attendre quelque chose qui n'arrivera peut-être jamais.

Puis, sans me permettre d'argumenter, Mika me tourne le dos pour repartir en direction de la cuisine. Me voilà bien avancée ! Elle vient d'instiller le doute dans mon esprit. Et si c'était elle qui avait raison ? Je ne peux pas me voiler la face. L'alchimie qui nous lie est extraordinaire et j'adorerais passer d'autres moments dans les bras de Nathan. Alors, que faire ?

Sans parvenir à une quelconque réponse à cette question, je décide de faire le grand ménage dans ma chambre, avant d'étendre mon activité au reste de l'appartement. Au moins, je n'ai pas besoin de penser.

Quatre heures plus tard, alors que je termine de trier mes cours, je ne suis guère plus avancée. Sur un coin de mon bureau, la carte de Nathan me fait de l'œil. Et si je l'appelais ?

Si ça se trouve, il ne veut pas sortir avec moi, mais juste me parler. En même temps, nous sommes tellement dissemblables que je ne sais pas ce que nous pourrions nous raconter. Cela dit, ça se tente quand même, non ? Avec un peu de chance, il va me déballer son baratin pourri et je vais me rendre compte immédiatement que je ne tiens pas particulièrement à le revoir. Alors que, si je ne le contacte pas, je me poserai toujours la question. Et puis, je peux au moins le remercier pour les fleurs, c'est le minimum syndical.

Je compose trois fois son numéro, pour raccrocher avant la première sonnerie. Plus les minutes passent, plus je me dégonfle. Allez, Ella, tu vaux mieux que ça ! Je rassemble mon courage, j'inspire profondément et je le rappelle, sans couper la communication cette fois. Mais au bout de quelques sonneries, je suis redirigée vers son répondeur. Déçue, j'abandonne sans laisser de message.

Afin de réfléchir plus posément, je m'allonge sur mon lit, les yeux rivés au plafond. La musique de mon portable me fait sursauter et, quand je consulte l'écran, je vois que c'est lui qui me rappelle. Avant de me déballonner une fois de plus, je décroche, le cœur battant à tout rompre et les mains moites.

— Allô ?

— Ella ?

— Oui.

— C'est Nathan. Tu as essayé de me joindre ? J'étais sous la douche.

Aussitôt, des images troublantes de son corps nu, sur lequel glissent des gouttes d'eau, s'imposent dans mon esprit. Je déglutis avec difficulté et tente de les chasser avant de me liquéfier sur place.

— Oui, je voulais te remercier pour les fleurs.

Miracle ! Ma voix est presque normale. Elle tremble un tout petit peu, mais c'est à peine perceptible.

— Ah, tu les as reçues ? Elles te plaisent ?

— Beaucoup, je te remercie. Mais j'ai été très étonnée. Je n'avais pas imaginé que tu souhaiterais me recontacter.

Ce n'est pas ce que tu m'as dit hier soir. Une nuit et c'est tout, si mes souvenirs sont exacts.

— C'est vrai. Mais je ne sais pas… Je… En fait, j'ai envie de te revoir.

— Pourquoi ?

— Comment ça, pourquoi ? Et c'est moi que tu as traité d'abruti ! s'exclame-t-il en riant.

Je ne dois pas partager son sens de l'humour particulier, parce que je ne saisis pas du tout ce qu'il y a de drôle.

— Tu me plais, c'est tout.

J'en reste bouche bée. Ce n'est pourtant pas moi qui ai établi les règles. Être certaine que je ne le croiserais plus jamais avait quelque chose de rassurant et je me mets à flipper à l'éventualité de le revoir.

— Nathan, qu'est-ce que tu attends de moi ?

— Pour le moment, je n'en ai pas la moindre idée. J'ignore ce qui peut se passer entre nous. Tout ce que je sais, c'est que j'aimerais qu'on se revoie. Et je ne suis pas du genre à réfléchir pendant cent sept ans. Est-ce que tu accepterais que je t'invite à dîner la semaine prochaine ? On mange, on papote, et plus si affinités.

— Euh, je…

— Ella, ce n'est pas une demande en mariage, juste une bouffe qui n'engage à rien.

Je souris, rassurée. Ça pourrait être sympa, finalement. Pourquoi chercher midi à 14 heures ? Que peut-il m'arriver de fâcheux ?

— D'accord.

— Super ! Mercredi soir ? Avant, je ne peux pas.

— Très bien.

— 19 heures ?

C'est là que je reviens à la réalité et que mon cerveau,

qui semblait aux abonnés absents, se met enfin en marche. Fichtre, ce n'était pas trop tôt !

— Non, impossible. Je quitte l'hôpital à cette heure-là. Donne-moi le temps de rentrer et de me changer.

— 20 heures ?

— Ça devrait aller. De toute façon, si j'ai un peu de retard, ma sœur sera à la maison.

— Très bien. À mercredi, alors ?

— Oui, à mercredi. Bonne fin de journée, Nathan, et encore merci pour les fleurs.

— Ciao, miss, répond-il avant de raccrocher.

Tremblante, je me laisse retomber sur le matelas. J'ai beau essayer de me persuader du contraire, je ne parviens pas à croire que j'ai commis une erreur, et c'est même avec une bouffée d'excitation que je pense à la soirée à venir.

9

Nathan

Il est 20 heures pétantes quand je me gare près du domicile d'Ella. La rue a l'air assez calme. Je ne connais pas le quartier, mais ça semble pas mal, tout près du Marais et des Grands Boulevards. J'espère qu'elle ne sera pas en retard. Non seulement je ne tiens pas à passer du temps avec sa journaliste de frangine, mais, en plus, je déteste les gens à la bourre.

Les sourcils froncés, j'observe l'Interphone, pas sûr de mon coup. Une des étiquettes porte l'inscription MOREAU M et R. M pour Mika, d'accord, mais le R, à quoi correspond-il ? Finalement, après avoir bien vérifié que c'est le bon bâtiment et qu'il n'y a pas d'autres sonnettes au même nom, je me résous à appuyer sur le bouton.

— Oui ?

Je reconnais la voix de sa sœur.

— C'est Nathan.

— Monte, c'est au quatrième, à gauche en sortant de l'ascenseur.

J'avance dans un hall élégant (qui n'a rien à voir, cependant, avec celui de mon immeuble) et prends l'escalier plutôt que la cabine grillagée.

Ravi de constater que je ne suis pas du tout essoufflé, je me présente devant la porte ouverte, persuadé qu'Ella va m'accueillir. Hélas, c'est la blonde qui se tient dans l'embrasure. Elle m'invite à entrer et me fait signe de la suivre dans le salon où elle me propose de m'installer sur un canapé gris. Je m'exécute à contrecœur, cherchant autour de moi une trace de la fille avec qui je dois sortir. Mais elle ne semble nulle part.

— Je te sers quelque chose à boire ? s'enquiert Mika avec un sourire.

— Non, merci.

Ma réponse est plus sèche que je ne le voudrais, mais je n'y peux rien, je déteste les journalistes, peu importe qu'ils soient sympas ou non.

— Ella ne va pas tarder, elle m'a appelée il y a une dizaine de minutes. Elle a été retenue au bloc pour une intervention urgente.

Je fronce les sourcils.

— Au bloc ?

— Oui, elle devait opérer un patient qui avait une appendicite ou un truc dans ce style.

Là, je pédale carrément dans la semoule.

— Les infirmières opèrent ?

C'est vrai, je ne suis pas très au fait de ce qui se passe dans un hosto, mais je suis pratiquement sûr que les infirmières ne font pas ce genre de choses.

Mika ouvre de grands yeux.

— Quoi ? Mais Ella n'est pas infirmière, elle est médecin ! s'exclame-t-elle avec amusement. Je croyais que tu le savais.

Je déglutis avec difficulté, sous le choc. Je suis littéralement sur le cul. Elle est toubib ? Impossible, cette fille est beaucoup trop jeune. Puis, soudain, je repense à ses paroles, lorsque nous étions dans la boîte de nuit. *« Je ne les fais peut-être pas rêver, mais moi je sauve leurs vies. »* Ben, merde alors ! Je n'aurais jamais imaginé ça !

— Tu l'ignorais vraiment ? Je suis désolée, j'étais certaine qu'elle t'en avait fait part.

— Elle n'est pas trop jeune pour ça ? Quel âge a-t-elle ?

— Vingt-trois ans, tout comme moi. Nous sommes jumelles.

Ah bon ? Eh bien, voilà autre chose !

Décidément, je vais de surprise en surprise, et je ne suis pas sûr d'apprécier. Si je m'écoutais, je crois que je me tirerais en courant.

— Ella est une femme étonnante, elle t'expliquera. Ce n'est pas à moi de te parler d'elle.

Et qu'est-ce que t'es en train de faire, pauvre tanche ? je songe en me mordant la langue pour ne pas le lui balancer en pleine tronche.

À cet instant précis, j'en suis à un stade où je me demande vraiment ce que je fous ici. Franchement, j'aurais dû m'en tenir aux pétasses du club, c'était tellement plus simple. Là, je m'apprête à sortir avec une nana qui est toubib à vingt-trois ans par je ne sais quel miracle, alors que je n'ai même pas le brevet des collèges.

— Ma sœur est quelqu'un de bien, ne lui fais pas de mal, s'il te plaît, murmure la blonde si doucement que je dois tendre l'oreille pour l'entendre.

Je me racle la gorge, et tente de trouver un truc spirituel à placer.

— C'est quoi, sa spécialité ?

Ouais, c'est pas mal ça, non ?

— Comment ça ?

— Ben, elle est généraliste ? Médecin du sport ?

— Ah non, elle est chirurgienne. C'est le parcours le plus long et le plus difficile. Seule l'élite des étudiants peut y accéder et…

À ces mots, je me décompose. Maintenant, je comprends mieux pourquoi elle me traitait d'idiot et j'ai juste envie de détaler à toutes jambes. Cette soirée était une erreur monumentale, c'est moi qui vous le dis ! Si j'avais su qui elle était avant, je ne serais jamais venu. Pourtant, je me réjouissais sincèrement de la revoir. C'est vrai, toute la journée, j'étais impatient, je n'arrêtais pas de penser à elle.

Je suis déjà en train de décoller mon cul du canapé pour partir, lorsque le bruit d'une clé dans la serrure me fait sursauter.

Merde, grillé !

J'ai mis cinq minutes de trop à me décider et, maintenant, je ne peux plus revenir en arrière sans passer pour un gros connard. Avec une frangine journaliste, il est évident que cette histoire ferait les choux gras de la presse. Je n'ai pas le choix, je dois m'en tenir au plan initial. Mais je peux toujours prétexter un entraînement matinal pour abréger la soirée et la dépoter chez elle le plus vite possible.

Lorsque Ella apparaît sur le seuil du salon, je suis tellement fasciné par sa beauté que j'en oublie mes projets de fuite. Vêtue d'un jean, de tongs et d'un débardeur noir, elle est juste craquante, même si elle semble fatiguée.

— Oh ! Tu es déjà là ! s'exclame-t-elle en m'apercevant. Je suis désolée, j'ai été retenue au travail.

Puis ses yeux se posent sur sa sœur, qui baisse la tête, mal à l'aise. Ella fronce les sourcils, son regard passant de l'un à l'autre.

— Tes affaires sont dans la salle de bains. Va te préparer, suggère Mika, sûrement pour faire diversion.

Elle reste un instant immobile, puis finit par se détourner pour quitter prestement la pièce. Mon attention se reporte à nouveau sur la journaliste.

— Ne lui raconte pas que je t'ai parlé d'elle, je ne crois pas qu'elle apprécierait.

— Dans ce cas, pourquoi l'avoir fait ?

— Je ne sais pas, ça m'a échappé. Tu es un mec super, tu es populaire et ton parcours est exemplaire. Il faut quelqu'un de ton envergure pour contrebalancer le fait que ma sœur est surdouée. Ella n'admire jamais personne, parce qu'elle est au-dessus du lot, mais avec toi, je suis certaine que ça pourrait changer.

Une surdouée ? Merde, de mieux en mieux ! Et l'autre conne me sort ça comme ça. Je fais quoi de ce scoop, moi ?

— Surtout, ne la traite pas différemment, maintenant que tu es au courant. Je suppose qu'elle aurait fini par te le dire de toute façon.

Trop tard !

10

Ella

Je crois avoir pris ma douche en un temps record. Le maquillage et la coiffure, c'est encore plus rapide. Lorsque j'émerge de la salle de bains, je suis déjà en nage, tellement je me suis dépêchée.

Dans le salon, le silence règne. Ma frangine semble gênée, ce qui ne lui arrive pas souvent, avouons-le. Mais plus enquiquinant encore, je sens que Nathan est terriblement mal à l'aise. J'ignore ce qu'elle a pu lui dire, mais je compte bien me renseigner sur la question dès demain.

Les yeux de Mika se posent sur mes chaussures, des ballerines, et elle fait la moue.

— Qu'as-tu fait des escarpins que je t'ai préparés ?

— Ils sont toujours là où tu les as laissés, je rétorque avec agacement. Tu rêves, si tu penses que je vais me déplacer sur ces échasses. Je refuse de risquer une entorse de la cheville à chaque pas, je te l'ai déjà dit cent fois.

Puis je pivote vers Nathan, qui observe notre petite discussion en silence.

— On y va ?

Il hoche la tête et se lève, un peu trop vite à mon goût. Il y a un truc qui cloche, j'en ai maintenant la certitude. Premièrement, il n'a pas décroché un mot, pas même pour me saluer. Deuxièmement, son regard est fuyant, comme s'il me cachait quelque chose. Or, ce qui m'avait interpellée au moment de notre rencontre, c'était justement sa personnalité très cash. Et troisièmement, j'ai l'impression, fort désagréable au demeurant, qu'il n'a pas envie d'être là. Pire encore, j'ai le sentiment qu'il préférerait être n'importe où ailleurs qu'ici avec moi. Je n'imaginais pas que notre rendez-vous débuterait de cette manière et j'en suis complètement déstabilisée. Il n'a pas fait la moindre remarque sur ma petite robe noire que j'ai achetée hier matin, spécialement pour l'occasion. C'est encore plus décevant, tous ces efforts pour rien du tout !

Sans un mot, nous nous dirigeons vers sa voiture garée non loin. Je suis horriblement mal à l'aise et j'ignore comment détendre l'atmosphère, ce qui me rend dingue. C'est vrai, l'autre soir au club, il n'y avait pas ce genre d'embarras entre nous, alors quel est le problème ?

J'ai à peine bouclé ma ceinture que je me tourne vers lui, prête à poser ouvertement la question. Mais il me prend de court en parlant en premier.

— C'est quoi, le R sur la sonnette en bas de chez toi ? Le M, je suppose que c'est pour Mika. Mais le R ?

Je souris.

— Raphaëlla. Ella est un diminutif. Tout le monde m'appelle comme ça depuis ma plus tendre enfance.

— OK.

Nouveau silence. Nouveau malaise. C'est pénible, je vous jure !

— Il y a un problème ? finis-je par m'enquérir.

Mais bien évidemment il ne daigne pas me fournir d'explication, se contentant de jouer les muets de service. Super ! Bonjour l'ambiance !

À mesure que nous roulons en direction du restaurant, je sens une boule d'angoisse grandir dans mon estomac. Il n'a pas desserré les dents et je me demande vraiment ce qui se passe. Au moment où je m'apprête à lui enjoindre de me ramener chez moi, nous arrivons aux abords du Fouquet's.

Ah oui, quand même !

J'y ai dîné une seule fois, lorsque mes parents ont fêté leurs trente ans de mariage. Il ne s'est pas fichu de moi. En constatant qu'il m'a amenée dans un des restaurants les plus courus de Paris, je gamberge encore plus. Comment expliquer qu'il se soit donné autant de mal pour m'inviter dans un tel endroit s'il déteste chaque minute passée en ma compagnie ? Je n'y comprends plus rien.

Nous trouvons une place tout près, où il se gare. Dans un silence plombé, nous nous dirigeons vers le restaurant où le maître d'hôtel nous installe à une table à l'écart.

Le serveur nous présente les cartes et nous choisissons un apéritif, sans alcool. Nathan ne boit pas et de mon côté, je préfère rester lucide, même si j'échangerais volontiers mon bras gauche contre un mojito. Je ne crois pas m'être jamais sentie aussi mal à l'aise que ce soir. C'est terrible ! Moi qui me faisais une telle joie de le revoir. On nous apporte nos verres et nous commandons nos plats. Je réalise alors qu'il n'a pas pipé mot depuis que nous nous sommes assis. Guère plus avant, remarquez !

— Nathan, s'il y a un problème, dis-le-moi, je t'en prie. Je te trouve distant et je ne comprends pas. Si tu ne désirais pas passer de temps en ma compagnie, pourquoi m'avoir invitée à dîner ?

Un long silence me répond. Bon, je fais quoi ? Je m'en vais ? Parce qu'il n'est pas question de continuer ainsi une minute de plus.

Saisissant mon sac d'une main tremblante, je murmure :

— Très bien, comme tu voudras.

Alors que je suis sur le point de me lever, les fesses déjà décollées de la banquette, il pose sa main sur mon bras.

— Ta sœur m'a expliqué que t'étais une sorte de petit génie.

Nous y voilà ! J'aurais dû me douter que cette pintade ne saurait pas tenir sa langue. En même temps, j'aurais peut-être dû la prévenir que je n'avais rien révélé à Nathan. Néanmoins, il n'aurait jamais dû l'apprendre par elle.

Je me rassieds tout en réfléchissant à la manière dont je vais aborder le sujet. C'est bien la première fois de ma vie que je prends des pincettes afin de ne pas contrarier un homme.

— Que t'a-t-elle dit d'autre ?

— Que tu étais une doctoresse.

Je souris, mais me garde de faire un quelconque commentaire. Ce terme n'est plus du tout utilisé, mais le corriger nous mettrait tous deux mal à l'aise.

— C'est vrai ? demande-t-il.

— Oui. Je suis chirurgienne. Il me reste une année pour finir mon cursus. Sauf si je décide de me spécialiser en neurochirurgie, auquel cas, j'aurai trois années supplémentaires à effectuer.

Ouh là ! Raphaëlla, arrête tout de suite, tu es trop directe, tu vas l'embrouiller et le faire fuir ! Ne lui balance pas ton curriculum vitæ et tes grandes ambitions aussi brutalement à la figure.

Je me garde donc de poursuivre sur ma lancée, guettant anxieusement sa réaction.

— Mais pour l'instant, tu as fait combien d'années d'études ?

— Tu es sûr que tu veux qu'on parle de ça ?

— Certain.

Nathan paraît déterminé, alors je me réinstalle plus confortablement. C'est le moment que choisit le serveur pour apporter nos assiettes et une bouteille d'eau.

— Il faut combien de temps pour devenir toubib et opérer ? demande-t-il de but en blanc, dès que le type a tourné le dos.

Après avoir dégluti avec difficulté, je finis par avouer.

— Dix ans environ.

Je vois d'ici les rouages de son cerveau se mettre en branle, tandis qu'il tente de comprendre. Mais il lui faut un peu de temps, à Monsieur Calculette ! J'ai conscience d'être méchante en me moquant ainsi de lui, mais je lui en veux terriblement de gâcher ce rendez-vous qui me réjouissait vraiment. J'étais sûre que nous passerions un excellent moment, mais cet idiot est en train de le transformer en l'une des soirées les plus gênantes de ma vie. Du coup, ça me met en rage. Je suis tellement déçue par son attitude que j'en deviens amère.

— Tu as eu ton bac à quel âge ? À la maternelle ?

Commentaire parfaitement stupide !

— J'avais treize ans. J'ai obtenu un baccalauréat scientifique avec mention très bien.

— Ça veut dire quoi, ça ?

— J'avais vingt de moyenne.

— Ah ouais, quand même ! C'est quand qu'on le passe déjà, normalement ?

— À dix-huit ans, si tu n'as pas d'année de retard.

— Et toi, t'en avais cinq d'avance.

Bien vu, monsieur Leray.

— Comment t'as pu t'adapter dans une classe où les mecs avaient déjà de la barbe quand toi, tu n'étais encore qu'une gamine ?

— J'étais dans une école spécialisée pour enfants précoces.

— Et ensuite ?

— Après, j'ai intégré la faculté de médecine, ici, à Paris. C'était compliqué, parce que j'étais jeune. Nonobstant, je me suis accrochée et voilà.

Il blêmit et je ne comprends pas ce qui lui arrive. Le reste du repas est expédié, dans un silence si plombé que je ne parviens pas à manger. Je refuse le dessert et le café, pressée d'en finir. À défaut de lui parler, je ne peux m'empêcher de l'observer et, malheureusement pour moi, plus je le dévisage, plus il me plaît. Ce mec est tellement canon que j'en pleurerais. Hélas, je semble avoir perdu tout attrait à ses yeux depuis qu'il a appris que mon QI est plus élevé que la moyenne. Cette idée est vraiment déprimante ! Une fois de plus, j'imagine ce qu'aurait pu être cette soirée, si ma connasse de frangine avait tenu sa langue. Nous aurions pu faire connaissance en douceur, rire, en apprendre davantage sur nos passions, nos goûts en matière de musique ou de cinéma. Oui, nous aurions pu passer un moment autrement plus sympa que ce dîner guindé où personne ne trouve quoi dire.

À peine nos assiettes sont-elles débarrassées qu'il demande l'addition. Si je partage cet état d'esprit sur le principe, je suis malgré tout vexée par le fait qu'il veuille se débarrasser si vite de moi. Furieuse, et profondément blessée par son attitude, je sors quelques billets et les jette sur la table. Je refuse de me faire inviter dans ces conditions. Puis, sans attendre, je me lève et quitte les lieux, tandis qu'il grogne dans sa barbe et me suit. Arrivée près de sa voiture, je m'arrête, hésitante. Je n'ai aucune envie de faire le trajet du retour dans sa caisse pourrie où il saute ses pétasses. Ah non, merci ! Aussi, je récupère mon téléphone pour commander un Uber. Je suis en train d'entrer l'adresse du restaurant lorsqu'il se poste devant moi, les mains sur les hanches, visiblement hors de lui.

Quoi ? Qu'est-ce que j'ai encore fait ?

— C'est bon ? À quoi tu joues, là ? Non seulement j'ai eu le sentiment d'être le pire des abrutis toute la soirée, mais en plus t'as trouvé le moyen de m'humilier en payant à ma place, alors que c'était à moi de le faire !

— On se demande bien pourquoi tu m'as proposé de dîner avec toi ! Franchement, j'ai eu l'impression que tu aurais préféré te retrouver dans une chambre d'hôpital plutôt qu'être ici avec moi.

Nathan sursaute, mais ne réplique pas. Il m'attrape juste par le bras pour me pousser vers la portière côté passager. À contrecœur, je m'installe sur le siège en cuir, tandis qu'il contourne le véhicule.

Le trajet se déroule une fois de plus dans un mutisme complet. Il semble que silence soit le mot d'ordre de cette soirée catastrophique. Je me sens triste que les choses se soient passées de cette manière, moi qui me faisais une véritable joie de sortir avec un garçon, qui plus est avec quelqu'un de très différent de moi, mais pour qui j'éprouve une attirance inexplicable. De plus, c'est à lui que je dois mon premier orgasme et j'aurais adoré recommencer, parce que je n'arrête pas d'y penser depuis samedi. Seulement, tout porte à croire que cela ne se reproduira pas de sitôt et j'en suis navrée bien au-delà des mots.

11

Nathan

Les mains crispées sur le volant, je conduis, incapable de parler. Bordel, pour une fois que j'avais envie de revoir une fille après une partie de jambes en l'air, il faut que ce soit un petit génie !

Depuis que Mika m'a fait cette confidence, je suis plus muet qu'une carpe. J'ai peur de dire une connerie comme cela m'arrive souvent, et qu'elle découvre alors que je suis un âne de haut vol. Je déteste me sentir rabaissé, ça me rappelle trop mon passé. Et pourtant, c'est exactement ce que je ressens et ça me rend dingue. C'est vraiment très désagréable.

Quand Ella a failli partir en début de repas, j'ai fait en sorte qu'elle reste en me persuadant qu'elle savait parfaitement qui j'étais, mais qu'elle était venue quand même. Je voulais comprendre comment elle pouvait être toubib, alors qu'elle est si jeune. J'aurais mieux fait de fermer ma gueule, car plus elle m'expliquait son parcours et plus je me sentais minable.

Et puis, elle a prononcé un mot, nonobs… quelque chose, auquel je n'ai strictement rien capté. Et là, ça a été la goutte qui a fait déborder le vase. J'ai eu l'impression d'être un vrai débile, même pas fichu de piger une putain de phrase. Si j'avais pu me lever et me tirer, je l'aurais fait sans la moindre hésitation. J'y ai d'ailleurs sérieusement pensé, mais je n'ai pas osé. Alors, j'ai fait en sorte que le repas soit expédié, histoire d'en finir le plus vite possible. Imaginez ma fureur quand elle a casqué pour nous deux en jetant trois billets de cinquante sur la table, comme la reine qu'elle croit être. Bordel, en plus de me donner le sentiment d'avoir un vide sidéral à la place du cerveau, elle m'a castré ! C'est moi le mec, c'est moi qui l'ai invitée. Et je ne peux pas accepter qu'elle paie ma bouffe, comme si j'étais un vulgaire gigolo ! Donc, maintenant, je la dépote chez elle et je file au club. J'ai besoin de me taper une pouffiasse pour me rappeler les règles que j'ai moi-même mises en place. Alors que nous sommes arrêtés à un feu, je coule un regard discret dans sa direction. Ella se mord la lèvre, comme pour se retenir de pleurer, les yeux fixés sur ses genoux. Quelque part, au fond de moi, je ressens un petit pincement et je me trouve injuste avec cette fille. Il faut être un babache dans mon genre pour imaginer que parce qu'elle est splendide, elle ne peut pas être intelligente en prime. En fait, dans mon esprit, ça a toujours été soit l'un, soit l'autre, mais jamais les deux en même temps. Ça prouve à quel point je suis con ! Trop con pour elle de toute évidence, alors autant arrêter les frais maintenant.

Ma décision est prise, je ne veux plus avoir le moindre contact avec Ella, parce qu'elle est tout ce que je ne suis pas et me rappelle trop ce que je ne serai jamais : un mec brillant. Bien sûr, je suis futé et je sais y faire, mais c'est de la gnognotte par rapport à elle. Or, je refuse de me sentir comme un moins-que-rien dès que je la regarderai. Ce n'est pas possible.

Heureusement, nous arrivons rapidement au bas de son immeuble.

Allez, courage, Nath, c'est presque terminé.

Laissant le moteur tourner, je fixe le pare-brise, droit devant moi, tandis qu'elle détache sa ceinture de sécurité.

— Je suppose que cela ne sert à rien de te proposer de boire un café pour qu'on discute ? finit-elle par demander doucement.

Surpris, je la dévisage. Pour une intello, elle n'a pas pigé le message qui me semblait pourtant clair. Pourquoi est-ce qu'elle s'accroche ?

— Tu supposes bien.

— Mais j'ai quand même droit à une explication. Tu ne peux pas m'envoyer des fleurs, m'inviter à dîner, et me jeter comme une merde sans le moindre motif valable.

Je devine sa colère et je comprends sa réaction, mais c'est plus fort que moi, je dois la jarreter de ma vie. C'est une question de survie.

Ouais, mais franchement, Leray, un peu de classe, ça ne te tuerait pas ! Elle n'a rien fait de mal, dans le fond, souffle ma conscience.

Enfin, je me tourne vers elle.

— Écoute, Ella, t'es une gentille fille, mais…

— Ah non ! Je refuse que tu me traites comme si j'étais une de tes pétasses ! explose-t-elle. Tu m'as dit que tu étais un mec cash et c'est ce que j'ai aimé en toi l'autre soir. Alors, explique-moi ce qui ne va pas ! Cela ne changera rien et je ne te harcèlerai pas, j'ai bien compris le message que tu as fait passer. Mais au moins, la situation sera claire et je ne cogiterai pas sans comprendre, au point d'attraper la migraine.

Je soupire longuement. Oui, je lui dois la vérité. Je n'ai aucun droit de la traiter comme je viens de le faire. Et tant pis pour ma fierté.

— Quand je suis avec des meufs, c'est toujours moi qui domine, tu vois… Je suis la star et elles sont les nanas qui vendraient père et mère pour baiser avec moi. Et ça me convient très bien.

— Quel rapport avec moi ?

— Toi, tu es trop intelligente pour moi. Et quand je dis trop, je veux dire vraiment trop. Tu utilises des mots que je ne connais même pas, putain ! Et je n'aime pas ça, parce que j'ai juste l'impression d'être un gros débile. C'est insupportable !

— Quels mots ?

— Je ne me rappelle plus, il y en a eu plusieurs. Le dernier, c'était pendant le repas. Nonobs… machin bidule.

Ella m'observe, atterrée. Voilà, c'est envoyé ! Maintenant, elle peut penser ce qui lui chante de moi, je m'en cogne, je ne la reverrai jamais.

— Mais je suis la même que vendredi, murmure-t-elle, apparemment sous le choc. Pourquoi je te fais peur d'un coup ?

— Parce que je ne savais pas que tu étais si brillante. Bordel, t'es toubib et j'ai même pas terminé le collège !

— Et alors ? On s'en fout !

— Pas moi ! Je ne peux pas, je suis désolé.

J'apprécie sa réaction et le fait qu'elle prétende ne pas y accorder la moindre importance. Mais je suis sûr que si on se met à traîner ensemble, elle finira par ne plus le supporter. Et ça, je le refuse.

Ella déglutit avec difficulté, comme pour s'empêcher

de pleurer. Une partie de moi voudrait la prendre dans mes bras, mais je ne peux pas.

— Très bien, se résigne-t-elle enfin. Une dernière chose. Je suis peut-être un petit génie, comme tu me l'as fait remarquer, mais je suis également une femme de vingt-trois ans qui désirait simplement sortir avec un garçon qu'elle trouve sympa et qui l'attire physiquement. Et ce n'est pas si souvent que je rencontre un homme qui me fait tant d'effet. Mais il faut croire que passer un bon moment est impossible, alors tant pis pour moi. Tu sais, je n'ai pas choisi d'être comme ça, et je suis bien obligée de faire avec. Je comprends ta réaction, tu n'es pas le premier à qui je fais peur. Je suis juste déçue, parce que j'avais espéré que tu serais au-dessus de ça. Mais je me rends compte maintenant que j'avais tort. Au fond, je ne te connais pas, même si nous avons passé une nuit ensemble. Adieu, Nathan.

Puis elle quitte l'habitacle pour s'engouffrer dans son immeuble, me laissant planté là, secoué par ce qu'elle vient de dire. Lorsqu'elle a disparu de ma vue, je réalise enfin que j'ai été absolument odieux avec elle pendant toute la soirée. Cette fille n'a pas mérité ça, j'en ai conscience, mais il est trop tard, le mal est fait.

12

Ella

La porte de mon appartement se referme doucement et je peux enfin laisser libre cours à mes larmes. Oh ! je ne suis pas en proie à un chagrin d'amour ou quoi que ce soit de ce genre. Simplement, ce sont les pleurs d'une femme humiliée et blessée dans son amour-propre. Lorsque j'ai accepté de dîner avec lui, je n'aurais jamais imaginé que la situation déraperait de cette manière. Depuis samedi, j'étais sur mon petit nuage, et j'adorais cette sensation. Et là, parce qu'il a découvert un aspect de ma personnalité qui lui déplaît, il m'a traitée avec une brutalité qui me révulse.

Dans la voiture, lorsqu'il a évoqué mon intelligence, j'avais l'horrible impression d'être une bête de foire, de ne pas être normale. Et pour avoir déjà éprouvé ce sentiment par le passé, je sais à quel point il engendre la souffrance. Ce que je n'avais pas imaginé, c'est que, venant de Nathan, cette douleur serait décuplée à tel point que cela m'empêche presque de respirer. Il s'était montré si naturel avec moi, l'autre soir, que je le pensais vraiment différent. Je ne l'aurais pas cru capable d'être aussi injuste. Cela confirme juste ce que je lui ai dit dans la voiture, à savoir que je ne le connaissais pas, même si j'imaginais stupidement le contraire. J'ai encore eu tout faux ! Pour une fois que je m'ouvrais à quelqu'un, que j'allais au-delà de mes préjugés, voilà le résultat. Je me retrouve seule dans mon appartement, en train de pleurer comme une gosse, alors que j'aurais dû passer une soirée géniale. Fait chier !

Mon iPhone sonne, longtemps après mon retour, et je me précipite pour le sortir de mon sac, espérant en dépit du bon sens le plus élémentaire qu'il s'agit de lui. Avec un peu de chance, il s'est aperçu de son erreur et téléphone pour s'excuser. Mais ce n'est pas le cas, évidemment. Lorsque je découvre l'auteur de cet appel, j'entre dans une colère épouvantable. Ma sœur ! Cette chère Mika qui n'a pas été capable de tenir sa langue et a foutu la merde, même si c'était sans le vouloir.

— Oui ? j'aboie.

— Ella ! Alors, comment ça s'est passé ?

J'entends un bruit de musique derrière elle. Elle doit être au club avec Enrique. C'est pourtant rare qu'elle sorte en semaine. Habituellement, ce genre de soirée est plutôt réservé aux week-ends. En reniflant, je finis par avouer :

— Un véritable désastre.

— Mince, je suis désolée pour toi. Je l'avais plus ou moins compris quand il a débarqué ici. Il n'a pas l'air bien.

Je me redresse, ma curiosité piquée au vif.

— Comment ça, pas l'air bien ?

— Il semble triste et découragé. Je le côtoie depuis presque un an, et c'est la première fois que je le vois dans cet état. C'est pour ça que j'ai décidé de t'appeler.

— Bon sang, Mika, qu'est-ce que tu es allée lui raconter avant que j'arrive ?

— Mais rien, Ella, je te jure ! Il imaginait que tu étais infirmière, j'ai juste rectifié. Qu'est-ce qu'il y a de mal à cela ? Nom d'un pipe, tu es médecin ! Où est le problème ?

— Il faut croire que cela lui en pose un sérieux. Pour faire court, je suis trop intelligente pour lui.

— Ah merde ! Ce qu'ils sont idiots, les mecs, à nous considérer comme des petites choses en sucre qui ne dépendent que de leur bon vouloir. Tu sais quoi ? Tu devrais me rejoindre et lui dire de vive voix que c'est un gros con.

— Je ne pense pas que ce soit une idée brillante. J'aurais l'impression de lui cavaler après et j'ai plus de dignité que ça.

— Ouais, mais là, tu n'es pas bien ! Alors, viens… Prends les clés de ma voiture et ramène tes fesses.

— À quoi ça servirait ? Tu peux me le dire ?

— Il est abattu et, de toute évidence, toi aussi. Si tu n'essaies pas de lui parler, tu risques d'avoir des regrets.

Je reste silencieuse, incapable de me décider. Ce n'est pas comme si je n'avais pas déjà cherché à discuter avec lui. Mais il était tellement fermé que toute conversation était impossible. Qu'est-ce qui pourrait bien avoir changé en l'espace d'une heure ?

— Franchement, il fait peine à voir, assis tout seul dans son coin en train de ruminer.

Même si je suis sceptique, je ne peux m'empêcher d'avoir envie de tenter ma chance une dernière fois. Entendons-nous bien, je ne tiens pas particulièrement à me prosterner à ses pieds. Mais avec lui, pour la première fois, j'ai suivi mon instinct en choisissant de coucher avec un homme très différent. Tout ça, je l'ai fait parce que Nathan me plaît terriblement, que je me sens jeune, insouciante et vivante en sa compagnie. J'aime nos joutes verbales, nos petites piques, la manière dont il m'embrasse, son regard sur moi comme si j'étais la plus belle femme sur la Terre. Et l'idée de ne plus ressentir ça me rend triste. J'y ai pris goût bien trop rapidement. Par ailleurs, j'ai vraiment voulu croire que sous son arrogance incroyable se dissimulait un homme bien et qu'il valait beaucoup mieux que l'image qu'il renvoie de prime abord. C'est sans doute pour ça que je réagis aussi mal.

Décidée à laisser mon cerveau en mode off, je récupère les clés de ma propre voiture, une Clio qui appartenait à ma mère.

Une demi-heure plus tard, je trouve une place dans une rue parallèle à celle où se situe la discothèque. J'appelle Mika qui vient me chercher à l'entrée. Mais lorsque nous arrivons près de leur QG, je ne vois aucun mec démoralisé. Nathan Leray est tranquillement installé et s'apprête à emballer une blonde qui a déjà le visage niché dans son cou. Il lui sourit et ce simple sourire provoque un véritable choc, doublé d'une intense mortification. À aucun moment de la soirée, je n'ai eu droit à une telle marque d'attention. Pourtant, je n'ai rien fait pour mériter autant de mépris et mon amour-propre en prend un coup. Lorsqu'on est traitée sans la moindre considération par un homme qui nous plaît, on ne peut que très mal réagir. C'est alors que la vérité me frappe de plein fouet, comme un semi-remorque qui s'écraserait contre un mur. Il se fiche éperdument de moi, il n'en a d'ailleurs jamais rien eu à faire de ce que j'éprouve ou de ce que je pense. J'ai cru… Mais qu'est-ce que j'ai cru au juste ? Qu'il était le prince charmant ? Qu'il allait révolutionner tout son mode de fonctionnement avec les femmes, juste pour mes beaux yeux ? Quelle stupidité !

Ulcérée, je pivote vers ma sœur qui les observe également, bouche bée.

— Tu avais raison, il a l'air super déprimé ! Vraiment, il fait peine à voir ! De qui tu te fous ? Si c'était pour assister à un tel spectacle, jamais je ne serais venue. Sur l'échelle de l'humiliation, j'ai carrément explosé les compteurs ! Je me casse, on en reparlera demain.

— Mais… mais…

— J'ai dit demain !

Mika ne proteste pas. Elle me connaît bien et a parfaitement compris que j'allais lui balancer une vacherie si elle insistait. Juste retour de bâton. Je ne suis pas du genre à me faire gifler et à tendre l'autre joue. Et ce soir, la coupe est pleine ! S'il m'arrive encore une tuile, je jure que je vire hystérique. Je ne sais pas si vous avez déjà expérimenté les colères des gens calmes, mais je peux vous dire que c'est assez impressionnant. Du moins, en ce qui me concerne. Et ma jumelle n'a pas envie d'en faire les frais. C'est pour ça qu'elle me laisse partir sans insister. Elle ne tient pas particulièrement à se retrouver dans l'œil du cyclone.

Quant à son idée géniale d'un plan cul célèbre, désolée, mais je vaux bien mieux que ça. J'essaie de ne pas tenir compte de l'intense regret qui me submerge. La leçon est cuisante et je ne suis pas près de l'oublier. Après un dernier coup d'œil bien dégoûté, je fais volte-face pour ressortir de cet endroit où j'ai l'impression d'étouffer. Hélas, au moment de me détourner, mon regard croise le sien. Oh non ! Ce n'est pas vrai ! Ce crétin vient de me repérer ! Moi qui croyais que cela ne pouvait pas être pire, je me suis lamentablement vautrée, une fois de plus. C'est la fois de trop. Je rebrousse chemin au pas de course, sans tenir compte des appels de ma jumelle que je maudis de toutes mes forces, en cet instant précis.

13

J'ignore combien de temps je roule sans but, dans les rues désertes de Paris. Je ne peux pas rentrer dans cet état et conduire me calme. Au bout d'un moment, les larmes finissent par laisser place à une résignation qui me désole. Comment est-il possible que je me rende à ce point malade pour un mec avec qui je n'ai passé qu'une seule nuit ? C'est vrai, je ne suis pas amoureuse de lui, il n'est pas question de coup de foudre ou de quoi que ce soit de ce genre.

Cette histoire, aussi glauque que malsaine, me prouve juste ce que je sais déjà. Les hommes ont peur d'une femme trop intelligente, et n'acceptent pas que je sois différente. Mon Dieu, que ne donnerais-je pas pour vivre comme toutes les filles de mon âge ? J'aimerais tellement être comme ma jumelle et m'amuser sans me prendre la tête. Mais tout me pousse à penser que je ne suis pas faite de ce bois-là.

Au final, j'en veux à mes parents de m'avoir conçue avec cette précocité que je trimballe comme le Christ portait sa croix. J'en veux également à ma sœur de m'avoir laissé croire que je pouvais être comme elle.

Quand Nathan a déboulé dans ma vie, je me suis surprise à penser que c'était possible. Sauf que maintenant, il n'est plus là, il m'a juste lourdée, comme un mouchoir en papier dont il n'aurait plus l'utilité. *Allez, à la poubelle, Ella !* Alors, lui aussi, je l'ai dans le collimateur, parce qu'il m'a donné l'impression qu'il pouvait s'intéresser à moi. Et pour conclure en beauté, je m'en veux à moi-même d'avoir agi comme la pire des godiches en me rendant dans cette discothèque. Depuis quand je rampe devant un mec ? Comment ai-je pu perdre ma fierté au point de supplier ce connard arrogant de me laisser une chance ? C'est impensable !

Il est 2 heures du matin, lorsque je me gare dans le parking souterrain de notre immeuble. Je suis crevée, je suis triste, et j'en ai ras-le-bol de tout.

En mode radar, je prends l'ascenseur, pressée de rejoindre ma chambre pour me planquer sous la couette. Imaginez ma surprise quand je découvre l'objet de mes tourments, assis sur l'escalier qui jouxte la porte. Pour un peu, il faudrait presque que je me pince pour m'assurer que je ne rêve pas. Le revoir ravive aussitôt ma colère et ma rancœur.

— Salut, miss. Te voilà enfin !

— Qu'est-ce que tu fous là ?

— Je peux entrer ? Il faudrait qu'on discute, murmure-t-il en se levant pour approcher.

— Pardon ? Il faudrait qu'on discute ? Tu te moques de qui ? Je t'ai supplié de me dire ce qui n'allait pas durant toute la soirée et tu m'as jetée comme une merde, sans autre explication qu'une fumeuse excuse au sujet de mon intelligence.

— Je suis désolé, je me suis comporté comme un abruti. C'était nul de ma part. Je ne l'ai réalisé qu'au moment où je t'ai vue au club. Je n'imaginais pas que tu viendrais pour m'y retrouver.

— Tes regrets pourris, tu peux te les carrer où je pense ! J'ai passé les dernières heures à me triturer les méninges pour essayer de comprendre ton attitude, ce que j'avais pu faire de mal pour mériter d'être traitée ainsi et…

— Rien, tu n'as rien à te reprocher. C'est moi qui ai déconné.

— Ça, tu peux le dire ! Tu n'es pas avec ta nouvelle copine ? Tu sais, celle qui te léchait la pomme d'Adam tout à l'heure ! Qu'est-ce qui t'est arrivé pour que le joli plan cul tourne court ? Ton Range était garé trop loin ? Tu étais à court de capotes ?

Un sourire illumine son visage et ses yeux pétillent.

— Tu es jalouse ?

— Certainement pas ! Je trouve juste que tu as été rapide à te consoler.

— Il ne s'est rien passé avec cette meuf, chuchote-t-il au creux de mon oreille. Rien du tout.

S'il est un tant soit peu observateur, il ne peut pas avoir raté la chair de poule qui a hérissé ma peau. C'est bien ma veine ! Cet abruti s'est comporté comme un mufle avec moi, mais il a toujours le pouvoir de me troubler. Ah, l'alchimie, quelle belle connerie !

— On entre ou tu veux continuer à parler sur le palier ?

— Ce que je veux, c'est que tu retournes d'où tu viens et que tu m'oublies.

— Pas avant d'avoir eu une conversation avec toi. Si, après, tu veux que je me tire, je le ferai. Mais j'ai besoin que tu piges mon attitude de ce soir.

— Tu crois que ça te donnerait bonne conscience ?

— Je ne sais pas, mais je m'en voudrais de ne pas essayer.

Comprenant qu'il ne me fichera pas la paix avant d'avoir pu s'expliquer, je finis par abdiquer. Je suis crevée, j'ai juste envie de dormir et qu'on me laisse tranquille. Donc, plus vite il aura terminé de me sortir son baratin, plus vite il partira.

— Je t'accorde dix minutes, pas une de plus.

— C'est largement suffisant.

Nous nous installons dans le salon, après que j'ai allumé les lampes sur le guéridon et la commode. Je pourrais lui offrir un truc à boire, mais il ne le mérite pas. Eh oui, je n'ai rien d'un ange et je peux me comporter en peau de vache si j'ai l'impression qu'on me prend pour une quiche. Ce qui est exactement le cas…

— Alors ? Je t'écoute.

Je regarde ma montre en disant ça, pour bien lui montrer que je ne plaisante pas.

— Ce soir, quand ta sœur m'a révélé que tu étais un petit génie, j'ai paniqué. J'avais déjà remarqué l'autre soir que tu étais futée, mais je n'avais pas pigé à quel point. À partir de là, c'est devenu difficile pour moi de te parler, parce que j'avais peur de dire une connerie et que tu te foutes de moi.

En l'entendant me faire part de ses craintes, je me sens mal à l'aise. Il m'est souvent arrivé de me moquer gentiment de lui, même si je ne l'ai jamais fait ouvertement, et je n'en suis pas très fière. Pas du tout, même. Par chance, Nathan ne remarque pas ma gêne. Je me jure *in petto* de ne plus recommencer et de le respecter comme il mérite de l'être.

— Je comprends une telle réaction. Tu n'avais aucun moyen de savoir comment je réagirais.

— Et puis, au restaurant, tu m'as raconté à quel point tu étais brillante et plus tu causais, plus je me sentais minable face à toi.

— Tu m'as posé une question et je t'ai répondu, tout simplement. Jamais je n'ai cherché à te rabaisser.

— C'est pourtant comme ça que je l'ai ressenti. Surtout quand tu as prononcé ce mot, nonobs…

— Nonobstant, je confirme d'une voix douce.

— Ouais, c'est ça. Merde, Ella, je n'ai aucune idée de ce que ça veut dire ! s'énerve-t-il soudain.

— Dans ce cas, pourquoi ne pas me l'avoir demandé ? Je t'aurais expliqué.

— Et passer pour le niais de service ? Non, merci !

— Nonobstant signifie malgré tout. Il n'y a aucun mal à ne pas connaître certains termes.

J'essaie de tempérer, parce que je prends conscience du fait qu'il a développé ce soir un énorme complexe d'infériorité. Cela a souvent été le cas, et avec toutes sortes de personnes, mais pour l'homme fier et arrogant qui se tient en face de moi, je conçois que c'est sans doute particulièrement compliqué à gérer.

— Alors, ce sera toujours comme ça ? Tu me causeras et je ne capterai rien ? Tu trouves que c'est agréable pour moi ?

— Parce que tu imagines que c'est sympa pour moi de voir les gens me regarder comme si j'étais une sorcière ? Tu crois que c'est la première fois que ça m'arrive ? À ton avis, pourquoi je ne t'ai rien révélé vendredi dernier ?

— J'en sais rien, et je ne me suis pas vraiment posé la question.

— Parce que tu as été naturel avec moi, tu m'as rabattu le caquet quand tu estimais que c'était justifié et j'ai apprécié ça. Je ne connais pas tout sur tout, j'ai juste une excellente mémoire et je comprends vite.

— Ne te dénigre pas pour moi, c'est nul.

— Mais non ! Nathan, on a passé un super moment ensemble l'autre jour, et j'ai bêtement espéré que nous pourrions recommencer. Seulement, tu m'as bien fait comprendre que tu n'étais pas intéressé, ce soir. Je suppose qu'il n'y a rien à ajouter. Personne ne veut jamais prendre en considération le fait que je ne supporte pas d'être traitée comme si j'étais anormale et ça me navre.

— Si, je le pige, ce n'est pas le souci.

— Mais alors, où est le problème ?

— Que se passera-t-il lorsque tu découvriras à quel point je suis limité intellectuellement ? Je ne dépasse pas le niveau quatrième, je n'ai même pas eu mon brevet.

Je vois à ses traits crispés que cet aveu est difficile pour lui. Finalement, la situation est plus compliquée que je ne l'imaginais. Non seulement je l'intimide, mais il a des doutes quant à ses propres capacités, ce qui n'est pas fait pour arranger les choses. Je me dépêche donc de le rassurer.

— Et alors ? Je m'en fiche complètement. Je te connais peu, c'est vrai. Mais ce que j'ai découvert me plaît beaucoup, et le reste c'est du vent. Je ne m'ennuie pas avec toi et les quelques conversations que nous avons eues m'ont démontré que tu es un mec plein de bon sens. Tu n'es pas bête, tu n'es simplement pas instruit, sans doute parce que tu as décroché du système scolaire trop tôt.

— Tu le penses sincèrement ?

Son visage vient de s'illuminer comme un arbre de Noël et je lui souris gentiment.

— Oui, j'en suis persuadée.

— Dans ce cas, si tu penses que je n'ai rien du benêt

de service, j'aimerais vraiment qu'on reparte de zéro tous les deux. Tu serais partante pour un autre dîner ?

Quoi ? Et puis quoi encore ?

— Je ne suis pas très sûre d'en avoir encore envie.

Surpris, il me fixe en silence.

— Je suis désolée, mais je ne supporte pas l'idée que tu ailles lever une de tes morues, dès que tu as un pet de travers. Pour moi, une liaison, aussi éphémère soit-elle…

Je m'interromps face à son air perdu. Mince, il n'a sans doute pas compris le mot « éphémère » !

— … Pour moi, une liaison, aussi courte soit-elle, doit rimer avec exclusivité. Si tu penses que c'est impossible pour toi, je regrette, mais ça ne fonctionnera pas.

— Je suis d'accord…

— Alors cette fille au club, c'était quoi ? Un passe-temps agréable ? Le nouveau rince-bouche à la mode ?

— Il ne s'est rien passé, je te l'ai déjà dit. Quand je t'ai aperçue, j'ai pigé que j'avais fait une grosse connerie et je l'ai plantée aussi sec.

— Et avant de me voir ?

— Rien de rien, pas même une minable pelle ! Elle m'a dragué et je l'ai laissée faire, c'est tout.

— Si je n'étais pas venue, que se serait-il passé ?

— Ça, on ne le saura jamais, mais je n'étais pas en mode séduction ce soir. Je n'arrêtais pas de penser à toi.

— C'est l'effet que tu m'as fait quand je suis arrivée au club, me moqué-je avec ironie.

Il ne semble pas apprécier ma remarque. Connaissant son répondant, je m'attends à un retour de manivelle mais au lieu de cela, il se lève, aussi vif que l'éclair, et s'installe tout près de moi. Je n'ai pas le temps de protester, que déjà sa bouche se pose sur la mienne. Et là, je suis fichue.

J'avais presque oublié à quel point il était fort à ce petit jeu. Assurément, il n'y a pas qu'au foot qu'il est doué.

Durant de longues minutes, nous nous embrassons à perdre haleine. Nos dents s'entrechoquent, nos langues bataillent, et nos lèvres se cherchent et se provoquent. Puis nos mains entrent en action, enfin surtout les siennes. Il baisse la bretelle de ma petite robe noire, pendant que sa bouche trace des sillons brûlants sur ma gorge. C'est tellement bon que j'en pleurerais presque. Il prend un de mes seins en coupe pour en agacer la pointe à travers la dentelle de mon soutien-gorge. Sa langue vient ensuite titiller mon oreille et je ne peux retenir un gémissement de plaisir.

— Où est ta chambre ? grogne-t-il tout contre ma peau. Je ne tiens pas à ce que ta coloc de frangine nous surprenne.

Comme pour appuyer ses dires, sa main glisse entre mes cuisses et entame un massage des plus délicieux, tandis qu'il mordille durement mon lobe.

Ses paroles arrivent à mon cerveau plus embrumé qu'un matin de novembre londonien. Il a raison, ma sœur pourrait entrer à n'importe quel moment, et pas question pour moi de me donner en spectacle. Donc, deux options. Soit je le vire, soit je l'emmène dans ma chambre. Sans la moindre hésitation, je choisis la seconde. Son regard brûlant me promet des instants de plaisir auxquels je suis incapable de résister. En silence, je me lève et lui attrape la main pour l'entraîner dans mon sillage vers l'endroit qui constitue mon jardin secret.

Son attention se détourne de moi, lorsque nous arrivons dans mon antre. La pièce est résolument féminine avec des meubles en rotin blanc, une peinture et une moquette mauves, ainsi qu'une couette assortie. Je l'adore.

— Une vraie piaule de fille, murmure-t-il, ses yeux s'attardant sur la bibliothèque qui croule sous le poids des bouquins.

Sa remarque me fait sourire. J'aime lire et pas seulement de la grande littérature. Bien sûr, je connais mes classiques, mais mes goûts sont éclectiques et j'apprécie tout autant les fictions fantastiques, la romance ou les thrillers.

Toutefois, ce soir, il n'est pas question de parler livres, nous avons beaucoup mieux à faire. Avec une moue coquine, j'avance vers le lit. Son regard incandescent me grise à un point que je ne peux même pas décrire avec des mots.

— Dans la vraie vie, tu es peut-être un cerveau. Mais au pieu, c'est moi le boss.

Ces mots provoquent d'intenses pulsations entre mes cuisses. Je ne savais pas que j'aimais les hommes autoritaires dans l'intimité, mais il faut croire que c'est le cas, si on considère les réactions de mon corps.

— D'accord.

C'est l'unique réponse qui sort de ma bouche. Nathan s'assied sur le bord du matelas et m'observe avec l'air d'un loup sur le point de dévorer un agneau.

— Déshabille-toi…

Rouge comme une pivoine, je m'empresse de m'exécuter. Les bretelles glissent le long de mes bras et la petite robe noire atterrit sur le sol. Je retire mes ballerines et m'approche de lui.

— Le reste aussi…

Aussitôt dit, aussitôt fait, et la minute suivante, je me tiens toute nue devant lui. Je me sens à la fois faible et puissante. Faible, parce qu'il est totalement vêtu, ce qui me donne l'impression que la situation est déséquilibrée. Et puissante, parce que son regard est tellement brûlant de désir que je suis à deux doigts de la combustion spontanée. C'est moi qui lui fais cet effet, moi qu'il veut même après avoir déjà couché avec moi et ce qu'il a appris sur mon compte. J'aime le sentiment que me procure la certitude d'être à ce point désirée.

Sans un mot, je me poste devant lui, avant de m'agenouiller à ses pieds pour lui enlever ses Vans noires et ses chaussettes basses. Mon visage se trouve tout près de son entrejambe, et l'énorme bosse que j'aperçois sous le tissu m'excite plus encore, si tant est que cela soit possible. Lorsque ma tâche est terminée, je me redresse et m'attaque à sa chemise. Nathan me laisse faire, toujours immobile, mais dès que j'ai défait les boutons, il m'attrape et me soulève pour m'allonger sur le lit. Puis, comme pris d'une sorte de frénésie, il retire toutes ses fringues en deux temps trois mouvements. Ses mains sont rendues tremblantes par l'impatience et je pourrais sans doute en rire, si je n'étais pas dans le même état que lui.

— Je brûle d'envie de me perdre à nouveau dans cette adorable petite chatte toute serrée, murmure-t-il quand sa peau entre en contact avec la mienne.

Seul mon gémissement avide lui répond. Mais soudain, alors qu'il s'apprête à me recouvrir de son corps, il se redresse.

— Merde, les capotes !

En hâte, il récupère son portefeuille dans la poche arrière de son pantalon noir et en extrait trois préservatifs attachés les uns aux autres. Voilà ce qui s'appelle être prévoyant. Je crois que j'apprécie réellement cet aspect de sa personnalité. Heureusement qu'il y a pensé, parce que j'étais tellement à l'ouest, perdue dans les sensations, que cela ne m'a même pas effleuré l'esprit. Et pourtant, c'est moi le médecin.

Les sachets balancés sur le lit, mon amant me rejoint enfin, nichant son pénis érigé entre mes cuisses. Aussitôt, je me sens gagnée par cette humidité si agréable. J'adore que mon corps reconnaisse celui de Nathan et soit déjà prêt pour lui. C'est tellement plus agréable que ça ne l'était avec Zahed.

Nos bouches, comme aimantées, reviennent inlassablement l'une vers l'autre pour des baisers de plus en plus torrides. Mes mains se perdent dans ses cheveux, découvrent son dos et descendent vers ses fesses que je palpe avec délectation. Sa peau est douce sous mes paumes, ses muscles sont saillants, et son postérieur ferme et bombé. Oui, Nathan Leray a un corps parfaitement parfait.

Alors que je n'attends qu'une chose, qu'il me pénètre, son bassin se met en mouvement. Son sexe frotte contre mon clitoris, provoquant des décharges électriques qui me traversent de la pointe des pieds à la racine des cheveux.

— Nathan…

Ma voix n'est qu'un murmure chevrotant. Je me sens désespérément vide, je veux qu'il passe à l'action. La frustration menace de me rendre complètement dingue.

— Nath…

— Pas encore, souffle-t-il à mon oreille.

— Mais…

— J'ai dit, pas encore. Sois patiente, tu ne le regretteras pas.

Le rythme s'accélère et les frictions également. C'est juste hallucinant. En transe, je gémis, j'implore, mais il n'en tient pas compte. C'est si puissant que j'en perds la tête, et l'excitation que je ressens grimpe à des sommets rarement atteints jusqu'à présent. S'il ne me pénètre pas très vite, je jure de le plaquer sur le matelas pour le violer sur place. Une main vient se presser sur mon sein. Il retient tout son poids grâce à un seul bras. Impressionnée, je baisse les yeux pour admirer ses abdominaux contractés et sa silhouette absolument sculpturale.

C'est le moment qu'il choisit pour pincer mon mamelon assez fort, et je sens mon corps se figer avant d'exploser en mille morceaux. J'ai l'impression d'être éparpillée aux quatre coins de la pièce. Le souffle court et les tempes bourdonnantes, je laisse les spasmes me traverser de part en part. J'ai à peine le temps de reprendre ma respiration que déjà il enfile un préservatif avec une agitation qui m'indique qu'il est dans le même état que moi. La seconde suivante, il me pénètre d'un mouvement souple, sans la moindre hésitation. Il est tellement massif que j'en hoquète de surprise, mais pas de douleur. Comme la première fois, il m'a procuré un orgasme pour me préparer à le recevoir, ce qui démontre qu'il n'a rien d'un amant égoïste.

Ses coups de reins sont de plus en plus rapides et gagnent en amplitude, m'offrant un plaisir dont je ne peux désormais plus me priver. Le rythme passe d'effréné à frénétique et nos gémissements deviennent des cris. Peu importe que ma frangine soit présente ou non, je m'en fiche. Me retenir est tout simplement impensable.

Une fois de plus, cette tension au creux de mon ventre apparaît. Elle m'envahit très vite, annonçant une jouissance imminente. C'est alors que Nathan se redresse et change son angle de pénétration, sans diminuer l'intensité de ses mouvements. En le sentant aller et venir contre ce point si sensible, tout s'emballe en moi. Je deviens comme folle, incapable de contrôler la moindre réaction de mon corps.

— Oh, bon sang, Ella ! grogne-t-il, les paupières fermées. Je n'en peux plus de me retenir ! C'est tellement kiffant !

Cette voix si grave signe ma perte. La seconde suivante,

je me noie dans un plaisir incroyable, si fort que j'ai l'impression d'être sur le point de perdre connaissance. Nathan me rejoint très vite, avec ce cri proche du rugissement qu'il a déjà poussé la dernière fois.

Longtemps, nous restons dans cette position, figés, nos membres entremêlés. Puis, comme toutes les bonnes choses ont une fin, Nath finit par se redresser pour retirer le préservatif et le jeter dans la poubelle située près de mon bureau.

Lorsqu'il revient près de moi, je lui souris. Je ne peux m'empêcher de l'observer, de suivre chacun de ses mouvements. Je note ainsi certains détails, comme un grain de beauté sur sa joue tout près de son nez droit, une tache de naissance dans son dos, ou le fait qu'il s'épile les poils pubiens et sous les bras. Je connais peu d'hommes qui font ça mais à mes yeux, cela n'enlève rien à sa virilité.

Toujours incapable de bouger, je le laisse m'allonger sur les oreillers. Il fait tellement chaud en ce moment que la couette est inutile. Il prend place à mes côtés et m'observe, sans dissimuler son sourire satisfait.

— Donc, si je comprends bien, on sort ensemble ? finit-il par demander, ses doigts jouant paresseusement avec mon nombril.

— C'est ce que tu veux ? Tu es sûr de toi ? Parce que je ne tiens pas franchement à revivre une soirée comme celle-ci.

J'ai beau essayer, je ne parviens pas à cacher l'amertume dans ma voix. Même si notre rendez-vous s'est terminé de la manière la plus délicieuse qui soit, je n'oublie pas son attitude grossière au restaurant et la pétasse du club.

— Si je n'en avais pas eu envie, je ne serais pas venu jusque chez toi et je n'aurais pas fait le pied de grue devant ta porte pendant plus d'une heure. J'aurais simplement pris ce qu'une autre m'offrait sur un plateau, sans me poser de questions. Mais je suis là, non ?

Je réfléchis un instant, avant d'admettre :

— Au fond, il vaut mieux que tu l'aies appris maintenant. Au moins, les choses sont claires.

Nathan acquiesce et sourit d'un air coquin.

— Tu bosses demain ?

— Oui, mais je ne commence qu'à 14 heures.

— Tu accepterais de m'héberger pour la nuit ? Je n'ai aucune envie de rentrer chez moi et encore quelques projets nous concernant.

Je ris, me sentant plus légère que je ne l'ai jamais été.

14

Nathan

Essoufflé, en nage, je me laisse aller en arrière, tandis qu'Ella reste figée, dos à moi. Putain, baiser avec cette fille est meilleur à chaque fois. C'est absolument hallucinant ! D'autant qu'on n'a rien fait de fou pour l'instant, dans le sens où nos positions ne sont pas très acrobatiques. Là, j'étais simplement derrière elle. Mais bordel, regarder son cul parfait frotter contre mon bassin, la voir trembler et l'entendre gémir sous mes coups de reins, c'est juste le paradis.

Dire que la soirée avait si mal débuté… Franchement, quand j'ai appris qu'elle était trop intelligente, j'ai renoncé à la fréquenter. C'est vrai, qui a envie de se sentir comme le dernier des idiots au contact de sa gonzesse ? Pas moi. Mais au club, ses paroles tournaient sans cesse dans ma tête.

« Je suis peut-être un petit génie, comme tu me l'as fait remarquer, mais je suis également une femme de vingt-trois ans qui désirait simplement sortir avec un garçon qu'elle

trouve sympa et qui l'attire physiquement. Et ce n'est pas si souvent que je rencontre un homme qui me fait tant d'effet. »

Comment oublier de tels mots ? J'étais mal pour elle, parce que je savais que je m'étais montré aussi injuste qu'odieux. Quand j'ai aperçu sa frangine, ça a été pire. Je sentais que Mika se retenait de me poser des questions, mais je suppose qu'elle n'a pas osé. En tout cas, mon regard noir l'en a empêchée. En revanche, Enrique ne s'est pas gêné pour m'expliquer que sa nana avait proposé de venir ici, histoire de nous laisser l'appartement à notre retour du restaurant. Et là, je me suis trouvé plus minable encore. Et puis, je l'ai vue…

Alors, j'ai décidé d'arrêter de cogiter et de suivre mon instinct qui me dictait qu'Ella n'était peut-être pas si impressionnante que ça, et qu'elle devait se sentir particulièrement mal après le dîner pour s'être déplacée jusqu'au club. Je me suis donc levé pour la retenir, mais elle s'enfuyait déjà. Mika s'est tournée vers moi et m'a juste lancé : « *Tu commets l'erreur de ta vie, cette femme est exceptionnelle et c'est simplement dommage que tu sois trop con pour t'en rendre compte.* »

Du coup, j'ai fait la seule chose qui s'imposait, j'ai décidé de lui parler, de lui expliquer. Et je ne le regrette pas, parce qu'elle n'est pas snob pour deux sous. Sa gentillesse est bluffante et elle a tout fait pour me rassurer. À aucun moment, je n'ai vu de jugement ou de pitié dans ses yeux, pas même quand j'ai mentionné mon niveau médiocre. Non, elle n'en avait strictement rien à secouer et elle était sincère.

La bouche perdue dans sa nuque, j'en profite pour humer son parfum délicat, comme j'aime le faire. Puis, je me lève pour me débarrasser de la capote, la troisième, et revenir vers elle. Le réveil posé sur son chevet indique

3 h 30 du matin, mais je n'ai absolument pas sommeil. Je sens que je vais être frais demain pour mon entraînement de 10 heures !

— On devrait dormir, tu ne crois pas ? je murmure en reprenant ma place près d'elle.

Ella sourit et se love contre moi. Mais elle est préoccupée, ça se voit dans son regard. Je décide d'en avoir le cœur net.

— Qu'est-ce que tu as, petit génie ?

Elle hésite longuement, puis se lance finalement.

— Est-ce que je peux te faire confiance ?

— Comment ça ?

— Qu'est-ce qui me prouve que je ne suis pas un plan cul de plus pour toi ? Que tu ne te moqueras pas de moi une fois que tu auras eu ce que tu voulais ? Que tu ne te vanteras pas partout de t'être tapé une surdouée ? Les filles tombent comme des mouches et la tentation est permanente. Tu as dit que tu serais fidèle, mais comment te croire quand la banquette arrière de ton Range est le baisodrome le plus couru de tout Paris ?

J'essaie de protester.

— Tu exagères ! Tout de suite les grands mots ! C'est juste pour le côté pratique.

— Ça ne répond pas à mes questions.

— Ella, je ne sais pas ce qu'il faut faire ou dire pour que tu acceptes de me revoir. Si tu as une idée, vas-y…

Elle cogite, puis finit par se redresser et ancrer son regard dans le mien.

— Raconte-moi deux choses personnelles, que tu n'as jamais dites à personne. Je ferai de même avec toi.

Instantanément, je me crispe, méfiant.

— Ta frangine est journaliste. Tu ne crois quand même

pas que je serais assez stupide pour te déballer des trucs privés qui pourraient se retrouver dans la presse à scandale ?

Elle a vu la Vierge ou quoi ? Alors là, même pas en rêve !

— Justement. Si tu me fais assez confiance pour cela, tu me prouveras que tu as envie d'une relation suivie et non de me sauter comme n'importe laquelle de tes pouffes.

— Toi, d'abord.

— Tu veux que je commence ? D'accord. Deux choses très personnelles que je n'ai jamais avouées à personne, pas même à ma sœur.

— Vas-y…

Je suis quasiment sûr qu'elle va se dégonfler ou me sortir une connerie qui n'a rien d'un secret. Mais quand elle s'écarte pour s'allonger sur le dos et fixer le plafond, je me mets à douter.

— J'ai été détectée précoce à trois ans, parce que je lisais déjà couramment. Je suis incapable de te dire comment j'ai appris, je n'en ai aucune idée. Un soir, mon père était en train de signer des courriers de la mairie et je lui ai montré une faute d'orthographe. Il est tombé des nues et m'a demandé comment je savais ça. Alors, je lui ai lu toute la lettre, et il a compris.

— Ça n'a rien d'un secret, ça !

— Attends… J'ai été placée dans une école spécialisée à l'âge de quatre ans. Cet établissement était à Orléans, à une heure de route de Vendôme. J'ai détesté chaque seconde passée là-bas.

— Tu y es restée jusqu'à quel âge ?

— Jusqu'à treize ans.

— Pourquoi tu ne t'y plaisais pas ?

— J'étais interne. Tu te rends compte que depuis que j'ai quatre ans je ne vis plus chez mes parents ? J'avais terriblement besoin de ma mère et j'étais toute seule.

J'étais beaucoup trop jeune et, d'un point de vue affectif, j'en ai terriblement souffert.

— Mais tu rentrais chez toi, quand même ?

— Oui, le week-end. Sauf que je n'avais pas d'amis.

— Et Mika ?

— Elle était là, bien sûr. Mais très vite elle a commencé à être invitée à des anniversaires, puis à des soirées. Et ce n'était pas mon cas.

— Pourquoi ?

— Mon père se vantait partout de sa fille surdouée. Si bien que certains étaient jaloux et d'autres me regardaient comme si j'étais anormale. Et puis, l'école était très chère et il attendait un retour sur investissement, murmure-t-elle d'une voix qui laisse percer son amertume. Alors, je devais travailler encore et encore. Pour résumer, j'ai souvent eu l'impression qu'on m'avait volé mon enfance.

— Tu n'en as jamais parlé à tes parents ?

— Non, ils me rebattaient tellement les oreilles avec les sacrifices qu'ils consentaient pour moi que je n'osais pas. Mais j'étais très malheureuse…

— Tu aurais pu en toucher un mot à Mika.

— Certainement pas ! Elle m'aurait poussée à me rebeller, alors que je ne suis pas d'un tempérament contestataire. Je n'aime pas faire de vagues et je déteste les conflits. C'est viscéral.

Je reste longtemps songeur, à tenter de me mettre à sa place, mais c'est compliqué pour moi. Je comprends qu'elle a dû souffrir d'une grande solitude et je suis sincèrement peiné pour elle. Mais ça me paraît soft comparé aux casseroles que je trimballe.

— Et ton deuxième secret ? je m'enquiers pour changer de sujet, parce qu'il me semble que l'atmosphère s'est brusquement plombée.

— J'ai eu mon premier véritable orgasme avec toi, chuchote-t-elle, les joues rouges de gêne.

Alors là, je suis beaucoup plus intéressé ! Je ne peux empêcher un sentiment d'intense fierté de me submerger.

— Comment ça ? Tu n'étais pas vierge, pourtant.

— Non, mais je n'ai eu qu'un seul amant et… Je ne sais pas, je n'y arrivais pas. Avec toi, en revanche, tout semble étonnamment facile.

Avec un sourire jusqu'aux oreilles, je lance :

— Alors ça, c'est vraiment très agréable à entendre !

Elle rit doucement et me met un petit coup de coude dans les côtes.

— Comme si tu n'avais pas déjà assez le melon !

Je me marre, plus fier de moi que si j'avais marqué un but.

— Et toi ? demande-t-elle au bout d'un moment.

Aussitôt, je me fige, mal à l'aise. Elle s'est livrée sur des sujets intimes, et je sais que ça nous a rapprochés. Mais je ne suis pas un adepte des confessions sur l'oreiller, si bien que j'ai du mal à l'imiter. Pourtant, il va bien falloir que je m'y oblige. Ella ne comprendrait pas mon silence et se dirait immédiatement que je cherche juste à la sauter. Or, je ne veux pas qu'elle ait ce sentiment, parce que ce n'est tout simplement pas vrai. Mais lui faire entièrement confiance me pose un problème, dans la mesure où sa jumelle est une putain de journaliste.

Quand je me tourne vers elle pour lui expliquer, je la vois qui me sonde. Elle doit se demander si je suis capable de relever le défi. Alors, malgré moi, je murmure.

— Ma petite sœur est morte à l'âge de seize ans.

Je n'avais absolument pas prévu de lui parler de ça, mais c'est sorti tout seul. Encore heureux que je n'aie pas mentionné les causes de sa disparition.

— Oh, mon Dieu ! Je suis désolée, Nathan, vraiment…

— Tu n'as pas de raison de l'être.

— Comment s'appelait-elle ?

— Léa.

— Tu as d'autres frères et sœurs ?

— Ouais. Un frangin, Yannick, et une sœur aînée, Emma. C'est elle qui s'est occupée de nous après le décès de notre mère.

Ella semble sous le choc. Je crois qu'elle est en train de réaliser que ma vie, et plus précisément ma jeunesse, n'a rien d'un conte de fées. Je n'ai aucune envie d'en raconter plus, alors, avant qu'elle ait le temps de poser des questions, je lance :

— Et mon deuxième secret, c'est que j'adore coucher avec toi !

Elle éclate de rire.

— Mais ce n'est pas un secret, ça !

— Alors disons que c'est la première fois que j'ai envie de revoir une fille et de passer du temps avec elle.

Immédiatement, elle se redresse et me lance un regard perplexe.

— Tu n'as jamais eu de relation suivie ?

— Non ! Ce n'était pas pour moi.

— Si je comprends bien, tu es un serial baiseur.

— C'est plus compliqué que ça. Disons que l'exemple de mes parents ne m'a pas incité à tomber amoureux, au contraire. Il m'est arrivé de remettre le couvert avec certaines nanas, mais jamais plus de deux fois.

— Et tu es prêt à faire une exception pour moi ? Je ne sais pas si je dois me sentir flattée ou être morte de peur, parce que ça me colle une pression d'enfer.

Je l'enlace en riant.

— Écoute, on profite du moment, on ne se prend pas le chou et on verra où ça nous mène. Je ne suis pas un adepte des plans sur la comète et pas très doué en matière de relations hommes-femmes.

— D'accord.

À voir la ride qui barre son front et son regard préoccupé, je devine que toutes sortes de questions se bousculent dans sa tête, mais je n'ai pas envie d'y répondre. J'ai déjà beaucoup trop parlé, bien plus qu'avec n'importe qui ! J'éteins la lampe de chevet et ordonne d'une voix autoritaire :

— Fini les papotages. Il est temps de dormir, maintenant, sinon, on ne sera bons à rien demain.

15

Ella

— Ah, au fait ! Je ne suis pas là ce soir, je couvre un gala organisé pour les sélectionnés de l'équipe de France, m'informe ma sœur lorsque j'entre dans la cuisine.

Il est à peine 7 heures, mais Mika est déjà habillée et maquillée pour filer au studio. Elle vient tout juste de commencer et, pourtant, elle a déjà trouvé ses marques. Ses congés suivent ceux de la ligue 1, qui reprend généralement début août, d'après ce que j'ai cru comprendre. Elle est chargée d'analyser les matchs, ainsi que d'interviewer les différents joueurs. C'est elle la spécialiste du football pour la chaîne, ce qui la rend super heureuse.

— Je sais, j'y vais aussi, murmuré-je avec un petit sourire satisfait.

J'étudie avec une attention amusée le moment où l'info passe de ses oreilles à son cerveau. Sa tête quand elle prend conscience de mes paroles n'a pas de prix. Trop marrant !

— Co… comment ?

Elle est tellement étonnée qu'elle manque de renverser sa tasse de café.

— Attention, tu vas tacher tes vêtements !

— Nathan t'a invitée ?

— Il faut croire.

— Merde alors ! Ça devient sérieux entre vous ou je me trompe ? Tu es sur le point de faire partie de la grande famille des WAG !

— Les quoi ?

— WAG ! C'est un acronyme pour désigner les compagnes de sportifs, ça veut dire *Women And Girlfriends*.

Je m'amuse discrètement de sa surprise.

— Alors ? Tu réponds ? s'impatiente-t-elle.

— Mais que veux-tu que je te dise ? Je n'en sais rien ! On ne réfléchit pas de cette façon, on vit l'instant présent, c'est tout.

— Et vous couchez ensemble !

La plupart du temps, je suis assez secrète, contrairement à ma jumelle. Je ne m'étale jamais sur ma vie privée, et encore moins sur ses aspects intimes. Mika, ce serait plutôt l'inverse, puisqu'elle est capable de me donner le nombre d'orgasmes qu'elle a eus la nuit précédente et dans quelles positions sexuelles elle y est parvenue. Et encore, je ne vous parle pas de ses descriptions des organes génitaux de ses amants. Généralement, c'est à mourir de rire. Sauf que maintenant, elle s'imagine que je vais l'imiter. Or, je préférerais me faire couper la langue plutôt que d'aborder ce sujet.

— Comme toi et Enrique, dis-je pour noyer le poisson.

Ma sœur se décompose à l'évocation de ce prénom et je pige aussitôt qu'il y a un problème. Les lèvres tremblantes, elle se laisse tomber sur une chaise.

— C'est fini avec lui.

Je suis une habituée des ruptures de ma jumelle. D'ailleurs, c'est un miracle que celui-ci ait duré aussi longtemps, même si c'était assez court au final. En revanche, je ne l'ai jamais vue dans cet état. Immédiatement, je m'assieds près d'elle et prends sa main crispée entre les miennes.

— Que s'est-il passé ? Tu as l'air triste.

Elle renifle et pose sa tête sur mon épaule.

— Il est marié et a un enfant. Sa femme arrive dans quelques jours.

— Et tu ne le savais pas ? C'est pourtant toi la journaliste, non ?

— Si, mais il m'avait expliqué qu'ils étaient séparés et qu'ils ne divorçaient pas à cause du gamin. Je l'ai cru.

— Et ?

— J'étais chez lui quand elle l'a appelé pour lui annoncer sa venue. Ce con était sur haut-parleur, persuadé que je dormais dans la chambre. Seulement, j'étais réveillée et je n'ai pas pu m'empêcher de suivre la conversation. Ils discutaient en espagnol, mais comme tu le sais, je maîtrise bien la langue et j'ai tout compris. Ce crétin m'a prise pour une blonde dans tous les sens du terme, mais il avait tout faux. Il m'a sous-estimée et je lui ai expliqué à ma façon que l'idiot de l'histoire, c'était lui.

Connaissant Mika, je peux vous certifier que ça a dû être sanglant ! Elle n'est pas le genre de nana à se laisser marcher sur les pieds.

— Tu crois qu'elle était au courant pour vous deux ?

— Probablement, mais elle ferme sa gueule et tolère ses incartades.

— Comment est-ce possible ?

Ça me dépasse. Pour moi, la fidélité est non négociable dans un couple.

— C'est sa femme, elle a l'argent et le prestige. Si

elle se rebiffait, il pourrait vouloir divorcer, et adieu tous les avantages et les privilèges. Je vois ça souvent. Elles regardent ailleurs, pourvu qu'elles puissent continuer à mener grand train. En attendant, il me plaisait réellement et, pour la première fois, ça me fait chier de quitter un mec. En plus, ce con n'arrête pas de m'appeler.

— Pourquoi ? Si c'est fini, il n'y a plus rien à dire, non ?

— Exact. Mais il a peur que j'en parle à la télévision et que je détruise sa réputation.

— Mais tu ne ferais jamais une chose pareille.

— Bien sûr que non. J'ai plus d'éthique que ça. Mais cet abruti continue à me sous-estimer, alors je le laisse flipper. C'est ma petite vengeance personnelle.

— Et si tu dois l'interviewer ? Ça risque d'être gênant pour vous deux.

— Absolument pas. Je suis une pro et aucun mec ne me détournera de ma carrière.

Son regard s'est durci et je reconnais enfin la femme ambitieuse qu'elle a toujours été.

— Mais assez parlé de moi. Ça a l'air de rouler avec Nathan, alors ?

Je rougis, mal à l'aise. Mais c'est ma sœur, alors je décide de me confier un peu.

— Je suppose que oui. Mais bon, on ne se fréquente que depuis moins de trois semaines.

— Autant dire une éternité pour lui. Ne fais pas cette tête, Ella, tout le monde dans le milieu sait que Nath n'est pas le genre de mec à s'attacher. Des nanas pour une nuit ou une heure, oui, mais certainement pas une liaison suivie.

Je souris malgré moi. C'est étrange, la satisfaction qu'on éprouve à avoir réussi là où toutes les autres ont échoué. Et pourtant, je n'attendais rien de particulier depuis cette soirée désastreuse qui a fini beaucoup mieux qu'elle n'avait commencé. Depuis, chaque jour, je me demande s'il ne va pas me virer. Cela dit, en trois semaines, il n'a pas montré le moindre signe de lassitude. Nous nous voyons tous les deux jours en moyenne et ça me convient parfaitement, parce que mon boulot à l'hôpital est loin d'être de tout repos, surtout en cette période estivale.

Pour en revenir à Nathan, nous dînons ensemble, nous nous baladons, nous allons au cinéma. Nous nous sommes même rendus à la piscine, un jour où il faisait particulièrement chaud, et avons ri comme des fous. Seulement, ce n'était pas la piscine municipale, mais celle du Ritz ! Et les nuits… Elles sont plus dingues les unes que les autres… Jamais je n'aurais cru qu'une telle communion physique était possible. Dès qu'il me touche, je décolle et, plus le temps passe, plus c'est fort. Je n'irais pas jusqu'à affirmer que je suis amoureuse de lui, je refuse d'éprouver ce genre de sentiment, parce que Nath est trop instable et je n'ai aucune envie de souffrir. Mais je m'attache à lui, c'est indéniable. Et le jour où il s'en ira, il laissera un immense vide derrière lui.

— Tu te rends quand même compte qu'il s'apprête à officialiser, ce soir ? L'ensemble de la presse sera là et comme c'est sa première sélection en équipe de France, tu peux être sûre que tout le monde s'intéressera à lui. D'autant que c'est la première fois qu'il s'affichera avec une femme à son bras lors d'un événement.

Mon cœur se met à battre plus vite, tandis que je prends la pleine mesure de ce que ma sœur vient de m'expliquer. En réalité, je m'en doutais, mais l'entendre, c'est autre chose.

— Sois prudente, Ella, parce que tu risques de faire la une de la presse people dans les prochains jours. Et ce sont des hyènes. Ils vont chercher à savoir qui tu es, où tu vis, et fouiller dans ta vie. Leurs méthodes ne sont pas toujours très reluisantes. Nathan est un personnage public, les supporters l'adorent et il est en passe d'avoir une envergure internationale. Donc, nécessairement, le côtoyer va te placer sous le feu des projecteurs.

Avec agacement, je m'exclame :

— Je n'en ai pas la moindre envie !

— Je sais, sauf que personne ne te demandera ton avis. Je veux juste m'assurer que tu as compris où tu t'apprêtes à mettre les pieds. Vous êtes parvenus à rester discrets jusqu'à présent, mais dès demain, les choses vont changer.

Je déglutis avec difficulté, angoissée par le tableau que ma sœur est en train de brosser. Avant que j'aie eu le temps de répondre, mon portable qui charge dans le salon sonne.

Trois minutes plus tard, je reviens, furieuse. Je verse du café dans un mug, puis je me tourne vers elle avec défaitisme.

— Je dois bosser.

— Quoi ? Je croyais que tu avais pris ta journée ?

— J'avais réussi à permuter avec un autre interne, mais il s'est chopé une mononucléose et il est cloué au lit. Résultat, c'est la panique et il faut que je le remplace.

— Donc pas de manucure, ni de coiffeur, ni d'épilation ? Franchement, Ella…

— Oh, c'est bon ! Ce n'était pas prévu, de toute façon. Je suis allée chez l'esthéticienne la semaine dernière, ça suffira bien.

— Et ta tenue ?

— Choisie avec Nathan il y a trois jours, quand il m'a demandé de l'accompagner pour une séance de shopping. C'est la robe bleu marine qui est suspendue à mon armoire. Et c'est moi qui l'ai payée, si ça t'intéresse.

— Vraiment ? Il ne te l'a pas proposé ? Radin, le mec !

— Si. Mais en voyant ma tête, il a aussitôt abandonné l'idée.

— Finalement, il est plus malin que je ne le pensais.

Lorsque je quitte l'appartement, quarante-cinq minutes plus tard, je téléphone à Nathan pour lui expliquer la situation. Nous devions nous retrouver dans l'après-midi, mais ce ne sera pas possible, hélas. J'ai toujours su qu'être chirurgien impliquait parfois de devoir renoncer à certains moments de sa vie privée. Mais pour la première fois, j'en suis contrariée.

Il décroche à la troisième sonnerie.

— Ella ? Un problème ?

Je souris, rien qu'en entendant sa voix. Je dois avoir l'air d'une parfaite nunuche, mais je m'en fiche. C'est l'effet Nath Leray.

— Salut, toi ! Prétends tout de suite que je t'appelle uniquement quand il y a un contretemps ?

— Disons plutôt que t'es loin d'être envahissante. En général, tu ne m'envoies pas de texto toutes les cinq minutes pour savoir ce que je fais, s'esclaffe-t-il.

— Ça te manque ?

— Certainement pas, tu n'imagines pas à quel point j'apprécie.

— Et tu fais quoi, là ? je m'enquiers en pouffant.

— Je viens de courir dix kilomètres, je suis à cinq minutes de mon appart.

— Sérieusement ?

— Ben oui ! Tu crois que je fabule ou quoi ?

— Mais tu n'es même pas essoufflé ! Moi, rien qu'en traversant le parking de l'hôpital au pas de course quand je suis à la bourre, je crache mes poumons.

— T'as qu'à arrêter le tabac et te mettre au sport. Ce

n'est pas comme si tu ne savais pas que c'est mauvais pour toi. Ces saloperies auront ta peau un jour !

Je grimace, car, comme toute fumeuse, je n'aime pas m'entendre seriner que je me ruine la santé.

— Je ne clope pas en…

— Mais bien sûr… Et mon cul, c'est du poulet ?

— … en ta compagnie, poursuis-je avec une pointe d'agacement.

— Ouais, mais ça ne change pas grand-chose, parce que, avant de me rejoindre, tu dois au moins t'en griller deux ou trois d'affilée. Résultat, tes fringues schlinguent le tabac froid et tu pues du bec.

— J'ai toujours un chewing-gum !

— Ça ne résout pas le problème. Un jour, j'arriverai à te faire arrêter, tu verras. Et tu me remercieras, tout comme quand tu tireras un trait sur ces saletés de sandwichs que tu ingurgites à longueur de journée et…

Je souris avec cynisme. Ce n'est pas demain la veille ! Toutefois, son assurance m'amuse. Il ne doute jamais de rien et c'est un des aspects de sa personnalité que je préfère. Il est sûr de lui et même si cela confine parfois à l'arrogance, étrangement, ça a aussi un certain charme.

Je l'interromps, car je suis juste à l'entrée de la bouche de métro.

— Trêve de papotage, je ne t'ai pas appelé pour prendre des cours d'hygiène de vie. Je dois bosser aujourd'hui. On ne pourra donc pas se voir cet après-midi comme convenu.

— Tu rigoles ?

— Hélas, non. Un de mes collègues s'est chopé une mononucléose et il est en arrêt de travail. Je dois le remplacer et me charger de ses patients.

— Mais tu n'aurais pas pu refuser ? Merde, c'est pas la première fois que ça arrive et je n'ai jamais râlé. Mais ce soir, c'est important pour moi. Je croyais que tu l'avais pigé ! s'énerve-t-il soudainement.

— Nathan, tu as toujours su que mon job était très prenant, je ne comprends pas pourquoi tu en fais un drame en trois actes aujourd'hui. Et puis, je termine à 18 heures, j'aurai donc largement le temps de me préparer.

Un long silence me répond. C'est inédit qu'il râle et je suis un peu déstabilisée. Je ne m'attendais pas à ça.

— D'accord. De toute façon, ce n'est pas comme si j'avais mon mot à dire, pas vrai ? Alors, fais ce que tu veux !

— Ce n'est pas ce que je veux ! Je n'ai pas le choix, nuance.

— On l'a toujours.

— Dans ce cas précis, non. À quelle heure tu passes me prendre ?

— À 20 h 30. Arrange-toi pour ne pas être à la bourre, s'il te plaît. Autre chose ?

— Euh, non…

— OK, ciao !

Et il raccroche abruptement. Dire que je suis surprise est un euphémisme. Je suis littéralement sur le cul ! Je n'aime pas son attitude et je ne vais pas me gêner pour lui en toucher deux mots ce soir. Je veux bien être sympa, mais il y a des limites tout de même. Pas besoin de jouer les Cro-Magnon avec moi sous prétexte qu'il est contrarié par une situation qui ne lui convient pas.

Je consulte ma montre et presse le pas. Une demi-heure plus tard, je parviens aux abords de l'hôpital, en nage. Non seulement j'ai cavalé, mais en plus il y a une de ces chaleurs en ce moment ! Terrible ! Néanmoins, je ne ralentis pas. Plus vite je commencerai, plus vite je finirai.

À 16 h 30, j'ai terminé toutes mes interventions de la

journée. Installée dans le bureau des chirurgiens, je suis en train de rédiger les comptes rendus. J'ai quand même dû effectuer deux ligatures des trompes, trois amygdalectomies, deux opérations pour supprimer des calculs rénaux et, enfin, une autre pour retirer un kyste graisseux. Autant dire que je n'ai pas chômé depuis ce matin. Dès que j'en aurai fini avec la paperasse, je passerai rendre une visite à chacun de mes patients et après, je file. Pour une fois, j'ai décidé de prendre un taxi, histoire de ne pas perdre de temps dans les transports en commun. Heureusement, en ce début de mois d'août, la circulation est fluide et je ne risque pas d'être bloquée par d'éventuels embouteillages. Alors que j'en suis à la fin de la pile de rapports, on toque à ma porte.

Oh non, merde !

J'espère qu'il n'y a pas d'urgence de dernière minute. C'est la grande spécialité ici. Quand le Pr Pierre Marchand, un des chirurgiens titulaires, passe sa tête par l'entrebâillement, je sens que c'est foutu.

— Ella, je peux te déranger deux secondes ?

— Bien sûr. Que puis-je pour vous ?

— J'ai un problème. Nous avons une patiente qui est arrivée en catastrophe. C'est une occlusion. Il faut l'opérer immédiatement.

Qu'est-ce que je vous disais ? Je le savais !

— Je suis resté plus de dix heures au bloc et je fatigue sérieusement. Est-ce que tu pourrais me seconder ?

Il arrive régulièrement que lorsqu'un médecin sent qu'il a atteint ses limites, il demande à un interne de l'assister, de manière à pouvoir prendre le relais si ses mains venaient à trembler.

— Vous êtes au courant que je ne suis pas habilitée pour ce genre d'intervention ?

— J'en suis conscient. Seulement, nous n'avons pas le choix. Personne d'autre n'est disponible. Mes deux collègues titulaires sont en train d'opérer, il n'y a que nous. Ne t'inquiète pas, c'est l'histoire d'une heure, tout au plus.

— Mais je dois voir mes patients et…

— C'est une urgence, je n'ai pas le temps d'attendre ! Nous devons y aller immédiatement.

À la fois dépitée et résignée, je me lève pour le suivre. Fait chier ! S'il y a un soir où je ne dois pas être en retard, c'est aujourd'hui. Or, même si je ne reste qu'une heure au bloc, clairement, je serai à la bourre. De plus, je dois m'assurer que tout se passe bien pour les personnes dont je me suis occupée. Nom d'une pipe, je n'ose pas imaginer la réaction de Nathan, lorsqu'il constatera que je ne suis pas chez moi au moment où il viendra me chercher !

Elle est morte. Je ne parviens pas à y croire. Tremblant de tous mes membres, je me laisse glisser le long du mur, totalement désespérée. Comment est-ce possible ? Il s'agissait d'une occlusion, rien d'insurmontable. Je ne comprends pas ce qui s'est passé, non, je ne comprends pas. C'est la première fois que je perds un patient et, même si nous sommes tous confrontés à ça un jour ou l'autre, je n'imaginais pas que ça arriverait aussi rapidement. Chaque interne le redoute et, jusqu'à présent, j'ai toujours estimé être chanceuse.

Ma gorge se serre, ma poitrine brûle et mes tempes bourdonnent. Je suis tellement mal que j'ai l'impression de ne plus pouvoir respirer. Cette sensation d'impuissance est horrible et je ne souhaite ça à personne.

Face à moi, Marchand est en train de tourner en rond.

— Bordel, je ne comprends pas ce qui a merdé ! Mais qu'est-ce qui s'est passé ?

Avec les années, il devrait être blasé. Mais cela semble loin d'être le cas, et cette attitude a quelque chose de rassurant pour la néophyte que je suis. Parce qu'il me semble qu'on ne devrait jamais s'habituer à la mort. En tout cas, pas dans ces conditions... Sébastien, le médecin anesthésiste, est dans le même état. Il doit se rendre compte de mon désarroi, puisqu'il s'approche et s'installe près de moi, à même le sol. Puis, il me tend un mouchoir, ce qui me rend encore plus malheureuse. Avec un geste plein de tendresse, ce quadragénaire si sympathique entoure mes épaules de son bras.

— Ne te mets pas dans cet état, ça ne la fera pas revenir. Ce sont les aléas du boulot et il peut arriver que les choses tournent mal.

J'éclate en sanglots à ces mots. Je n'ai pas choisi ce job pour ça. C'est vrai, merde, nous sommes là pour sauver les gens, pas pour les tuer !

— Elle avait seulement trente ans, et laisse un mari et deux enfants. Comment peux-tu être aussi insensible ? je demande avec effarement.

— Si nous ne l'avions pas opérée, elle serait morte de toute façon. Nous allons être convoqués par le directeur et, avant cela, il faut qu'on informe la famille. Tu dois absolument te reprendre, Ella. Tu ne peux pas te présenter devant ces gens alors que tu es en pleine crise de nerfs.

— Il faut quand même qu'on comprenne pourquoi son cœur s'est arrêté de battre en plein milieu de l'intervention. Pourquoi a-t-il été impossible de la ranimer ? Il y a quelque chose qui m'échappe, marmonne Marchand, toujours aussi agité.

Je sais qu'il s'en veut, parce qu'il m'a demandé de prendre le relais pour la recoudre après avoir retiré la tumeur responsable de l'occlusion. J'ai à peine eu le temps de m'y coller que son cœur a soudain lâché.

— Qui a rempli le questionnaire pré-anesthésique ? s'enquiert le professeur en se plaçant face à nous.

Sébastien se redresse et récupère le dossier sur un bureau.

— Son mari. Il n'a rien mentionné de particulier.

— Il faut faire une analyse toxicologique. Il y a forcément quelque chose qui est passé à la trappe ou qu'il ne nous a pas signalé et…

— C'est déjà en cours, l'interrompt sèchement Sébastien.

À mon tour, je me relève, tentant de me calmer. Je dois prendre sur moi, mais c'est difficile. Cela étant, pas question de continuer à me comporter comme une gamine contrariée.

— Que va-t-il se passer maintenant ? je m'enquiers en essuyant mon visage.

— On va parler avec le mari. Seb, tu t'en charges ? Essaie de le cuisiner. Il faut absolument qu'on prépare une parade, sinon l'hôpital va être mis en cause. La famille portera plainte pour toucher le pactole et on sera tous les trois dans la merde. Inutile de vous rappeler que ce genre de publicité fait tache sur un curriculum vitæ !

Je suis choquée par le cynisme de ce bonhomme. Je suis là, à imaginer ces deux gamins orphelins et le veuf éploré, et lui ne pense qu'à trouver un moyen de rejeter la faute sur ces gens pour préserver sa réputation. J'ai conscience que c'est important, mais où est la dimension humaine dans tout ça ? Comment ne songer qu'à sa carrière, alors qu'une famille est définitivement détruite ? La sonnerie du téléphone nous fait sursauter. Marchand décroche et, à sa mine contrariée, je comprends qu'il doit s'agir du directeur.

— Le big boss rapplique, confirme-t-il après avoir coupé la communication. Sébastien, combien de temps pour avoir les résultats des analyses ?

— Une heure ou deux, je pense. Je les ai envoyées en urgence, mais tu connais les gens du labo. Ce ne sont pas des flèches.

— Rappelle-les immédiatement. Qu'ils se magnent le derche ! Il faut que nous ayons des éléments pour nous défendre.

D'une voix tremblante, je l'interroge :

— Et les proches ?

— On s'en occupera plus tard.

Une fois de plus, son immoralité me sidère. Merde ! Il est inhumain ou quoi ? La rudesse de son discours me heurte au-delà des mots. Mais le pire, c'est qu'il a raison. Voyant ma grimace dégoûtée, Marchand m'attrape par les épaules.

— Écoute, Ella, on n'a pas le temps d'avoir pitié. Je ne sais pas si tu te rends compte, mais tu viens de te taper dix ans d'études. Et si cette histoire nous retombe sur la gueule, tu auras fait tout ça pour rien ! C'est ce que tu veux ?

Inlassablement, je me suis refait le film dans ma tête depuis que nous avons quitté le bloc et je dois reconnaître que je n'ai rien noté d'anormal. Aucun de nous n'a commis de faute. Nous étions crevés, certes, mais parfaitement concentrés. Il y a autre chose, c'est évident, mais quoi ? Un élément nous échappe et c'est dans cette brèche qu'ils sont en train de s'engouffrer pour essayer de sauver notre peau. C'est juste horriblement glauque !

— Ella, tu devrais rentrer chez toi, intervient Sébastien. Tu es trop perturbée par cette histoire, tu ne nous serviras à rien.

— Il faut qu'elle reste jusqu'à ce que le directeur soit

passé. Elle était avec nous, il va trouver louche qu'on l'ait renvoyée. Il croira qu'on cherche à cacher quelque chose.

— Mais…

— Putain, Seb, arrête et appelle le labo ! Ella, tu files dans la salle de bains, tu vas prendre l'air ou tu vas fumer une clope. Bref, tu fais ce que tu veux, mais quand tu reviendras dans dix minutes, je veux que tu sois parfaitement maîtresse de tes émotions. C'est clair ?

Je déglutis avec difficulté, mais je finis quand même par acquiescer.

— Nous sommes tous les trois dans cette galère, nous devons faire bloc. Tu comprends ça ?

— Oui, professeur.

Puis, sans demander mon reste, je quitte le bureau pour retourner dans la toute petite pièce qui m'a été attribuée. Machinalement, je récupère mon téléphone portable et mon paquet de Philip Morris. Arrivée à l'extérieur, je demeure de longues minutes à inspirer et à expirer, pour tenter de retrouver le contrôle sur mon corps. Hélas, cela ne semble pas fonctionner, à en juger par le tremblement de ma main, qui s'est encore accentué lorsque j'allume ma cigarette. Je suis dans un état épouvantable, incapable de réfléchir posément. C'est terrible ! Quand je me suis levée ce matin, jamais je n'aurais pensé qu'un tel drame surviendrait. Bon sang de bonsoir, c'était mon jour de congé ! J'aurais dû le passer avec Nathan, puis assister à une soirée en sa compagnie.

À l'évocation de mon amant, je sursaute. Quelle heure peut-il bien être ? Précipitamment, je consulte mon mobile. Mince, il est déjà 20 heures ! De toute façon, je ne peux pas l'accompagner. Dans cet état, impossible ! Sans parler du fait que je ne sais combien de temps nous allons devoir rester ici. Autant dire que tous mes beaux projets sont réduits en cendres. Je n'ignore pas que ce gala est important pour Nath, mais que puis-je y changer ?

Dans la mesure où je sais que je risque à nouveau d'éclater en sanglots si j'ouvre la bouche, je me résous à lui envoyer un texto.

Désolée de te poser un lapin, mais je ne viendrai pas ce soir. Ella

Puis, sans tenir compte des trois appels en absence, qui doivent d'ailleurs émaner de lui, j'éteins mon portable et mon mégot. Il faut que j'y retourne, même si je donnerais volontiers dix ans de ma vie pour être ailleurs.

16

Nathan

Mon iPhone vibre au moment où je me gare devant le domicile d'Ella. Putain, ce n'est pas trop tôt ! J'ai essayé de l'appeler à plusieurs reprises, mais impossible de la joindre. Fait chier ! Elle sait pourtant que cette soirée est importante pour moi, et même pour nous. C'est ma façon d'officialiser notre relation. Parce que, oui, j'ai une relation exclusive avec Raphaëlla Moreau. Cette femme est exceptionnelle d'intelligence et de gentillesse, et je me rends compte à quel point je suis chanceux de l'avoir dans ma vie. Si on m'avait dit cela il y a encore un mois, je me serais pissé dessus de rire. Mais tout a changé depuis…

J'adore passer du temps en sa compagnie et tout me plaît en elle, sauf quand elle est à la bourre comme aujourd'hui. Ella est toujours en retard, alors je ne devrais pas être surpris, mais rien ne m'agace plus que de devoir poireauter. Chaque fois, je râle, et chaque fois elle s'excuse en promettant de faire des efforts. Mais j'ai compris depuis un moment qu'elle n'arrive tout simplement pas à respecter un horaire. Seulement, ce soir, je le prends particulièrement mal. Nous sommes attendus dans moins d'une heure et si elle n'est pas prête, elle va m'entendre !

Juste avant de quitter mon Range, je jette un rapide coup d'œil au message que je viens de recevoir. Lorsque j'en découvre l'expéditeur, je grince des dents. Pour ne pas changer, elle doit être à la bourre. Mais là, elle exagère, et je ne vais pas me gêner pour l'engueuler. Ce sera notre première vraie dispute et elle risque d'être épique, parce que quand je suis contrarié je n'ai pas l'habitude de mâcher mes mots. Et à cet instant précis, je fulmine littéralement. Quand je lis son texto, aussi bref que glacial, mon sang ne fait qu'un tour.

Comment ça, elle ne m'accompagne pas ? C'est quoi, ces conneries ? Elle va me faire le plaisir de ramener son adorable petit cul fissa et de se préparer, sinon je ne réponds de rien.

Furieux comme je l'ai rarement été, je tente de la joindre mais, bien évidemment, son portable est éteint. Cette fois, elle va trop loin, qu'elle aille se faire foutre ! Je balance mon téléphone de toutes mes forces, si bien qu'il s'explose sur le tableau de bord. Putain de bordel de merde ! Elle savait que je comptais sur elle, mais elle en a décidé autrement et m'a mis devant le fait accompli.

Tirant sur le nœud de ma cravate, je réfléchis un instant. J'aurais dû deviner que cette histoire de relation était une idée à la con ! C'est vrai, aucun de mes coups d'un soir n'a jamais eu le pouvoir que j'ai donné à Ella sur moi. Résultat, je suis profondément blessé. Ça m'apprendra à contourner les règles que je me suis moi-même fixées. Si j'ai choisi de ne m'attacher à personne, ce n'était pas sans raison. J'aurais mieux fait de ne pas l'oublier, au lieu de laisser les commandes de ma vie à ma bite qui adore cette nana !

Sans perdre de temps, je redémarre. Cette fois, elle

peut courir, je ne la recontacterai pas. Cette histoire est définitivement terminée.

T'es quand même expéditif, murmure une petite voix intérieure. *Elle a peut-être eu un problème grave.*

Dans ce cas, elle n'avait qu'à m'appeler. Et certainement pas me traiter sans aucun respect avec un putain de texto à la con !

Le silence se fait dans ma tête et c'est tant mieux, parce que je suis déjà assez en pétard comme ça.

Une demi-heure plus tard, un voiturier récupère ma bagnole pour la garer. S'il avise le dernier modèle de la marque à la pomme totalement destroy sur le siège passager, il n'en montre rien, et heureusement pour lui. J'ai retrouvé un semblant de calme, mais ce n'est qu'une apparence. Intérieurement, je bouillonne littéralement. Je me sens humilié, blessé, et complètement perdu. Cette nana vient de me rappeler de la pire des façons que je ne suis qu'un minable abruti à ses yeux, et la pilule est dure à avaler. Je décide de remiser le problème dans un coin de ma tête, avec tout le reste du bordel que j'ai laissé derrière moi en quittant Lille. Hors de question que les personnes présentes s'aperçoivent de quelque chose et qu'on m'interroge. Par chance, je suis très doué à ce petit jeu. À force d'entraînement, je suis même passé maître dans l'art de faire semblant.

Tout se déroule donc sans encombre, jusqu'à ce que je me retrouve face à Mika. Comme tous les journalistes, elle ne pouvait pas rater un tel événement. Et merde ! Cette rencontre, que je ne peux malheureusement pas éviter, menace mon calme apparent. Elle n'a pas intérêt à m'emmerder, la reporter, sinon je vais me la faire, et je ne parle pas de baise !

— Où est Ella ? m'interroge-t-elle dès qu'elle arrive à mon niveau.

— J'en sais rien et j'en ai rien à foutre ! je peste en me détournant.

Mais cette imbécile ne trouve rien de mieux à faire que de m'attraper par le bras pour m'empêcher de partir.

— Lâche-moi, Mika, je grince en la fixant d'un regard mauvais.

— Que s'est-il passé ? Il y a eu un problème avec Ella ?

Je ne peux retenir un rire cynique. Elle en a de bonnes !

— T'auras qu'à le lui demander quand tu la verras. Pour ma part, je considère qu'elle n'en a strictement rien à secouer de moi, sinon elle ne m'aurait pas envoyé chier par texto comme un vulgaire microbe.

Une surprise sincère se lit sur son visage.

— Écoute, j'ignore pourquoi elle a agi ainsi, mais ça ne lui ressemble pas. Surtout pas après la discussion qu'on a eue ce matin.

— Explique…

— Elle était excitée comme une puce à l'idée de venir avec toi. Ma sœur n'a jamais été aussi heureuse que ces trois dernières semaines. Tu apportes à sa vie l'insouciance qui lui manquait tant, tu lui donnes un équilibre qu'elle n'a jamais connu. Si elle n'est pas là, c'est qu'il est arrivé quelque chose de grave, je ne vois pas d'autre possibilité.

— Dans ce cas, pourquoi ne m'a-t-elle pas contacté ?

— Tu sais comment se déroulent ses journées à l'hôpital ? Tu en as déjà parlé avec elle ? Elle ne peut pas téléphoner comme elle veut, puisqu'elle est tout le temps au bloc. Ce sont des opérations à la chaîne. Ce matin, quand ils l'ont appelée, elle ne m'a pas caché que ça l'ennuyait royalement d'y aller, mais on ne lui a pas vraiment laissé le loisir de refuser. Je suis sûre que si elle avait pu les envoyer paître, elle ne se serait pas gênée.

— Pourquoi ne l'a-t-elle pas fait ?

— Elle ne peut pas. Son stage doit lui permettre de valider une partie de sa dernière année. Alors, pendant les deux mois à venir, elle est coincée. Elle a tellement bossé, il lui est impossible d'échouer si près du but.

Je ne réplique pas et la regarde saisir son téléphone pour essayer de joindre sa jumelle. Après trois tentatives, elle se tourne vers moi, dépitée.

— Nathan, je suis sûre qu'il s'est passé un truc louche. Ne t'arrête pas à cette défection, tu le regretterais. Ma sœur n'est pas une fille volage et il faut que tu lui plaises vraiment pour qu'elle ait accepté de sortir avec toi. Avant, elle n'a eu qu'un garçon dans sa vie et il l'a horriblement blessée en la quittant du jour au lendemain.

Les paroles de Mika ont un drôle d'effet sur moi. Je suis complètement paumé, je ne sais plus quoi penser. Je sens un espoir insensé jaillir en moi. J'aimerais tellement qu'elle dise vrai et qu'Ella ait une raison parfaitement valable de m'avoir fait faux bond.

— Bon sang, mais qu'est-ce qui lui est arrivé ?

En décelant la panique dans sa voix, la peur me tord les boyaux. Pourvu qu'elle n'ait pas eu d'ennuis sérieux comme une agression ou que sais-je…

— Et comme par hasard, il faut que je prenne le dernier train pour Strasbourg ce soir. Je dois interviewer le président du Racing à la première heure demain pour discuter de la montée du club en ligue 1. D'ailleurs, je ne devrais pas tarder. Il faut que j'appelle un taxi.

— Enrique ne peut pas t'accompagner ?

Mika rougit et détourne le regard, carrément gênée.

— On n'est plus ensemble, souffle-t-elle comme si c'était un secret d'État.

— Ah bon ? Et depuis quand ?

Je parle fort, histoire de la mettre encore plus mal à l'aise. Je suis sans doute con, mais c'est une journaliste, et j'adore que les rôles soient soudain inversés.

— Depuis que j'ai appris qu'il était marié et père de famille.

Je ne peux me retenir de la railler.

— Et tu te prétends grand reporter ? Tout le monde est au courant ici ! La prochaine fois, prends tes précautions et enquête sur ton futur mec. Ça t'évitera les mauvaises surprises.

— Écoute, tu peux te foutre de ma gueule tant que tu voudras, mais je n'ai pas le temps de te servir de bouffon. J'aimerais juste que tu t'assures qu'Ella va bien. Il faut absolument que je parte et je suis inquiète.

Sur un coup de tête, je décide de quitter la soirée. La déposer à la gare m'offrira un bon prétexte pour me barrer.

— Va te changer et prépare tes affaires. Je t'emmène.

— Vraiment ? Et pourquoi tu ferais ça ? Tu ne peux pas me saquer !

— Qui t'a dit ça ? Ella ?

C'est à son tour de rire et de se moquer de ma pomme.

— Ce n'est un secret pour personne que tu détestes la presse. Et au cas où tu te poserais la question, ma sœur ne m'a jamais rien raconté sur toi ou de votre histoire. Pas le moindre petit détail. Elle peut se montrer très mystérieuse et, de toute façon, elle a toujours été discrète quand il s'agit de sa vie privée. La spontanéité, ce n'est pas trop son truc.

— C'est peut-être une façon de se protéger. T'as déjà pensé à ça, miss maligne ? Bon allez, file, on discutera dans la bagnole. Je vais prévenir le coach de mon départ.

Ce dernier n'apprécie que modérément que je me tire aussi tôt. Alors, pour l'amadouer, je lui explique que je raccompagne Mika qui est la sœur de ma copine médecin et que nous sommes inquiets pour elle, parce que nous ne comprenons pas son absence et que nous n'arrivons pas à la joindre. Dans la mesure où il paraît bien connaître la journaliste et qu'il semble impressionné par le fait que je me tape une toubib, ça passe crème. Comme dirait mon neveu Brian, ça passe comme papa dans maman !

Dix minutes plus tard, nous sommes en route. La circulation est assez fluide, si bien que nous parvenons rapidement à destination.

Alors qu'elle s'apprête à partir, après avoir récupéré son bagage sur la banquette arrière, Mika se tourne vers moi et murmure, étonnamment grave :

— Veille sur Ella, Nathan. Il n'y a que toi qui puisses le faire, parce que tu es le seul qu'elle a laissé approcher depuis des années. Ma sœur est tout pour moi et je ne supporterais pas qu'il lui arrive quelque chose.

Juste avant de refermer la portière, alors que je suis songeur, elle ajoute :

— Je suis sûre qu'il s'agit d'un malentendu. Ma frangine ne t'aurait jamais posé un lapin sans raison valable. Ne la laisse pas tomber maintenant. Je crois qu'elle t'apprécie beaucoup, et je ne veux pas la voir souffrir.

Puis, sans me permettre d'en placer une, elle part en courant vers l'entrée de la gare.

Je reste un long moment pensif, avant de redémarrer. Ce n'est pas tant que j'ai envie de cavaler après Ella, aucun mec n'aime ça. Mais Mika m'a mis le doute et si elle a effectivement eu un problème sérieux, il faut que j'en aie le cœur net. Après, j'aviserai…

17

Ella

Il est presque 2 heures du matin lorsque le chauffeur Uber me dépose devant mon immeuble. J'ai l'impression d'être passée sous un rouleau compresseur, tellement je suis épuisée. Malgré cela, je sais que je n'arriverai pas à dormir. Nous avons dû rester des heures dans le bureau du directeur à essayer de nous défendre. La famille voulait porter plainte contre l'établissement et contre nous en tant que praticiens. Vous imaginez un peu ? Commencer sa carrière de cette façon, c'est le meilleur moyen de la terminer aussi sec. Parce qu'un tel épisode vous suit durant toute votre vie. Et peu importe que vous soyez déclaré innocent, c'est de la rumeur dont on se souviendra, pas des faits en tant que tels.

Quand je repense au mari prétendument éploré qui, dix minutes après l'annonce du décès de sa femme, avait l'œil pétillant à l'idée de tout le pognon qu'il pourrait soutirer… Franchement, j'étais si écœurée que j'ai failli lui vomir dessus. Comment est-ce possible ? Tout ne se résumerait donc qu'à l'argent ? Je ne peux pas croire que notre monde est aussi pourri. En attendant, j'ai très vite compris que cette histoire devait être réglée rapidement, parce qu'elle pouvait éclabousser tout le reste de ma famille, notamment mon père et ma sœur. Et ça, c'est hors de question !

Je me suis trituré les méninges durant des heures et j'en suis venue à la conclusion que je n'ai commis aucune erreur. J'avais à peine commencé à recoudre l'incision quand le cœur a lâché. Bien sûr, je suis profondément désolée de ce qui est arrivé à cette pauvre femme, mais je refuse de porter le chapeau pour une faute dont je ne suis pas responsable.

Un peu plus tard, les résultats des analyses toxicologiques nous ont été communiqués. Et là, grosse surprise. Il s'avère que cette dame se gavait de calmants et de somnifères. Comme elle devait ressembler à un zombie, elle prenait des excitants le matin, histoire de tenir le coup. Quand on commence à jouer à ce petit jeu, on entre généralement dans un cercle vicieux dont il est difficile de se sortir.

Personne ne peut juger les raisons pour lesquelles la patiente est tombée dans cet engrenage. Seulement, le mari était au courant et n'a rien dit à l'anesthésiste. Clairement, si nous l'avions su, nous ne l'aurions pas opérée aujourd'hui ou nous aurions procédé différemment. Mais là, nous ignorions tout. Ce brave monsieur a donc signé une fausse déclaration, ce qui nous retire toute responsabilité concernant ce décès. Au début, il a tenté de biaiser, mais pressé par les questions du directeur qui n'était pas dupe, il a fini par craquer. Quand l'avocat de l'établissement, appelé en catastrophe, est arrivé, il nous a confirmé que l'hôpital ne pouvait pas être considéré comme fautif dans cette histoire. Cela ne me fait pas me sentir mieux pour autant. Quand une personne est morte entre vos mains, ça marque, c'est moi qui vous le dis. Toutefois, on m'a laissé entendre que je n'avais pas à m'inquiéter pour ma carrière. C'est déjà ça, je suppose, même si ce n'est pas vraiment une consolation.

Le trajet entre le trottoir et l'ascenseur me paraît aussi pénible que si je devais grimper au sommet de l'Everest. Tout me semble compliqué et épuisant. Je suis vidée, lessivée, démoralisée, bref, ça ne va pas fort.

Donc, imaginez ma surprise lorsque je découvre Nathan à la même place que la dernière fois qu'il m'attendait. Et il a l'air clairement en pétard.

— T'étais où ? m'engueule-t-il dès qu'il m'aperçoit. Putain, Ella, ça fait des heures que je suis là à poireauter et à me ronger les sangs !

Je comprends sa colère. Après tout, il ignore tout du drame que je viens de vivre. Mais son ton sec et péremptoire me fait aussitôt monter les larmes aux yeux. J'ai tellement pleuré, ces dernières heures, que je pensais ne plus en avoir une seule en stock. Mais il faut croire que je me suis trompée, une fois de plus. Dès qu'il réalise que je suis au bord de la crise de nerfs, Nath s'approche.

— Oh ! Ella ! Qu'est-ce qui t'arrive, petit génie ?

Et là, toutes les barrières que j'essayais de maintenir en place tant bien que mal s'effondrent. Des sanglots violents me secouent, accompagnés de gémissements déchirants. Toute ma vie, j'ai dû me montrer forte vis-à-vis de ces facultés intellectuelles qui m'ont volé mon enfance, de ma famille qui attend tant de moi, et des étudiants qui me considéraient avec mépris sous prétexte que j'étais trop jeune. Mais ce soir, j'ai besoin de déposer les armes, de laisser une autre personne endosser mon fardeau et porter ma croix, parce qu'elle est soudain beaucoup trop lourde. Et le seul à qui j'ai envie de confier cette mission se trouve devant moi.

En silence, il récupère les clés que je tiens dans ma main et ouvre la porte de l'appartement. Je suis tellement faible qu'il est presque obligé de me soulever pour franchir le seuil. Sans allumer, il m'entraîne vers le canapé où il s'installe et me prend sur ses genoux. Durant de longues minutes, Nath me laisse pleurer tout mon soûl, se contentant de caresser doucement mon dos en de larges cercles qui finissent par me calmer. On se voit depuis moins d'un mois et, pourtant, il sait exactement comment je fonctionne. Il est sans doute le seul, avec Mika, à me comprendre vraiment et je me sens réellement chanceuse de l'avoir à mes côtés. Il est tout ce dont j'ai besoin.

D'une voix rauque, je chuchote :

— Je suis désolée pour la soirée. Je m'en veux de t'avoir laissé tomber à la dernière minute.

— Qu'est-ce qui s'est passé ? s'enquiert-il doucement.

— La patiente que j'opérais est morte, j'avoue dans un sanglot.

— Nom de Dieu de merde ! grogne-t-il en me serrant plus fort contre lui.

Alors, je lui raconte tout, depuis ce matin quand on m'a demandé de remplacer mon collègue malade, jusqu'à ce soir quand je me suis retrouvée dans le bureau du directeur avec une menace de plainte aux fesses. À aucun moment il ne m'interrompt, comprenant que j'ai juste besoin de vider mon sac. Lorsque j'ai enfin terminé, nous restons longtemps silencieux.

Puis, alors que je suis sur le point de m'endormir dans ses bras, Nathan se lève et quitte la pièce. Je ne sais pas ce qui lui prend et je suis trop épuisée pour poser la question. Deux minutes plus tard, il est de retour, et m'attrape pour me soulever et m'emporter vers la salle de bains. Et là, je découvre avec stupeur que de l'eau coule dans la baignoire, la remplissant doucement. Mon Dieu, qu'il est attentionné ! Voilà une facette de son caractère que je devinais, mais que je ne connaissais pas bien.

Après une bonne vingtaine de minutes à patauger dans l'eau délicieusement chaude et parfumée, je me résous à sortir. Je croyais qu'il voudrait me rejoindre, mais il a quitté la pièce dès qu'il a eu fini de me déshabiller.

Lorsque je vais dans ma chambre, juste vêtue d'un T-shirt et d'une culotte, je le retrouve allongé sur mon lit. Il a retiré son costume, ainsi que sa chemise et sa cravate.

— J'ai envoyé un SMS à ta sœur pour la rassurer. Elle était vachement inquiète.

Je me couche à ses côtés.

— Tu étais très élégant ce soir, mais je te préfère comme ça, dis-je en montrant du doigt son boxer noir.

Nathan sourit et me prend dans ses bras, mais rien dans son attitude n'indique qu'il a envie de faire l'amour. C'est étrange, parce que jusqu'à présent nous n'avons jamais été capables de rester dans le même lit sans nous sauter dessus.

Mes doigts caressent tendrement ses abdominaux, descendant doucement vers le sud. Alors que je frôle l'élastique de son boxer, sa main attrape mon poignet. Étonnée, je redresse la tête, tout en étouffant un bâillement.

— Pas maintenant, miss. On va se contenter de dormir. Tu es épuisée et je suis crevé aussi. Et puis, tu es fragile, ce ne serait pas correct de profiter de toi.

Avec émotion, je me serre contre lui. La délicatesse dont il fait preuve ce soir est juste terriblement touchante. Il ne m'en faudrait pas beaucoup plus pour tomber amoureuse de cet homme. Irrémédiablement amoureuse.

18

Je me réveille à l'aube, percluse de courbatures. Contre toute attente, j'ai plutôt bien dormi. Peu, mais bien. Même si me prélasser sous la couette est merveilleusement agréable, collée tout contre ce grand corps athlétique, je dois me lever pour travailler. Les événements dramatiques d'hier et mon retour tardif n'enlèvent rien au fait que je suis censée me trouver dans le service à 7 heures précises.

Avec une boule terrible dans la gorge, je me lève et me rends dans la salle de bains. Après quinze minutes, j'en sors, vêtue d'un jean, d'un T-shirt et d'une paire de tongs. Mes cheveux sont relevés en queue-de-cheval et je n'ai pas pris la peine de me maquiller. À quoi bon ?

Ne voulant pas réveiller Nathan qui dort comme un bébé, je pose un petit mot sur mon oreiller, avec une clé de l'appartement que j'ai récupérée parmi les doubles qui appartenaient à mes frères.

À 6 h 45, j'entre dans le service. Marchand m'attend et, à en juger par les cernes sous ses yeux, sa nuit a été encore plus courte que la mienne. Il m'informe immédiatement que je suis transférée aux urgences. Je tente de me persuader que c'est une manière pour lui de me préserver, de m'obliger à passer à autre chose et à surmonter ce traumatisme. Mais dans le fond, je sais que c'est une sanction et la pilule est dure à avaler, dans la mesure où je n'ai jamais souhaité intégrer ce service. Très peu d'internes rêvent de finir aux urgences. Toutefois, j'essaie de me convaincre que si c'est moins intéressant de suturer des plaies de toutes sortes, d'extraire des bouts de verre ou des balles, ou encore de pratiquer des opérations et des actes plus basiques les uns que les autres, cela a quelque chose de rassurant. En effet, le drame qui s'est déroulé hier a nettement moins de risques de se reproduire, même si on n'est jamais à l'abri. Néanmoins, j'ai beaucoup de mal à retenir les larmes qui me montent aux yeux, parce que cette décision me semble vraiment très injuste. Ils le savent, je le sais, et pourtant nous faisons comme si nous n'en étions pas conscients. C'est donc la mort dans l'âme que je rassemble mes affaires.

Une heure plus tard, j'intègre mon nouveau bureau. Et je peux vous dire que je suis immédiatement prise dans le feu de l'action. Les cas se suivent et ne se ressemblent pas. Durant tout le reste de la matinée, j'interviens soit dans les salles de soins, soit au bloc quand la gravité d'un problème l'exige. Je ne suis pas sûre qu'on m'ait rendu service, mais au moins, je ne chôme pas. Et, par voie de conséquence, je ne rumine pas, ce qui me convient parfaitement. L'équipe médicale est sympathique, mais certains patients sont particulièrement difficiles. Heureusement que je dispose de cinq jours de congé à partir de cet après-midi. Depuis que j'ai commencé ici, j'accumule les heures supplémentaires, et c'est la première fois que j'ai droit à autant de temps pour récupérer.

Dans la matinée, je trouve quand même deux minutes

pour consulter mon téléphone portable, mais, à ma grande déception, je n'y vois aucun message de Nathan. Il n'a même pas répondu à mon texto dans lequel je lui souhaitais une bonne journée.

Vers 14 heures, je sors du bloc, où j'ai dû retirer une balle de l'épaule d'un policier. Mon remplaçant est déjà là, prêt à prendre la relève. L'équipe est beaucoup plus restreinte qu'en chirurgie interne, où j'ai exercé jusqu'à présent. Cela dit, je m'aperçois avec étonnement que j'ai vraiment apprécié cette matinée. Marchand a eu du pif, c'était exactement ce qu'il me fallait, même s'il m'apparaît de plus en plus clairement qu'il a voulu se débarrasser de moi. D'après ce que j'ai cru comprendre, on ne se bouscule pas au portillon pour bosser ici. Aussi, je décide d'aller voir le responsable du service pour lui demander s'il m'est possible de rester jusqu'à la fin de mon stage. Plus j'y pense, plus cette idée me plaît.

Juste avant de me rendre dans le vestiaire pour me changer, je passe à l'accueil afin de me renseigner sur l'endroit où je peux trouver le Pr Lemel, qui chapeaute les urgences. C'est un type plutôt cool et nettement moins guindé que ses confrères, mais qui n'en demeure pas moins d'une efficacité redoutable.

Alors que je me dirige vers le secrétariat qui gère les arrivées, une soudaine agitation me fait froncer les sourcils. Je savais que c'était animé ici, mais pas à ce point !

— Ah, Ella ! s'exclame la secrétaire en me faisant des grands signes. Je vous cherchais, justement ! Vous avez de la visite.

De la visite ? C'est quoi, ces conneries ?

Lorsque je parviens à son niveau, je comprends mieux l'origine de ce remue-ménage. Mon petit ami a décidé de passer me chercher. Cette attention est tout à fait charmante, sauf qu'il est pris d'assaut par les patients. Certains lui demandent des autographes, d'autres veulent un selfie en sa compagnie. Bref, c'est carrément le bazar et je songe aussitôt qu'il vaut mieux nous en aller avant de provoquer une émeute. Même le Pr Lemel est en train de lui faire signer un bout de papier. Nath se prête gentiment à l'exercice, mais dès qu'il m'aperçoit, il s'excuse pour venir vers moi avec un regard heureux qui me transforme instantanément en guimauve. Et que dire quand il me tend de sublimes roses ? Pour la première fois depuis hier, je souris spontanément, ravie de le voir.

— Salut, petit génie. Tu as déjà mangé ?

Saisissant le bouquet, je plonge mon nez dans les fleurs pour en humer le parfum.

— Euh, non.

— Alors, je t'emmène. Il y a un resto italien pas loin d'ici. J'ai réservé une table.

Puis, il s'approche et colle ses lèvres sur mon front pour y déposer un baiser. Toutefois, remarquant que plusieurs personnes ont dégainé leurs portables pour nous prendre en photo ou nous filmer, il m'attrape par le bras et m'entraîne vers le couloir.

— Attends ! Il faut que j'aille au vestiaire pour me changer et récupérer mon sac. Mais avant cela, je dois voir quelqu'un…

Le Pr Lemel est tout près de la secrétaire et ne perd pas une miette du spectacle, comme tous ceux qui sont présents, d'ailleurs.

Hésitante, je le rejoins, je dois impérativement lui parler.

— Professeur…

— Ella, vous ne pouviez pas me faire plus plaisir. Je suis un fan absolu du PSG !

Mal à l'aise, je rougis. Comme si je l'avais fait exprès !

— Je suppose que vous avez pris connaissance des circonstances qui ont conduit à mon transfert aux urgences.

Son regard se fait plus grave et il acquiesce. Il n'y a rien à ajouter, de toute façon.

— Je n'étais pas sûre que ça me conviendrait en arrivant ce matin, et je dois avouer que j'ai pris ça comme une punition.

— Faites-moi confiance, c'en était une. Ils vous ont éloignée pour vous empêcher de parler, c'est tout. Ils sont persuadés que vous ne tiendrez pas le coup ici et que vous partirez de vous-même. Personne ne reste jamais. Mais je vous le déconseille fortement, ce serait une erreur monumentale.

Cette révélation ne me choque pas vraiment, dans le fond, je le savais déjà, mais cela n'atténue en rien ma contrariété. C'est difficile à digérer, je ne vous le cache pas.

— Justement, je dois vous avouer que j'ai passé une matinée incroyable. Et j'aimerais poursuivre dans votre service, si ça ne vous pose pas de problème.

— Alléluia ! Enfin quelqu'un qui veut bien de nous ! Vous avez entendu ça, Agnès ? lance-t-il, enthousiaste, en se tournant vers la secrétaire.

Celle-ci éclate de rire et lève le pouce en l'air. Je suppose que c'est bon signe.

— Vous êtes d'accord, alors ?

— Bien sûr ! J'en suis même ravi. Vous avez fait un travail remarquable, ces dernières heures. L'efficacité personnifiée.

Pour la deuxième fois depuis hier, je souris, emplie par un sentiment de légèreté qui me fait un bien fou.

— À mardi, dans ce cas…

Je m'empresse de rejoindre Nathan. Il m'accompagne jusqu'au vestiaire, où je me change et prends mes affaires.

Alors que d'autres mecs patienteraient à l'extérieur, le mien entre à ma suite et ne se gêne pas pour me mater. Mais cela ne me dérange pas, au contraire.

— Le spectacle te plaît ?

— Et comment ! C'est la première fois que je te vois dans tes vêtements de boulot et, même si je n'aurais jamais cru que c'était possible, je te trouve super sexy dans ta blouse et ton pantalon bleu !

Une demi-heure plus tard, nous nous retrouvons installés à la terrasse d'une trattoria.

— Ça va mieux ? s'enquiert Nathan après avoir commandé nos plats.

— Disons que c'est encore difficile. Je ne peux pas oublier que cette femme est morte alors que j'étais en train de l'opérer.

— Mais tu n'y es pour rien, petit génie.

— Ce n'est pas le problème, Nath. Le principe, quand tu choisis la chirurgie, c'est que tu es là pour sauver des gens.

— Je comprends, mais encore une fois, tu n'y peux rien.

D'une voix tremblante, je finis par lui avouer ce qui me tracasse vraiment :

— Le professeur et l'anesthésiste sont toujours à leurs postes, eux. Je n'arrête pas de me demander si on aurait pu faire les choses différemment. J'ai dû changer de service, alors tu m'excuseras, mais pour quelqu'un qui n'a pas de responsabilité, j'ai du mal à l'accepter.

— Mais tu as dit à l'autre vieux que tu préférais bosser aux urgences !

Je souris en entendant sa façon très personnelle d'évoquer le Pr Lemel. Plus irrespectueux que lui, tu meurs ! Je l'ai déjà remarqué à plusieurs reprises, puisqu'il surnomme Mika « la blondasse ».

— Et c'est la vérité. Mais ça aurait pu être tout l'inverse.

Tu comprends, les urgences, c'est le genre de service où personne ne veut exercer.

— Mais toi, tu aimes ?

— Aussi étrange que cela puisse paraître, oui. Mais je suis encore sous le choc et épuisée par la journée d'hier, tu t'en doutes bien. Heureusement, j'ai cinq jours de congé et je peux t'assurer que j'ai l'intention de décompresser. C'est ça ou je pète un câble.

Les plats arrivent et je commence à manger avec appétit. La nourriture est succulente et je me rends compte avec surprise que je meurs de faim. En même temps, je n'ai rien avalé depuis plus de vingt-quatre heures

— Tu as prévu quelque chose de spécial ? s'enquiert-il en triturant sa salade.

— Non, pas vraiment. Je pensais passer voir mes parents à Vendôme. Pourquoi ?

— Je dois rendre visite à ma sœur dans le Nord. Ça te dirait de venir avec moi ?

J'ouvre de grands yeux, étonnée par cette offre pour le moins inattendue. D'accord, on se fréquente depuis près d'un mois. OK, depuis cette nuit, il me semble que notre relation a pris une nouvelle dimension. Mais de là à me présenter à sa famille…

— Tu es sûr ?

— De quoi ?

— Tu es certain d'avoir envie que je t'accompagne ?

— Évidemment ! Tu crois que je te l'aurais proposé, sinon ? Tu m'as déjà vu faire quelque chose que je ne voulais pas ?

— Non, dois-je reconnaître en toute honnêteté.

— Ben voilà ! Alors, tu viens ?

— C'est si gentiment proposé, comment refuser ?

Je fais de l'ironie, mais je suis très touchée par cette

invitation. Plus le temps passe et moins je me rappelle le type que j'ai rencontré au club. Souvent, je me demande s'il ne s'agit pas de deux personnes totalement différentes. En réalité, il suffisait de gratter sous la surface du mec arrogant pour trouver le véritable Nathan. Et ce que je découvre me plaît vraiment beaucoup, de plus en plus, d'ailleurs…

Aussitôt, je me reprends. Il va finir par se lasser tôt ou tard, je dois me préparer à cette éventualité. Ce n'est pas parce qu'il s'est montré gentil hier qu'il va me demander en mariage demain. À un moment ou à un autre, il décidera de revenir à sa vie d'avant et je ne l'en empêcherai pas. De toute façon, la personnalité de cet homme est tellement affirmée que personne ne pourrait lui dicter sa conduite, et certainement pas moi.

Alors que nous quittons le restaurant, un passant s'arrête brusquement devant nous. Il est plutôt jeune et n'a pas l'air d'avoir inventé l'eau chaude, à en juger par sa mine ahurie.

— Hé, t'es pas le joueur du PSG ?

Nathan sourit et ralentit pour lui répondre.

— Si.

— Ah ouais ! Et c'est ta meuf ?

Je fronce les sourcils en voyant qu'il parle de moi sans même me regarder.

— Ça ne te regarde pas, rétorque aussitôt mon compagnon.

— Nan, parce qu'elle est canon et je ne pige pas comment une nana aussi belle peut perdre son temps avec une merde dans ton genre !

Mais qu'est-ce que c'est que ce taré ?

— Tu peux répéter ? commence à s'énerver Nath.

— Vous, les gars du PSG, vous vous prenez pour des

stars, alors que vous êtes une bande de tafioles qu'on paie à coups de millions.

Sur le coup, il ne répond pas, sûrement scié par l'agressivité qui émane du mec, et je le comprends. Ça me fait le même effet.

— Dans ce cas, passe ton chemin, ducon, finit-il par grogner. Qu'est-ce que tu nous emmerdes ?

— Suce ma bite, connard ! s'exclame l'autre.

— Justement, j'ai besoin d'un cure-dent, abruti ! rétorque immédiatement mon compagnon avec un sens de la repartie qui me fait sourire.

— Ça te fait marrer, salope ? m'invective l'inconnu.

Oh ! Mais je n'ai rien à voir là-dedans ! Pourquoi est-ce qu'il s'en prend à moi ?

Nathan veut s'interposer, mais je ne le laisse pas faire. Furieuse d'avoir été insultée pour pas un rond, je le dépasse pour me poster à quelques centimètres du malotru. Celui-là, il va payer pour toutes les contrariétés de ces dernières quarante-huit heures et je sens que ça va saigner !

— C'est moi que tu traites de salope ? T'es tout seul dans ton pantalon pour oser me parler comme ça ? Et si je collais ma main dans ta face de rat, tu crois que tu t'adresserais encore à moi de cette façon ? De quel droit tu t'en prends à nous ? Hein ? Tu n'aimes pas le PSG ? Eh bien, moi non plus, figure-toi ! Mais jamais il ne me viendrait à l'idée d'insulter des joueurs ou qui que ce soit. Ta mère ne t'a pas appris les bonnes manières ?

— Mais… mais… mais…

Le type bégaie, scotché par mon coup d'éclat. Je m'impressionne moi-même, pour être tout à fait honnête. Je ne me mets que très rarement en colère, mais les récents événements ont eu raison de mon calme légendaire. J'ai crié tellement fort que les passants me dévisagent comme si j'étais folle, mais ça m'est égal.

— En attendant, si tu me cherches, tu m'as trouvée ! Soit tu dégages immédiatement après avoir présenté des excuses à mon ami, soit j'appelle les flics et je porte plainte contre toi pour agression verbale. Tu as exactement trois secondes pour te décider. Trois, deux…

— Désolé, marmonne le type avant de filer comme s'il avait le feu aux fesses.

Lorsque je pivote vers Nathan, il est en train de m'observer, bouche bée.

— Quoi ?

— Eh bien, mieux vaut ne pas t'énerver, petit génie !

— Comment peux-tu supporter qu'on t'insulte de cette façon ?

Il hausse les épaules, tandis que nous nous éloignons du restaurant en direction de sa voiture.

— Ça fait partie du job, finit-il par répondre avec fatalisme.

— Et ça arrive souvent ?

— Non. En tout cas, merci de m'avoir défendu et de l'avoir fait fuir, c'est sympa. Même si je suis en train de me demander qui de nous deux a des couilles en ce moment !

Je secoue la tête, ne sachant pas comment je dois le prendre.

— Mais je *suis* sympa, et je n'aime pas le manque de respect.

— T'es vraiment étonnante !

— Bien vu, *Captain Obvious* !

— *Captain Obvious ?* C'est qui celui-là ?

— C'est une expression pour dire que c'est une évidence. Ça signifie capitaine évidence en français, si tu veux traduire littéralement.

— J'ai rien capté, mais si tu l'affirmes, je veux bien te croire. En tout cas, te voir te transformer en Amazone est carrément excitant, souffle-t-il à mon oreille, alors si ça ne te dérange pas, on file chez toi et on baise. Ensuite, tu prends tes affaires et on passe la nuit dans mon appart, histoire de partir tôt demain matin.

Je rougis et acquiesce. Le désir que je lis dans ses yeux me rend toute chose, si bien que je frétille déjà dans ma petite culotte.

En silence, nous parcourons le trajet jusqu'à mon domicile. À peine la porte s'est-elle refermée, qu'il me saute dessus. Il me soulève et mes jambes viennent entourer sa taille. Nos bouches sont déchaînées, et nos baisers toujours plus torrides m'excitent terriblement.

— Hé ! La chambre d'Ella, c'est au fond du couloir à droite. Allez faire vos cochonneries ailleurs, râle ma sœur depuis le salon.

— Oh, la blondasse ! Monte le son de la télé ou mets des boules Quies. Interdit de te rincer les oreilles.

— Beurk ! s'écrie celle-ci, avant de s'esclaffer.

Nathan me porte vers mon antre, dont il claque la porte du pied. Sans la moindre délicatesse, il me balance sur le lit et se met à me dépouiller de mes vêtements. Je ne peux m'empêcher de pouffer, mais mon rire s'étrangle, lorsque mon regard croise le sien.

Dès que je suis nue, je me mets à genoux, afin de l'aider à mon tour. Dieu que j'aime cette peau douce, ce torse glabre, musclé, et si merveilleusement bien proportionné. Et que dire de ce dragon qui semble m'appeler ? Pendant qu'il retire son T-shirt, je m'attaque à la ceinture de son jean que j'ouvre avec un empressement qui m'étonne moi-même. Puis, je baisse son pantalon et son caleçon d'un même mouvement. Son pénis déjà dressé jaillit sous mon nez et j'en ai l'eau à la bouche.

Depuis que nous sommes ensemble, nous n'avons jamais expérimenté le sexe oral, mais je pense qu'aujourd'hui nous sommes assez proches pour franchir le pas. Je décide donc de montrer le bon exemple, en espérant que cela lui donnera des idées. Ma langue s'avance et le caresse sur toute sa longueur. Il faut croire que Nathan ne s'y attendait pas, à en juger par son hoquet de surprise. Pour autant, il ne m'arrête pas. Immobile, il semble déterminé à savoir jusqu'où je peux aller. Estimant que la pruderie n'a plus sa place entre nous, j'attrape son sexe dans ma main et le gobe littéralement. Puis je le laisse coulisser lentement dans ma bouche, jouant de ma langue pour l'exciter davantage. Un grognement approbateur et ses mains qui défont ma queue-de-cheval pour se perdre dans mes cheveux me confirment que j'ai bien fait.

Étrangement, c'est la première fois que j'éprouve un réel plaisir à cette caresse. Avec Zahed, c'était assez courant que je m'y plie, mais toujours pour le contenter, lui. Or, là, c'est moi qui prends mon pied, surtout lorsqu'une de ses paumes vient masser l'arrière de mon crâne en de petits mouvements circulaires. Assez rapidement, Nathan essaie d'accélérer la cadence. Excitée comme rarement, je relève les yeux vers lui pour croiser son regard brûlant. Punaise, mais qu'il est beau ! Je ne me souviens pas avoir jamais rencontré un homme aussi viril, aussi sauvage, presque animal.

Il ne se détourne pas, ses prunelles rivées aux miennes, et quand il se mord la lèvre pour retenir un gémissement, je suis à deux doigts de jouir. Incroyable ! Il ne m'a quasiment pas touchée et je suis déjà au bord du précipice. Je m'active alors de plus belle, pressée de le voir perdre tout contrôle grâce à ma bouche. En réalité, cette caresse n'est pas désintéressée, car j'adorerais qu'il me retourne la politesse. Depuis le temps que j'en entends parler, j'aimerais bien expérimenter le cunnilingus à mon tour. Mika en fait toujours tout un foin, expliquant qu'un mec qui est doué pour ça peut se faire pardonner n'importe quoi.

Alors que je sens qu'il est à bout et va jouir dans ma bouche, Nathan m'attrape par les cheveux pour me tirer en arrière.

— Non, pas comme ça, murmure-t-il, malgré sa respiration erratique. Je veux être en toi quand j'éjaculerai.

Quelle élégance, je songe avec ironie.

Puis il me pousse sur le matelas, se protège, et s'allonge sur moi, mes jambes sur ses épaules. Il aime dominer, je m'en suis rendu compte depuis un moment, mais j'apprécierais qu'il me laisse un peu plus souvent la direction des opérations. Hélas pour moi, un reste de pudeur, sans doute dû à mon manque d'expérience avec la gent masculine, m'empêche d'exprimer tout haut mes désirs et mes envies. Quand je sens son sexe à l'orée du mien, je comprends que ce ne sera pas aujourd'hui que ses lèvres descendront en direction du sud. Qu'est-ce que je pourrais faire pour qu'il comprenne ? Ce serait tellement plus simple si je pouvais juste dire : « Tu ne veux pas m'embrasser en bas ? S'il te plaîîîît ! » Mais je ne peux pas et j'en suis la première désolée.

Dès qu'il se glisse en moi, je ferme les yeux avec bonheur. Ses mouvements sont profonds, rapides, et claquent dans le silence comme des coups de fouet. La tête renversée en arrière, il prend visiblement son pied, et moi aussi, d'ailleurs. Au moment où il accélère le rythme, l'une de ses mains quitte mes hanches pour se diriger vers mon sexe. Son pouce agace mon clitoris et il ne me faut pas longtemps pour décoller. Mon corps se contracte, mes muscles se crispent et je lâche un gémissement extatique, juste avant de laisser l'orgasme me submerger. Il me rejoint tout de suite après, et jouit avec un cri sourd dans le préservatif. C'est fort, c'est rosse, et j'adore.

Nous restons plusieurs minutes dans cette position, jusqu'à ce qu'une crampe à la cuisse m'oblige à baisser les jambes. Je suis loin d'être aussi sportive que lui et les acrobaties finissent toujours par aboutir à ce résultat.

Brusquement, Nathan se fige.

— Merde, je crois que la capote a craqué ! s'exclame-t-il avec une panique réelle dans la voix.

— Ne t'inquiète pas, je prends la pilule.

Mais cela n'a pas l'air de le tranquilliser.

— Pas de latex, pas de sexe ! Je n'ai jamais baisé sans préservatif, je ne vais pas commencer aujourd'hui.

Je déglutis avec difficulté, vaguement déçue par sa réaction. En se retirant, il pousse un soupir de soulagement, visiblement rassuré.

— Fausse alerte !

Pour ne pas lui montrer que je suis un peu refroidie par son attitude, je file dans la salle de bains pour prendre une douche. Je ne devrais pas me vexer alors qu'il fait preuve d'un sens des responsabilités indéniable, sauf que ça me donne l'impression qu'il ne fait aucune exception pour moi. Comme s'il me considérait de la même façon que les centaines de nanas qu'il s'est envoyées, alors que je supposais que nous deux, c'était quelque chose de plus profond, de plus sérieux…

Cesse de jouer les naïves, Ella ! Tu as toujours su qu'il était comme ça, pourquoi t'en offusquer aujourd'hui ? C'est complètement stupide de ta part d'avoir cru qu'il y avait autre chose ! souffle cette petite voix intérieure qui m'agace franchement.

Sans doute parce qu'elle pointe le doigt sur le nœud du problème. Si je suis honnête envers moi-même, je dois reconnaître que j'espère plus de ma relation avec Nathan. Mais il faut que j'arrête de me bercer d'illusions. Ce que j'attends de lui, il n'est pas capable de me le donner. Plus vite je l'accepterai, mieux je me porterai. Je suis la seule à blâmer d'être déçue, je suis trop exigeante. Il m'a offert plus qu'à n'importe quelle autre femme, il va juste falloir que j'apprenne à m'en contenter.

Décidée à prendre un peu de recul et à ne pas laisser les idées noires me plomber le moral, je prépare mes affaires pour quatre jours et file informer ma sœur de mon départ. Mika est toujours dans le salon et la nouvelle n'a pas l'air de l'enchanter.

— Je dis quoi aux parents ? Ils pensaient te voir ce week-end.

— Explique-leur que je suis en virée pour découvrir les charmes du nord de la France et que je serai là pour le dîner, samedi prochain.

— Papa va râler de ne pas avoir de partenaire pour le squash.

— Eh bien, tu n'auras qu'à me remplacer, que veux-tu que je te dise ?

— Certainement pas ! Déjà qu'il me rend dingue en temps normal, alors sur un court, j'ai juste envie de l'assommer à coups de raquette au bout de cinq minutes, tellement il me gonfle !

Je ris et rejoins Nathan dans le couloir où il m'attend avec mon sac, avant de quitter l'appartement.

19

Nathan

— Ça ne va pas ? fais-je à Ella, alors que nous venons de prendre la route à tout juste 8 heures du matin.

Depuis hier, je sens que quelque chose la tracasse. Elle ne fait pas ouvertement la gueule, non ! Mais il y a un truc. Et je ne me l'explique pas, car nous avons passé une super soirée chez moi à regarder un film, tout en nous enfilant un repas du traiteur chinois.

— Si, bien sûr. Pourquoi tu me demandes ça ?

— Je ne sais pas. Tu as l'air ailleurs.

Elle sourit et pose les doigts sur ma cuisse, sans doute pour me rassurer, mais cela ne fait que renforcer mes soupçons. Je ne suis pas convaincu, loin de là.

— Vas-y, crache le morceau !

Mais elle reste silencieuse. Alors, je réfléchis pour déterminer à quel moment précis j'ai senti qu'il y avait un os. Et je mettrais ma main au feu que c'est quand j'ai cru que le préservatif avait craqué. Sans un mot, elle est partie dans la salle de bains et lorsqu'elle est revenue, elle était différente, plus distante. Si c'est ça, autant en avoir le cœur net.

— C'est parce que j'ai stressé à cause de la capote ?

Elle ne répond pas, mais rougit assez pour que je comprenne que c'est bien le nœud du problème.

— Ella ! Tu ne penses quand même pas que je voudrais un gosse maintenant ? On se connaît à peine ! Déjà que j'enfreins toutes les règles avec toi.

— Disons qu'en voyant ta réaction j'ai juste eu l'impression d'être une conquête parmi tant d'autres pour toi. Et ça m'a blessée, je ne te le cache pas.

— Alors là, je t'arrête tout de suite. Tu n'as rien en commun avec les meufs que je sautais sur la banquette arrière de mon Range. Mais enfin, tu te rends compte de la catastrophe que ce serait si je t'engrossais ?

— Tu es tellement classe ! J'adore… Au cas où tu l'aurais oublié, je suis médecin, donc la contraception, je connais, tu peux me croire. Et je pensais que tu me voyais comme une personne responsable.

— Mais je m'en tape, d'être élégant ou pas, je ne vais pas mentir, juste pour te faire plaisir ! En attendant, je ne suis resté avec aucune autre aussi longtemps qu'avec toi.

Un petit sourire illumine son visage et je suis à nouveau scié par sa beauté lumineuse.

— Et, au passage, je n'avais jamais autorisé personne à me sucer sans capote.

— Vraiment ?

— Ouais. Pas de latex, pas de sexe. Mon frangin m'a répété cette phrase pendant des années, matin, midi et soir.

— Je peux te poser une question ?

— Vas-y.

Néanmoins, je me méfie. Je ne suis pas particulièrement menteur, mais le jeu de la vérité n'est clairement pas mon préféré.

— Pourquoi nous ne nous sommes jamais rendus chez toi avant hier soir ?

Je revois d'ici son air halluciné quand elle est entrée dans mon appartement. C'est sûr qu'il en jette, puisqu'il est situé au dernier étage d'un immeuble particulièrement luxueux.

— Au début, quand j'ai emménagé à Paris, j'ai ramené une fille pour la nuit. Le lendemain, ça a été la croix et la bannière pour m'en débarrasser. Comme elle connaissait mon adresse, elle m'a harcelé pendant des jours, me surveillant tout le temps et sonnant à n'importe quelle heure. J'ai juré que cette mésaventure ne m'arriverait plus. C'est pour ça que le Range est plus pratique.

— Ben voyons…

— Mais arrête de juger mes choix ! Est-ce que je te pose des questions sur ta vie sexuelle ? Ou sur les mecs que tu as fréquentés ? On fait tous des conneries et celle-là en était une belle !

— Tu peux, je n'ai rien à cacher.

— Très bien. C'était qui, ce mec avec qui t'es sortie et qui t'a fait tellement de mal ?

— Comment es-tu au courant de cette histoire ?

— Ta frangine m'en a parlé le soir du gala. J'ai peut-être l'air d'un crétin fini, mais j'ai une excellente mémoire.

— Oh !

Elle hésite une minute, avant de se lancer.

— En effet, il m'a cruellement blessée, parce que j'étais très amoureuse de lui. Nous nous sommes rencontrés à la fac. Il était étudiant en cinquième année de médecine, tout comme moi. Il s'appelait Zahed.

Je crispe les doigts sur le volant, soudain contrarié. Ça ne devrait rien me faire. Et pourtant, si j'avais ce mec devant moi, je lui flanquerais une beigne pour l'avoir rendue malheureuse. Inconsciente de mon malaise, Ella poursuit.

— Il était originaire d'un petit État des Émirats et était d'une beauté à couper le souffle. Je suis immédiatement tombée sous le charme.

Là, c'est clair, je ne peux pas encaisser ce connard !

Entre mes dents serrées, je grogne :

— Je le déteste.

Elle rit et continue malgré tout.

— Il a été mon meilleur ami, mon premier baiser, et mon premier amant. Je croyais que mes sentiments étaient partagés. Nous étions tous deux vierges et, dans mon esprit, il était évident qu'il serait le seul homme à me toucher. Alors, imagine mon désespoir, quand il m'a appris, deux ans après le début de notre relation, qu'il repartait dans son pays où son père avait choisi une épouse pour lui. J'ai pris conscience ce jour-là que, s'il tenait à moi, il ne m'aimait pas assez pour braver sa famille. Je l'ai donc laissé s'en aller et j'ai pansé mes plaies en m'immergeant dans le travail. Mika n'a pas compris et me l'a souvent reproché, mais je m'en fichais. Tout ce que je désirais, c'était oublier. Et puis, dans le fond, j'ai gardé durant très longtemps l'espoir qu'il reviendrait, que je lui manquerais trop et qu'il ne pourrait pas vivre sans moi. Sauf que ce n'est jamais arrivé, et je suis restée seule. Mais j'ai arrêté de l'attendre et, maintenant, c'est définitivement terminé, j'ai fait mon deuil. Si je le croisais demain, ça ne me ferait ni chaud ni froid.

— C'est à quel moment de l'histoire que tu as changé d'avis ? Je veux dire, depuis quand tu n'espères plus son retour ?

Ella marque une pause avant de révéler :

— Depuis que je t'ai rencontré.

Un long silence accueille cette confidence. Ben, merde alors ! Je ne sais pas si je dois me réjouir ou paniquer. Parce qu'à demi-mot, elle vient de m'avouer qu'elle tenait à moi et je ne suis pas très sûr d'être prêt pour ça.

— Nathan, est-ce que tu es amoureux de moi ?

Je suppose qu'il lui a fallu du courage pour me demander ça et je n'ai aucune envie de la blesser, mais je ne mentirai pas. Elle mérite que je sois sincère et je me ferais l'effet d'être un salaud de première si je lui sortais ce qu'elle a envie d'entendre, juste pour lui faire plaisir. Non, je ne peux pas…

— C'est compliqué…, je commence avec réticence.

— Compliqué ? C'est ce qu'on dit quand on ne veut pas appeler les choses par leur nom, fait-elle remarquer avec tristesse.

Punaise, je suis au comble du malaise.

— Je n'ai jamais été amoureux et je ne tiens pas franchement à l'être. Ma mère a noyé ses déceptions sentimentales dans l'alcool et mon père s'est tiré quand il en a eu marre de sa gueule. Tu vois, ça ne donne pas envie… Ma jeunesse est loin d'être un roman à l'eau de rose, tu sais.

— Je me doute bien que…

— Oh non ! Tu es loin d'en connaître la moitié du quart du tiers et, crois-moi, je n'ai pas l'intention de te montrer tous les squelettes qui traînent dans mes placards. Pour faire court, je ne pense pas que je suis fait pour rester toute ma vie avec quelqu'un, même si j'adore la relation qu'on a. Je me sens bien lorsque tu es avec moi et tu me manques quand tu n'es pas là. Si je décidais de me poser avec une fille, j'aimerais qu'elle te ressemble. Mais ce sont des paroles qui n'ont pas de sens, parce que ça n'arrivera pas.

— Pourquoi ?

— Jamais je ne laisserai à une gonzesse le pouvoir de me foutre en l'air.

Ella est tout ce que j'apprécie chez une femme, elle est belle, futée et facile à vivre. Pour autant, ce n'est pas une chiffe molle, puisqu'elle est super franche et n'hésite pas à me le dire lorsqu'elle n'est pas d'accord avec moi. Pourtant, ça ne suffit pas pour que je fasse exception à la règle.

— Donc, tu trouves ça mieux de papillonner à droite et à gauche ?

Songeur, je murmure :

— En tout cas, c'est moins pire.

— Je trouve ta façon de voir les choses très triste. Ne prendre aucun risque pour ne pas souffrir, alors qu'on ne sait même pas si ça arrivera, c'est avoir peur de vivre.

Qu'est-ce que je vous disais ? Je viens de me bouffer une jolie critique dans les dents. Mais je ne rentre pas dans le débat. Nous ne sommes pas sur la même longueur d'onde, cela n'a rien d'une nouveauté.

— Comment tu vois notre relation ?

Je ne suis pas étonné qu'elle s'interroge, je l'ai deviné depuis un moment. C'est d'ailleurs un miracle qu'elle n'ait pas posé la question avant.

— Je ne fais aucun plan, j'avance au jour le jour. Je ne te l'ai jamais caché. Pas de projets, pas d'attaches, tu te souviens ? On est bien ensemble, je suis fidèle depuis qu'on est en couple, mais je refuse de te faire des promesses que je ne tiendrai pas. Ce serait dégueulasse de ma part.

— Si je suis ton raisonnement, demain, tu peux rencontrer une autre fille qui te plaira et m'envoyer balader dans la foulée.

Je la sens amère et ça me désole pour elle. Mais encore une fois, je ne veux pas mentir.

— Ce n'est pas exclu. Mais depuis qu'on se fréquente, ce n'est pas arrivé.

Ella se referme un peu plus. Mais quoi ? Mes paroles devraient la rassurer, non ? Décidément, les femmes sont une race à part et je ne les comprends pas. Trop compliqué !

20

Ella

Il est 18 heures lorsque nous nous garons devant le domicile de la sœur de Nathan. Même si pendant le trajet ça a été tendu en raison de notre conversation, le reste de la journée s'est bien déroulé. Nous logeons à Lille, dans un hôtel cinq étoiles, le Clarance. Pourquoi ne suis-je pas étonnée ? Ce mec ne fait jamais les choses à moitié. J'en veux pour preuve son appartement sublime, avec une terrasse qui offre le plus beau panorama sur Paris qu'il m'ait été donné de voir. J'ai souvent l'impression que Nath a besoin de s'entourer d'opulence et de luxe, juste pour oublier les années de vaches maigres. Sans tenir compte de ses paroles de ce matin, dans la voiture, j'avais déjà compris que sa jeunesse avait été difficile. Mais depuis qu'il a évoqué si durement ses parents, je réalise que j'étais bien en dessous de la vérité et que son enfance a été carrément pourrie, contrairement à la mienne. J'imagine que quand on a manqué de tout, on ne veut surtout plus manquer de rien.

Bref, cet après-midi, il m'a fait visiter le vieux Lille et je dois reconnaître que j'ai été complètement charmée par cette ville. C'est fou, les préjugés qu'on peut avoir ! Pour moi, le Nord a toujours rimé avec grisaille, maisons en briques rouges et tristesse. Or, j'ai découvert des rues pittoresques, des commerçants d'une gentillesse confondante, et des personnes qui vous souriaient juste pour le plaisir. Voilà qui change agréablement de l'attitude des Parisiens. Après, il ne faut pas mettre tout le monde dans le même sac. Il y a des gens formidables et des cons partout.

En fin d'après-midi, après nous être rafraîchis dans la somptueuse suite qu'il a réservée pour le week-end, nous sommes repartis en direction de Roubaix, qui se trouve à une quinzaine de kilomètres. C'est de là qu'il est originaire. Nous sommes passés par le centre-ville en voiture et je suis restée admirative de son architecture. Puis nous avons pris la direction des faubourgs et, là, le paysage a vite changé. Nathan m'a expliqué que le chômage et la pauvreté gangrènent la population et que les conditions de vie de la plupart des gens sont particulièrement difficiles.

Nous sommes donc devant le pavillon qu'occupe sa sœur avec sa famille. Il est modeste et le quartier n'est pas franchement très avenant. Nathan m'explique qu'il a voulu leur offrir une villa à Lille et qu'elle a refusé.

— Tête de lard, maugrée-t-il au moment où nous quittons l'habitacle du Range.

À peine avons-nous sonné que la porte s'ouvre sur une femme qui semble vraiment fatiguée. Je sais qu'elle et son mari tiennent une boulangerie, alors leurs horaires ne doivent pas être simples.

— Eh ben, c'est pas trop tôt ! Tu avais dit quinze jours et c'était il y a un mois, râle-t-elle dès qu'elle aperçoit son frère.

Quel accueil !

Emma doit avoir allègrement dépassé la trentaine. Sa ressemblance avec Nathan est frappante. Même couleur de cheveux, mêmes yeux, mêmes traits fins. Elle a dû être très belle quand elle était plus jeune. Hélas, maintenant, elle a surtout l'air épuisée.

— Si tu dois m'engueuler chaque fois que je te rends visite, ne t'étonne pas que je ne vienne pas plus souvent ! rétorque-t-il avec son sens de la repartie habituel.

— Oh ! toi !

Soudain, elle l'enlace et le serre contre elle. Visiblement, un lien très profond les unit tous les deux en dépit des piques qu'ils s'envoient.

— Alors, mon mignon, fait-elle en caressant sa joue, tu as l'air en forme. Les Parigots n'ont pas encore eu ta peau ?

Elle pivote vers moi et me dévisage de la tête aux pieds, comme si j'étais candidate à l'élection de Miss France.

— Elle est pas mal. Tu me présentes ta copine ?

— Tu permets quand même qu'on entre, ou tu comptes nous laisser sur le pas de la porte toute la soirée ?

Emma s'écarte pour nous laisser passer. J'ai tenu à acheter des fleurs et des chocolats, que je lui offre aussitôt. Elle s'en saisit en me toisant.

— C'était pas la peine ! assène-t-elle.

Je rougis, incroyablement mal à l'aise.

— Merde, Em, les gens bien polis disent tout simplement merci lorsqu'on leur fait un cadeau ! s'écrie Nathan en reprenant aussi sec l'accent ch'ti.

J'en viens à penser que c'était vraiment une mauvaise idée de l'accompagner ici. J'aurais mieux fait de me rendre chez mes parents. La soirée s'annonce particulièrement longue et je ne sais plus où me mettre, tellement je suis gênée. Elle échange un regard chargé d'affection avec son frère et je comprends alors qu'en réalité elle n'est pas vraiment malpolie, mais juste un peu rustre.

— Alors merci, mais ce n'était pas nécessaire !

Pour toute réponse, je me contente de murmurer :

— Ça me fait plaisir.

— Bon, ben, tu nous présentes ?

— Em, voici Raphaëlla. Ella, voilà Emma, ma sœur aînée.

— Bonsoir, Emma. Enchant…

Avant même que j'aie pu finir de la saluer, elle me tourne le dos et se dirige vers la salle à manger. Nous la suivons et, l'instant d'après, je rencontre son mari, Éric, qui se montre nettement plus aimable. C'est un bel homme, roux aux yeux clairs, dont le sourire avenant me met immédiatement à l'aise.

— Oh ! Les mômes ! L'oncle Nathan est arrivé ! beugle-t-elle près de la porte.

J'entends des pas précipités dans l'escalier, et trois enfants, dont l'aîné est adolescent et les deux autres âgés d'une petite dizaine d'années, se jettent sur Nath. Il les serre contre lui et les embrasse chaleureusement avant de me les présenter. Je dois me retenir de ne pas froncer les sourcils en entendant leurs prénoms. Il y a donc Brian, Brenda et Britney. Mince alors, on se croirait dans un soap américain !

Un petit dernier les suit en traînant les pieds. Quand mon regard croise le sien, il attire aussitôt mon attention. Il est particulièrement beau et son air déconfit ajoute à son charme.

— Pas la peine de te planquer, toi ! l'invective Emma. L'oncle Nathan va te passer un savon, je t'ai prévenu.

— Bordel, Emma ! Pourquoi tu lui racontes des trucs pareils ? s'agace mon compagnon.

Avec un sourire, il s'adresse à son neveu en le prenant dans ses bras.

— T'es encore là ? Ta mère ne t'a pas vendu sur eBay ?

Je pouffe, et elle me fusille immédiatement du regard. Pour ce qui est de ne pas me faire remarquer, je crois que c'est raté.

— Personne n'a voulu de lui ! Alors on a mis une annonce sur Le Bon Coin, intervient Éric avec humour. On attend qu'un imbécile se décide.

Nous prenons l'apéritif pendant que les enfants dînent, car le séjour est trop petit pour que nous puissions tenir tous autour de la table. Je suis comme hypnotisée par le petit dernier, Dylan. J'ignore pourquoi, mais je ne parviens pas à quitter cet enfant du regard.

Même si je suis invitée, j'ai l'impression qu'on me tolère tout juste. Ils évoquent des personnes que je ne connais pas, si bien que je suis exclue de leur conversation.

Au moment de nous attabler à notre tour, un détail m'interpelle. Dylan est installé sur le canapé et tourne avec les pieds les pages d'un bouquin d'histoire qui doit appartenir à un des aînés. Une des filles arrive d'ailleurs et attrape le livre pour lui en mettre un coup sur la tête. Le gamin évite mon regard, mais il est trop tard. J'ai compris. En douce, je continue à l'observer.

La sœur de Nathan apporte le dîner. On m'explique qu'il s'agit d'une tarte au maroilles. Si je suis sceptique à cause de l'odeur assez forte, je goûte malgré tout et, finalement, je trouve ça carrément bon.

— J'en ai marre, se plaint Emma, il fait connerie sur connerie. À l'école, il ne parle pas et n'a aucun copain. Résultat, l'instit le considère comme un débile ! Je ne sais plus quoi faire. En plus, il est insolent avec nous. Je ne peux quand même pas le baffer à longueur de journée, non ? Merde, il en a déjà pris plus que tous les autres réunis.

— Je vais lui parler, tente de la réconforter Nathan.

En réalité, ni l'un ni l'autre n'ont cerné le problème de ce garçonnet et, maintenant, je comprends pourquoi il a tellement retenu mon attention. Il est exactement comme moi. Quand il tournait les pages avec ses pieds, ce n'était pas pour embêter Britney (Seigneur, quelle horreur, ce prénom !) ou pour abîmer l'ouvrage. Non, il lisait, j'en suis sûre. Pour en avoir le cœur net, je récupère mon téléphone et me dirige vers le canapé.

— Où elle va, elle ? On n'a pas fini de manger !

Sans tenir compte des protestations d'Emma, je m'approche de Dylan et m'installe près de lui. Il me jette des coups d'œil méfiants et je me doute que ce ne sera pas simple de l'apprivoiser.

Derrière moi, j'entends Nath dire à sa sœur :

— Laisse-la faire. Ella est médecin.

— Quoi ? Pour de vrai ? Elle est docteur ? Mais elle a quel âge ?

— Je t'expliquerai, se contente de répondre mon petit ami.

Pour ma part, je suis concentrée sur Dylan. De ma voix la plus douce, j'essaie d'établir le contact.

— Tu veux que je te raconte une histoire ?

— J'aime pas les histoires !

— Ce n'est pas un conte de fées. C'est mon histoire à moi. Quand j'avais trois ans, mes parents ont découvert que je pouvais lire comme une adulte.

Cette fois, il tourne la tête vers moi, soudain curieux. J'en étais sûre !

— Et ?

— Ils m'ont emmenée faire des tests chez un spécialiste, et ensuite je suis allée dans une école pour enfants surdoués.

— C'est toi qui leur as dit que tu savais lire ? s'enquiert-il avec intérêt.

— Non. J'avais trop peur qu'ils se fâchent. Je ne comprenais pas pourquoi j'étais différente de ma sœur jumelle et de mes frères. Et surtout, j'ignorais comment j'avais appris. C'est venu comme ça…

Je marque une pause avant de poser la question fatidique.

— Et toi ? Depuis quand tu sais lire ?

Il se referme comme une huître. Aussitôt, je m'en veux de l'avoir brusqué de cette façon. Ce que je peux être stupide, parfois…

— Voilà mon téléphone, Dylan. J'ai ouvert l'application de lecture et je t'ai téléchargé le premier tome de Harry Potter. Mais c'est sans doute trop compliqué pour toi. En tout cas, si tu ne sais pas lire, il y a aussi des jeux. Je te le prête, le temps que je finisse de dîner. Tu es d'accord ?

Il opine du chef. Quand je fais le tour du canapé pour retourner à table, il est déjà plongé dans… tadam… le roman de JK Rowling.

— Ella ? interroge Nathan lorsque je reprends ma place.

— Il sait lire. J'ai été interpellée quand vous avez parlé de son comportement. J'avais le même lorsque j'étais à l'école maternelle, je murmure assez bas pour que le petit garçon ne puisse pas nous entendre.

— Comment ça ? s'enquiert Emma.

— Je crois qu'il est précoce.

— Tu es sûre ? insiste Nathan.

— Tout ça, c'est des conneries ! s'écrie la mère du petit.

— Laisse-la causer, intervient soudain son mari.

— Emma, je suis comme lui. À trois ans, je savais lire,

et mes parents m'ont emmenée chez un spécialiste où j'ai été testée.

Elle n'a pas l'air de comprendre ce que je lui raconte, aussi je pivote vers mon compagnon pour qu'il me vienne en aide.

— Ella est surdouée, lui explique-t-il alors. Elle a eu son bac à treize ans. Elle en a vingt-trois et est déjà médecin.

La fierté que je perçois dans sa voix me fait chaud au cœur, et je prends sa main sous la table pour le lui montrer. Ses doigts s'entremêlent aux miens, pour mon plus grand plaisir.

— Regardez-le. Il avait le choix entre un bouquin et des jeux, et il a opté pour le livre. J'étais comme lui, je dévorais tout ce qui me tombait sous la main.

— Mais l'instit…

— Je t'ai dit que c'était une connasse ! lance Nathan avec colère.

Aussitôt, je tente de tempérer les choses.

— Elle n'a probablement jamais été confrontée à un tel cas, c'est pour ça qu'elle n'a pas envisagé cette possibilité.

— Mais alors, pourquoi il n'a pas de copains ? questionne Éric.

— Parce qu'il se sent trop différent des autres et il ne veut surtout pas que ses camarades puissent s'en rendre compte.

— Mais il devrait en être fier, pourtant !

— Ce n'est pas si simple. Souvent, à cet âge-là, on ne comprend pas ce qui se passe et on se renferme. Il y a beaucoup plus d'enfants surdoués qu'on ne le pense, mais bon nombre d'entre eux ne sont pas détectés, si bien qu'ils se retrouvent en échec scolaire et ont des problèmes de comportement.

— Et je fais quoi, maintenant ? demande Emma.

— Il faudrait vraiment qu'il puisse consulter un spécialiste, qui pourra déterminer son niveau.

— C'est cher, ça ? C'est loin ? Je n'y connais rien, moi, à ces trucs ! s'agace la sœur de Nath.

— Je peux me renseigner et prendre un rendez-vous. Je peux même l'emmener, si vous voulez.

C'est sorti spontanément. Aider ce gamin me semble couler de source.

— Tu ferais ça ? s'étonne Nathan.

— Bien sûr.

— Et après, comment ça s'est passé pour toi ? s'enquiert Éric.

— J'ai été scolarisée dans une école spécialisée pour enfants précoces. Ce sont des établissements privés et il y en a un peu partout en France.

— C'est payant ?

— Oui. Et malheureusement, c'est assez cher en général.

— On ne pourra pas, explique Emma. Un des fours et le pétrin ont lâché, et on a déjà dû faire un emprunt, on ne peut pas en faire un autre.

— Je réglerai la note, intervient Nathan. Et je t'interdis de refuser. Je le fais pour lui, pas pour toi !

Sa sœur se tait et quitte la salle à manger pour chercher le dessert. Je propose de débarrasser, mais les deux petites s'en chargent et on me somme de rester assise. Ils continuent tous à discuter pendant une heure, souvent de gens ou de choses dont j'ignore tout, si bien que je me contente d'écouter en dégustant ma part de cheesecake aux spéculos.

— Ho, les jeunes, c'est l'heure d'aller au lit ! finit par lancer Emma en nous servant une tasse de café.

Les aînés viennent m'embrasser, ainsi que Nathan.

Quant à Dylan, il me rend mon iPhone, puis s'installe sur mes genoux.

Pendant ce temps, Emma et Nathan évoquent un certain Yann, qui est d'ailleurs revenu plusieurs fois dans la conversation.

Soudain, le gamin se penche et souffle à mon oreille :

— Tu connais l'oncle Yann ?

Je secoue la tête en silence.

— Il est en prison. Je suis déjà allé lui rendre visite avec maman.

J'ouvre de grands yeux. Nathan a un frère qui est incarcéré ? Première nouvelle ! Néanmoins, je me reprends immédiatement pour que personne ne remarque ma surprise.

— Dylan ! C'est l'heure, allez, au lit.

Le petit garçon dissimule son visage dans le creux de mon épaule sous le regard ébahi des autres membres de la famille. Quand il m'enlace par le cou, je me sens fondre comme neige au soleil.

— Écoute, Dylan, je vais essayer de contacter un docteur et je viendrai te chercher pour qu'on aille le voir ensemble.

— Il va m'ouvrir la tête ?

Je le serre contre moi pour le rassurer.

— Bien sûr que non ! Tu crois vraiment que je le laisserais faire un truc pareil ?

— Nan…

— Il sera gentil, tu verras. Et puis, si tu es très sage, je t'achèterai des livres après. Tu es d'accord ?

Il se blottit plus encore contre moi.

— Oui, parce que tu es belle comme une princesse.

Je souris, attendrie. Ce gamin a déjà tout compris à l'art de la séduction.

— Hey ! Et moi, alors ? proteste Nathan en riant. Ella est ma chérie.

Le petit se tourne dans sa direction, tout en restant dans mon giron, et lance :

— Toi, t'es moche !

J'éclate d'un rire insouciant et tends la main pour lui faire un *high five*. Je cherchais à l'apprivoiser et, au final, c'est lui qui m'a complètement charmée.

— Et moi, alors ? demande sa mère. Je ne suis pas belle comme une princesse ?

— Non ! Toi, t'es méchante !

Il a répondu avec tant de hargne que je sursaute.

— Qu'est-ce que je disais ? Il fait le beau avec ta copine, mais avec moi, il est imbuvable.

Je sens qu'elle a été blessée par cette rebuffade. Alors, même si ce n'est pas mon rôle, je tente de le recadrer.

— Tu sais, Dylan, c'est mal, ce que tu viens de faire. C'est ta maman et tu dois la respecter.

— C'est quoi, respecter ? demande-t-il d'un air buté.

— C'est le fait d'être poli et d'écouter tes parents. Or, ce que j'ai entendu n'était pas très joli. À mon avis, tu devrais demander pardon à ta maman et lui faire un câlin pour te rattraper.

Je m'attends presque à ce qu'il me rie au nez mais, à mon grand étonnement, il se lève et s'exécute.

Lorsqu'elle va le mettre au lit, Éric se tourne vers moi et me sourit.

— Tu sais t'y prendre avec les gosses ! C'est sans doute la première fois que je le vois obéir aussi facilement. D'habitude, c'est toujours un drame pour le coucher. Et les excuses… Alors ça, c'est une nouveauté ! Tu es pédiatre ?

— Non, je suis chirurgienne. Cela dit, c'est juste un enfant qui a peur de ce qu'il est, parce qu'il ne comprend pas. Il suffit de lui parler calmement pour lui expliquer les choses et je pense que ça devrait s'arranger.

Moins d'une demi-heure plus tard, nous levons le camp. Quelle drôle de soirée ! Les adieux sont nettement plus chaleureux et Emma me remercie à plusieurs reprises. Je lui demande son numéro de téléphone, afin que je puisse la prévenir de la date du rendez-vous.

— Soyez prudents sur la route, lance-t-elle au moment où nous sortons. Ça drache !

Je fronce les sourcils, perplexe, et Nathan traduit en riant.

— Elle veut dire qu'il pleut.

Sans traîner, nous nous engouffrons dans la voiture.

21

Nathan

Durant tout le trajet du retour, nous restons silencieux. Cela n'a rien de pesant, au contraire. Je suis heureux de l'avoir présentée à ma frangine, qui semble l'apprécier, alors qu'elle est d'un naturel plutôt méfiant. Emma est une dure à cuire, mais c'est sa vie qui l'a rendue comme ça. Quand, à quatorze ans, on est obligée d'élever ses frères et sœurs, et de faire une croix sur d'éventuelles études parce qu'on a des parents pourris, on se blinde. Mais dans le fond, elle a le cœur sur la main. Pour elle comme pour moi, la mort de Léa a été un drame et nous ne parlons jamais d'elle, ça fait trop mal. Par contre, alors que j'espérais qu'elle la fermerait, elle n'a pas pu s'empêcher de mentionner Yann. Et j'ai compris au regard intéressé de ma meuf qu'elle se pose des questions. Questions qu'elle me posera sans doute très vite. Pour le moment, je n'ai pas envie d'en discuter, parce que je ne sais plus où j'en suis dès qu'il s'agit de mon frère. J'aimerais le revoir, mais lui pardonner est au-dessus de mes forces. Bref, c'est le bordel dans ma caboche et si ma copine s'en mêle, ce sera encore pire.

Alors, pour ne prendre aucun risque, dès que nous arrivons dans la chambre, j'attrape Ella et la balance sur le lit. Là, je la baise comme si ma vie en dépendait. J'ai conscience d'être lâche, je ne fais que reculer pour mieux sauter, mais j'ai besoin de me changer les idées, de me perdre en elle pour oublier. Ses cris et ses gémissements sont comme un baume cicatrisant qu'on étalerait sur mes plaies.

Systématiquement, quand je reviens dans le Nord, c'est la même rengaine. Je replonge dans mon passé merdique et je me sens cradingue. Jusqu'à aujourd'hui, je n'ai jamais permis à une femme de m'accompagner, mais Ella est vraiment spéciale à mes yeux. J'ignore s'il s'agit d'amour, mais ça commence à y ressembler. Enfin… je crois. Et vous n'imaginez pas à quel point cette idée me terrifie. Je ne sais pas pourquoi je pense à ça maintenant. Voir Ella s'adapter si bien à ma famille, accepter de se faire rembarrer sans rien dire par Emma à notre arrivée, prendre tellement à cœur les problèmes de Dylan, m'accepter tel que je suis avec mes casseroles, mon manque d'éducation, mon arrogance et mon franc-parler, ça me remue comme jamais. Je ne suis pas capable de lui dire que je l'aime (on n'en est pas encore là), mais cette histoire entre nous va bien au-delà du cul ou de l'attirance physique, j'en ai à présent la certitude.

Lorsque nous sommes allongés, essoufflés, sur le lit, je sais que le moment de vérité est arrivé. Ella ne pose aucune question, mais tout son corps respire la curiosité. Alors, je me lance.

— Comment as-tu trouvé ma frangine ?

— Un peu brut de décoffrage, mais sympa.

— Tu penses réellement que Dylan est comme toi ?

— Je ne le pense pas, j'en suis sûre. J'ai eu l'impression de me revoir au même âge. Donc, crois-moi, je suis convaincue de ce que j'avance, et je compte bien l'aider.

— Ma sœur a fait mention d'un certain Yann.

— Oui, Dylan m'a expliqué qui c'était. D'ailleurs, tu as déjà mentionné un frère qui s'appelle Yannick, il y a quelque temps. J'ai compris qu'il s'agissait de la même personne.

— Oui, mais…

— Nathan, je sais aussi où il se trouve.

— Dylan te l'a dit ?

Elle acquiesce en silence.

— Putain ! Tu peux être sûre que mon prochain cadeau de Noël pour lui, ce sera une muselière ! Il a la langue trop bien pendue.

Ella rit, puis redevient sérieuse.

— Tu ne peux pas lui en vouloir. C'est un enfant, il a juste dit la vérité. Que s'est-il passé ? Pour ton frère…

J'inspire longuement pour contrôler les battements de mon cœur, beaucoup trop rapides. C'est la première fois que je m'apprête à discuter de mon histoire avec une personne qui est hors de mon cercle familial. Mais bon, c'est Ella…

— À ma naissance, j'ai tiré les pires cartes au jeu de la vie. Un père brutal et alcoolo, une mère qui ne valait pas franchement mieux et un milieu social défavorisé, dans un coin triste et terne du nord de la France. Tu vois le tableau ? Autant dire que ça démarrait plutôt mal pour moi.

— Et pourtant, tu t'en es parfaitement tiré, commente-t-elle en se tournant sur le flanc pour me faire face. Tu as beaucoup de mérite, Nathan.

— Tu crois ? Mon grand frère est en taule pour meurtre, ma petite sœur est morte d'une overdose, et l'aînée de la fratrie est épuisée après avoir passé toute son existence à trimer pour nous nourrir, nous et les gosses. Voilà pour la situation présente.

Si elle est choquée, elle s'oblige à ne pas le montrer. Je dois avoir l'air terriblement mal à l'aise de lui raconter cette histoire sordide. J'ai l'impression qu'elle ne veut pas en rajouter, consciente de la confiance que je lui témoigne en lui parlant aussi franchement de ma famille.

— Pourquoi a-t-elle dû s'occuper de vous ?

— Mon vieux s'est barré quand j'étais môme et on ne l'a jamais revu. Ma daronne a cassé sa pipe dans son sommeil après une cuite de trop. J'avais treize ans. À quinze piges, j'ai envoyé chier le collège où j'étais d'ailleurs plus connu pour mon comportement merdique que pour mes résultats. Je suis allé bosser avec Éric dans sa boulangerie, mais je savais que tout ça, ce n'était pas pour moi. La seule chose qui m'a sauvé, c'est le foot. Une chance pour moi, j'étais carrément excellent.

— Qu'est-ce qui est arrivé pour que tout change ?

— Yannick a compris que j'étais doué au ballon rond. Il était coach d'une équipe amateur de notre quartier, alors il m'a fait intégrer sa team, même si j'étais plus jeune que les autres. Il m'a pris en main, me forçant à m'entraîner trois heures par jour. Et quand tu te lèves tous les matins à 4 heures pour faire du pain, je peux te dire que ce n'est pas facile, parce que tout ce que tu as envie de faire pendant ton temps libre, c'est te poser avec tes potes et te taper des meufs. Mais il m'a obligé à faire preuve d'une véritable discipline, que j'applique encore chaque jour. Manger sainement, pas de tabac, pas d'alcool, pas de drogue, pas de bagarres. Je suppose que ces règles m'ont évité de mal tourner. Contrairement à toi, je ne vais pas me planquer pour cloper en douce.

Ella se marre doucement. Elle sait que sa désinvolture face à cette addiction, dont elle ne veut pas se défaire, me tape sur les nerfs. J'aimerais qu'elle arrête, mais je ne me sens pas le droit de le lui demander. Il faudrait que cette décision soit la sienne. Cela dit, je dois reconnaître que, depuis qu'on est ensemble, elle a sacrément diminué sa consommation.

— Grillée ! s'exclame-t-elle avec humour. Donc ? Que s'est-il passé ensuite ?

— Yann avait des contacts dans le milieu. Au bout de quelques mois, il a proposé à un type du centre de formation du LOSC de venir assister à un match pour avoir son avis. Le mec m'a trouvé bon et m'a proposé de passer des tests pour intégrer le centre de formation. Une fois de plus, Yann m'a aidé à me préparer et j'ai réussi les tests d'admission. J'ai passé deux ans à trimer comme un dingue, tout en conservant mon job. Puis, à dix-huit ans, j'ai intégré l'équipe de Lille pour une rencontre pro, parce que trois de leurs joueurs étaient blessés.

Je souris amèrement au souvenir de ce jour qui a débuté comme un rêve et fini comme le pire des cauchemars.

— Ce soir-là, je savais que c'était la chance de ma vie et qu'il ne fallait pas la rater. Je me suis battu comme un lion. J'ai marqué deux buts et j'ai permis aux gars de remporter la victoire. Ils m'ont surnommé le « prodige » et, peu après, j'ai été admis comme titulaire. J'ai commencé à gagner du pognon et j'ai pu quitter la boulangerie sans le moindre regret.

— C'est génial !

— Malheureusement, le conte de fées s'arrête là. On a retrouvé Léa morte le lendemain du match. C'était la plus fragile de la famille, une enfant de l'alcool, très influençable. Cela faisait deux ans qu'elle déconnait, mais on ne savait pas qu'elle se droguait. Elle arrivait à donner le change. Alors, imagine quand on a appris qu'elle avait fait une overdose. Yann était comme fou et, moi, j'étais anéanti. J'avais cru que grâce au foot je pourrais sortir ma famille de cette merde, mais j'avais tout faux. Deux jours plus tard, les keufs ont débarqué pour arrêter mon frangin.

— Qu'a-t-il fait ?

— Il a retrouvé le dealer de Léa et l'a tellement massacré que le mec est mort. Remarque, c'était un service rendu à l'humanité. Dans notre cité, les gens considéraient Yann comme un héros, mais le juge n'était pas de cet avis. Il a pris douze ans. C'était cher payé pour un homicide involontaire, mais il n'avait pas assez de thunes pour s'offrir un avocat digne de ce nom et, à l'époque, je n'en avais pas non plus. Il a pu sortir pour l'enterrement de Léa, mais il est arrivé avec les menottes aux poignets et les chaînes aux pieds, entouré par les flics.

— Parle-moi de ta petite sœur…

— Elle était très belle, souriait tout le temps et ne voyait jamais le mal nulle part. Son insouciance faisait partie de son charme, mais elle l'était sans doute trop. Je me suis longtemps reproché de ne pas avoir su l'empêcher de plonger dans cet enfer.

— Tu ne peux pas t'en vouloir pour ça.

— Tu crois ? Si j'avais été plus présent pour elle, j'aurais remarqué qu'elle filait un mauvais coton et j'aurais pu l'aider. Mais j'étais trop occupé à essayer de m'en sortir et j'ai oublié que mon devoir était de protéger ma petite sœur. Au moment où j'entreprenais une ascension professionnelle dont je n'aurais jamais osé rêver, grâce à ma passion, tout mon univers familial s'effondrait. Pour tenter de garder la tête hors de l'eau, j'ai bossé comme un fou et j'ai décidé de tourner le dos à toute cette boue. Je ne viens plus que très rarement dans le Nord. Mais mon frangin, je n'ai jamais réussi à lui pardonner de m'avoir abandonné, alors que j'avais tant besoin de lui. Nous étions si complices, presque fusionnels.

Elle reste pensive un long moment. Puis, elle finit par murmurer :

— Qui es-tu pour lui jeter la pierre ? Tu as expliqué toi-même qu'il voulait juste coller une trempe au type, pas le tuer.

Étonné, je me redresse sur un coude pour l'observer avec attention.

— Quoi ? Tu n'es pas choquée ?

— Je ne sais pas comment je réagirais s'il arrivait quelque chose à Mika, mais je suppose que j'aurais sûrement des envies de vengeance. Ne me dis pas que tu n'y as pas pensé à l'époque.

— Si, bien sûr. On avait même prévu une expédition punitive avec lui et Éric. Mais il a fallu que ce crétin y aille tout seul !

— Il a endossé la responsabilité d'aîné de la famille et vous a évité à tous les deux un paquet d'ennuis. Toi, tu as pu construire ta carrière, et Éric a conservé son commerce pour nourrir sa femme et ses enfants. Tu devrais le remercier, au lieu de lui en vouloir.

Là, je suis sur le cul. Son interprétation de la situation est complètement délirante.

— Et maintenant ? Où est-ce qu'il en est ? demande-t-elle, sans se rendre compte qu'elle m'a contrarié.

— Il est en taule depuis sept ans. D'après ce qu'Emma m'a dit, il va sortir dans quelques mois par le jeu des remises de peine. Il se tient à carreau. Il paraît même qu'il a repris des études. Mais il a besoin d'un taf. Selon elle, il faut qu'il quitte la région, pour ne pas risquer d'avoir des ennuis avec les proches du mec qu'il a buté.

— Je suis d'accord avec ta sœur. Tu vas l'aider à décrocher un travail pour se réinsérer, j'espère ?

— Euh…

— Si tu ne le fais pas, je m'en chargerai.

— C'est quoi cette manie de vouloir sauver toute ma famille ? Et puis, comment tu comptes t'y prendre pour lui dégoter un job, petite maligne ?

— Mon père est sénateur-maire de Vendôme. Je suis sûre qu'il pourra lui trouver un emploi là-bas, si je le lui demande.

Ben, merde alors ! Je me doutais que son paternel avait une bonne situation, elle fait trop princesse pour que ses vieux soient des pécores. Mais j'étais loin d'imaginer que c'était un homme politique. Décidément, elle a ce que j'appellerais une famille de rêve ! Car en plus des journalistes, je ne peux pas saquer les politicards. Ils sont tous plus menteurs les uns que les autres, et leur unique but est de se la couler douce aux frais du contribuable. Mais je garde mes commentaires pour moi. Inutile de la braquer davantage.

— Pas la peine de mêler ton père à ça. Je m'occupe de mon frère.

La détermination se devine aisément dans ma voix.

— Dans ce cas, commence par lui rendre visite et lui pardonner, ce sera un bon début. Sur ce, bonne nuit.

Puis elle me tourne le dos et éteint la lampe. Putain ! C'est vraiment le monde à l'envers, mais les poules auront des dents avant que je laisse une gonzesse me mener à la baguette.

Ella croit sans doute qu'elle a réussi à avoir le dernier mot, mais elle a tort. Je sais choisir mes batailles et celle-là ne me tente pas. M'engueuler ce soir avec elle et me gâcher le week-end, très peu pour moi. Seulement, qu'elle n'imagine pas pour autant que je suis à ses basques et que je me plierai à ses ordres, je ne suis pas un de ses patients.

Elle peut toujours compter dessus et boire de l'eau fraîche, songé-je juste avant de m'endormir.

22

Ella

— Tu es sûre que ça ne te dérange pas ? demande Nathan en me lançant un regard gêné.

On dirait que la nuit a bel et bien porté conseil. Alors que nous sommes attablés devant le petit déjeuner, mon petit ami vient de m'informer qu'il avait finalement décidé de rendre visite à son frère. Seul. Cela ne me pose aucun problème, au contraire. Je serais plus mal à l'aise qu'autre chose si je prenais part à cette rencontre au sommet.

C'est donc avec empressement que je le rassure.

— Bien sûr que non. Je vais faire les boutiques et je pourrai enfin me rendre dans cette immense librairie où tu as refusé de t'arrêter hier. J'en profiterai pour acheter des bouquins à Dylan.

— Ella, soupire-t-il, n'en fais pas trop pour lui. Tu n'es pas obligée de…

— Ah, mais je te coupe tout de suite ! Je vais passer des heures là-bas, parce que j'adore les livres. Tu n'aimes pas lire, toi ?

— Non, pas vraiment.

Il rougit presque en l'admettant. Ça me met toujours mal à l'aise, ce sentiment d'infériorité qu'il éprouve quand nous discutons. La plupart du temps, je fais comme si je ne remarquais rien. Mais là, c'est tellement flagrant que je ne peux pas l'ignorer.

— Et si je t'en achetais quelques-uns ? je propose sur un coup de tête.

— Quoi ? Nan, c'est pas la peine.

— Bouquiner développe l'imaginaire, et améliore le vocabulaire et l'orthographe. Laisse-moi t'aider à découvrir s'il y a un genre particulier qui peut te plaire.

Soudain, il paraît contrarié.

— Qu'est-ce que t'essaies de faire ? Me rendre moins con ?

— N'importe quoi ! Je souhaite juste te montrer qu'il y a un réel plaisir à la lecture. Mais si tu ne veux pas, je ne vais pas te forcer, tu sais…

— Fais comme tu le sens, mais ne me stresse pas, s'il te plaît.

— Tu appréhendes la rencontre ?

— Je… quoi ?

Flûte, il n'a pas compris la signification d'appréhender. Toutefois, je me garde bien d'émettre la moindre remarque. J'ai appris à composer avec l'orgueil exacerbé de Nath, et ça ne me dérange pas de faire comme si je ne me rendais compte de rien. Alors, je lui souris gentiment et décide de reposer la question plus simplement.

— Tu t'inquiètes ?

— Ouais. J'ai peur de sa réaction quand il me verra. Ça fait sept ans, quand même.

— Mais c'est ton frère et il t'aime.

— J'espère que tu as raison.

Une demi-heure plus tard, Nathan prend la direction du centre pénitentiaire, tandis que je pars vers le vieux Lille. Après des emplettes dans des magasins de fringues et de sous-vêtements, je me rends d'un pas alerte au Furet du Nord, la fameuse librairie. J'ai gardé le meilleur pour la fin. J'y reste deux bonnes heures. Entre les achats que j'effectue pour Dylan — une dizaine de romans jeunesse —, et les romances que je choisis pour Emma et pour moi, je ne vois pas le temps passer. La dernière heure est consacrée à l'opération « *Faisons découvrir les bienfaits de la lecture à Nathan* ». Lorsque je ressors, ma carte bleue est au bord de la dépression et mes bras peinent à porter mes paquets. Ce soir, je pourrai me gratter la plante des pieds sans me baisser, tellement ils sont sollicités !

Après une halte dans un salon de thé où je déguste des gâteaux appelés « merveilleux » et un cappuccino, je décide de commander un Uber pour me rendre à Roubaix. Là, je trouve sans mal la boulangerie de la sœur de Nathan. Quand elle me voit débarquer, croulant sous les sacs, elle s'élance dans ma direction pour m'aider. Nous nous installons dans l'arrière-boutique, pendant qu'une employée prend le relais.

— *Vin dious*, tu as fait des folies ! Je ne pourrai jamais te rembourser, s'écrie Emma en contemplant avec effroi la pile de livres que je viens de poser sur la table.

— Mais je ne veux pas que tu me rembourses.

— Je ne peux pas accepter. Ça me gêne.

— Écoute, ça restera entre toi et moi. Personne ne sera au courant, même pas Nathan. Mais laisse-moi aider ton fils.

— Et les romans Harlequin, c'est pour lui peut-être ?

— Non, mais si le petit te voit avec des bouquins, ça le décomplexera.

L'argument est capillotracté — traduisez tiré par les

cheveux —, mais elle tombe dans le panneau et ne proteste pas. Elle insiste pour m'offrir un café, et je lui raconte ma conversation d'hier soir avec Nathan, ainsi que sa décision de rendre visite à Yann. Elle prend ma main dans la sienne et murmure avec émotion :

— Tu fais du bien à mon frère. Il t'admire vraiment et ses yeux brillent quand il te regarde. Je peux t'assurer que ce n'est jamais arrivé. J'espère que vous resterez ensemble.

— Je ne sais pas. Il ne m'a rien promis et m'a bien expliqué que tout pouvait s'arrêter du jour au lendemain.

— Mais toi, tu n'en as pas envie, n'est-ce pas ?

Je réfléchis longuement avant d'admettre à mi-voix :

— Jamais je n'ai été autant attirée par un homme avant lui. Quand mon ex m'a quittée, j'ai cru que tout mon monde s'effondrait. Aujourd'hui, je me rends compte que c'était un béguin d'adolescente et rien de plus. Mais si ton frère en faisait autant, la douleur serait telle que je ne suis pas sûre d'être assez forte pour me relever. Et le fait qu'il ait ce pouvoir me fiche la trouille.

— T'es amoureuse de lui.

— J'espère bien que non !

— Ce n'était pas une question, juste un constat. Tu es folle de lui, c'est évident ! Mais vous, les jeunes, vous ne voulez surtout pas voir ce qui crève les yeux. Tout comme mon frangin serait incapable de reconnaître l'amour, même si on lui mettait le nez dedans !

Je ris, mais je n'en mène pas large. Si elle a raison, je suis dans une merde noire. Je repars quelques minutes plus tard, après lui avoir promis de la rappeler sans faute.

23

Nathan

La boule au ventre, je me dirige vers les lourdes portes en métal de la maison d'arrêt de Béthune. Durant le trajet, j'ai téléphoné pour m'assurer que j'avais un droit de visite. Heureusement, ma sœur avait déjà fait le nécessaire dans l'espoir que je finirais par changer d'avis. Il faut croire qu'elle a vu juste. En voyant qu'Ella était d'accord pour aider un inconnu, alors que moi, son frangin, je refusais de le faire, j'ai eu un électrochoc. Impossible d'accepter ça, ne serait-ce que par fierté. Et puis, je ne peux pas nier qu'il a toujours été présent pour moi. En toute honnêteté, sans lui, je ne serais rien. Il mérite bien que je le soutienne, pas vrai ? L'admettre a été compliqué, mais maintenant que c'est fait, me voilà prêt à tenter une réconciliation. On dirait bien qu'Ella est passée pro dans l'art de me faire changer d'avis.

Après des formalités administratives qui se transforment en séance d'autographes, on m'emmène dans une salle où se trouvent trois autres personnes, à des tables différentes. Le gardien m'indique une chaise près de celle qui reste libre et je m'y installe, horriblement mal à l'aise. Les grilles aux fenêtres me donnent l'impression d'étouffer et je commence tout juste à me rendre compte de ce qu'il endure.

Quelques minutes plus tard, une porte s'ouvre et quatre détenus entrent, menottés et entourés de matons. Quand mon regard croise celui de Yannick, je suis complètement tétanisé. Comment ai-je pu l'abandonner dans ce trou à rats pour mener la grande vie à Paris ? La honte me submerge comme un tsunami.

Mon frère est un grand gaillard, il me dépasse d'ailleurs de quelques centimètres. Nous ne nous ressemblons pas vraiment, car ses cheveux sont plus sombres que les miens et il a les mêmes yeux gris que notre mère. Il est également plus massif que moi, même si ce n'était pas le cas avant son incarcération. Il doit pratiquer assidûment la musculation depuis qu'il est ici. C'est un super beau mec qui faisait un carnage auprès des filles, lorsqu'il était encore en liberté.

Pendant une seconde, il hésite, puis finit par avancer pour s'asseoir en face de moi. Il reste silencieux, mais ses yeux ne me quittent pas. Je dois être plus rouge qu'une tomate, tellement je suis embarrassé. Et il ne fait rien pour me mettre à l'aise. En même temps, à sa place, je jouerais aussi au con. Ce n'est qu'un juste retour des choses.

La tête baissée pour admirer mes ongles avec fascination, je bégaie :

— Sa… salut…

Au bout d'un moment, durant lequel il ne pipe mot, je me force à lever les yeux pour le regarder. Sur son visage, je ne lis aucun reproche, simplement la bienveillance d'un grand frère pour son cadet. Les larmes me montent aux yeux et avant que j'aie eu le temps de dire ouf, je me retrouve à chialer comme une gonzesse. Les mains de Yann se posent sur les miennes pour me réconforter. J'ai déconné comme le crétin arrogant que je suis et il me console. C'est vraiment le monde à l'envers, je ne mérite certainement pas autant d'indulgence.

— Je suis tellement désolé, Yann ! Putain, tellement désolé ! Je suis un gros babache de merde !

— Pourquoi tu t'excuses ? Ce n'est pas toi qui m'as collé en taule, que je sache. J'y suis allé tout seul, comme un grand.

Je m'essuie rapidement les yeux avec ma manche, avant de lui poser la question qui me hante depuis sept longues années.

— Pourquoi t'as fait ça ? Pourquoi tu t'es rendu là-bas tout seul ?

— Il y avait des rumeurs dans la cité, une histoire de vidéos concernant Léa. Je voulais en avoir le cœur net, alors je suis passé chez Tony, sans savoir que ce blaireau de Manu serait dans le coin. Tony m'a raconté que cette enflure avait mis des vidéos en ligne sur un site de cul. Il obligeait Léa à se prostituer pour obtenir sa dose. Il la filmait à son insu quand elle se faisait sauter par une dizaine de mecs, alors qu'elle était complètement stone. En voyant que je ne le croyais pas, il me les a montrées et j'ai reconnu notre cave. Au moment où je repartais de chez lui, j'ai croisé l'autre taré dans un couloir entre deux étages et j'ai pété les plombs. Je lui ai défoncé sa face de rat et je ne le regrette pas un instant. Par contre, je n'avais pas prévu que ce débile se fracasserait dans l'escalier. Voilà, tu sais tout et si tu avais pris la peine de venir me voir avant ou d'être présent à mon procès, tu serais au courant depuis longtemps. C'est simple, depuis le moment où j'ai été arrêté, tu as complètement disparu de ma vie. Ça a été raide d'être abandonné par mon petit frère dont j'étais si proche.

Je sens une pointe de rancœur dans sa voix, mais je ne peux pas le lui reprocher. Je suis trop choqué pour ça, de toute façon. Putain, mais j'aurais fait exactement pareil et même pire si j'avais su que ma petite sœur apparaissait dans des vidéos porno. Les larmes inondent à nouveau mes joues.

— Arrête de te rendre malade, Nath. Ce qui est fait est fait. C'est normal que je sois en taule, j'ai tué un mec, même si je ne l'ai pas voulu. Il faut regarder devant nous, pas derrière. Ruminer ne sert à rien.

— Comment tu peux être aussi zen ?

— Crois-moi, depuis sept ans, j'ai eu le temps de réfléchir à la question. Quand je suis arrivé ici, j'étais salement amoché. J'ai failli me foutre en l'air. Mais quelque chose m'en a empêché.

— Quoi ?

— La rage de vivre.

Je souris à travers mes pleurs. Ce mec a le sens de la formule, y a pas à dire.

— J'ai repris mes études, il y a deux ans. C'était ça ou devenir complètement dingue. C'est qu'il y a de sacrés cas ici. J'ai eu le brevet des collèges en juillet et, si je me débrouille bien, dans deux ans, je pourrai passer mon bac.

— Emma m'a expliqué que tu allais sortir sous peu. C'est vrai ?

— Ouais, si je trouve un taf. Mais c'est pas évident, parce qu'on ne se bouscule pas pour embaucher un ex-taulard en conditionnelle, sans le moindre diplôme.

— Justement, j'ai deux propositions à te faire. La

première, c'est que tu me rejoignes à Paris. Tu pourrais être mon assistant et…

— Et quoi ? Je devrai ramasser ta merde ? Tu ne crois pas que je t'ai assez torché le cul quand t'étais un têtard qui braillait à longueur de journée ?

— Non, tu t'occuperais de la paperasse, des réseaux sociaux, des contrats publicitaires, ce genre de choses. Je n'ai pas besoin d'une bonniche, je sais me torcher le cul tout seul. Ce qu'il me faut, c'est un secrétaire en qui j'ai toute confiance. Tous ces trucs, ça me prend trop de temps ! Tu pourrais t'installer chez moi, l'appartement est assez grand pour nous deux.

— Et la deuxième option ?

Je ne comprends pas pourquoi il veut la connaître. Je lui offre un job en or, il devrait sauter sur l'occasion.

— Ma copine a proposé de parler à son père. C'est un politicard et il pourrait te trouver un poste à Vendôme, la ville dont elle est originaire. Ne me demande pas où ça se situe, j'en sais foutrement rien ! Je me souviens juste du nom, parce que c'est une marque de chocolats.

— T'as une copine, toi ? Je ne le crois pas !

— Eh ouais ! Elle est chouette. C'est un petit génie.

— Comment ça ?

— Elle est surdouée. Elle a eu son bac à treize ans, tu te rends compte ? Elle est chirurgienne et elle n'a que vingt-trois ans.

— Waouh !

— Comme tu dis. En fait, je me sens comme un parfait crétin dès qu'elle ouvre la bouche, mais elle est tellement mignonne et sympa que j'essaie de ne pas trop y penser.

— Jolie, gentille et futée. C'est le tiercé gagnant, ça !

— Je dirais plutôt belle, adorable et hyper intelligente.

— Hey, mec, tu ne serais pas un peu mordu ? Jamais je ne t'ai entendu parler d'une fille de cette manière.

Ses paroles résonnent étrangement en moi. Est-ce que je suis amoureux d'Ella ? Sincèrement, je n'en sais rien. Il y a une semaine, j'aurais clairement dit non. Mais aujourd'hui, je n'ai plus aucune certitude.

— Bon, alors ? Quelle option tu choisis ?

Yann rit et, pour la première fois, je retrouve mon frère dans ce type aux traits marqués, qui paraît vieux avant l'âge, alors qu'il n'a que vingt-huit ans.

— Je crois que je vais accepter le poste de secrétaire du joueur le plus populaire du PSG. Ses arguments me semblent plus percutants. Mais préviens ta nana que si tu me gonfles trop, il se peut que j'aille faire un tour dans sa ville.

— Tope là !

Nous faisons un *high five* en nous marrant, puis nous parlons encore de choses et d'autres. Je lui explique pour Dylan et il a l'air de plus en plus impressionné par mon petit génie. Quand je sors mon smartphone pour lui montrer une photo d'elle, il reste sur le cul. Elle est si belle…

Trop vite, un gardien approche pour nous indiquer que l'entretien est terminé. J'en suis le premier désolé, car j'ai encore un tas de choses à lui raconter, mais ce sera pour une prochaine fois.

— Allez, frérot, avant la fin de l'année, je serai dehors.

— Je vais embaucher le meilleur avocat de la région pour qu'il accélère la procédure. Et je t'attendrai à la sortie. Je n'ai peut-être pas été présent ces dernières années, mais je vais me rattraper.

— Arrête. Tu crois que j'ignore d'où vient le fric envoyé par Emma tous les mois ? Tu me prends pour un babache ? Et puis, tu es ici, non ? C'est l'essentiel. Ne pense à rien d'autre.

Après une accolade bien virile, je le regarde partir, soudain triste. Il faut que je le sorte de là, y a pas à chier. Pourtant, dès que j'ai quitté cet endroit sinistre, je m'aperçois que je me sens bien mieux que je ne l'ai été depuis fort longtemps. Lui rendre visite et renouer le lien si fort qui nous unissait a été une excellente décision. Et une fois de plus, c'est à Ella que je le dois. J'ai hâte de tout lui raconter. Je suis sûr qu'elle sera de bon conseil pour la suite, notamment sur le choix d'un avocat.

Un sourire de benêt aux lèvres, je reprends la direction de Lille, soudain pressé de la revoir. Et si Yann était dans le vrai ? Si j'étais amoureux d'elle ? Au fond, ce ne serait pas la fin du monde, si ?

24

Ella

Quand j'arrive à l'hôtel, juste avant 16 heures, Nathan est déjà de retour et en train de s'énerver au téléphone.

— Écoutez, démerdez-vous comme vous voulez, mais faites-le sortir le plus vite possible. Je me fous de combien ça coûtera. Je crois qu'il a assez payé pour ce qui n'était qu'un accident, dans le fond.

Peu après, il raccroche et se tourne vers moi avec un immense sourire. Chargée comme un mulet, j'avance vers le canapé, mais il m'intercepte pour me prendre les sacs et les déposer sur le fauteuil.

— Bon sang, mais tu as acheté quoi ? Une enclume ? Des pavés ?

— Haha, non, je me suis procuré de l'humour. Le vendeur m'a conseillé d'en prendre à la tonne, quand je lui ai expliqué que tu étais le champion des vannes pourries !

Et toc ! Nathan éclate de rire et me rejoint en deux enjambées pour m'enlacer.

— Merci, chuchote-t-il, le visage enfoui dans mes cheveux.

— Pour quelle raison ?

— De m'avoir forcé la main pour rendre visite à mon frère. Tu n'imagines pas le bien que ça m'a fait de le revoir.

— Vous avez pu régler vos problèmes ? Ou au moins en parler ?

— Ouais. J'ai chialé comme un gosse et il m'a consolé. Quand on sait que depuis sept ans je l'ai ignoré purement et simplement, t'avoueras que c'est minable comme comportement.

— Je ne te juge pas, tu avais tes raisons et tu n'as sans doute pas compris les siennes. S'il t'aime, il pardonnera.

— Tu dis toujours les bons mots au bon moment. Qu'est-ce que je ferais, si tu n'étais pas là ?

— Exactement ce que tu faisais avant de me connaître. Ne me donne pas plus d'importance que je n'en ai.

Ses grandes mains saisissent mon visage de chaque côté pour m'obliger à le regarder. Dans ses yeux brûle une flamme que je n'avais jamais vue.

— Et pourtant, j'ai l'impression de ne plus pouvoir me passer de toi, susurre-t-il.

— J'ai beaucoup de mal à te croire. Je sais comment tu fonctionnais avant. Tu es un électron libre et tu finiras par te lasser d'être en couple.

— C'est ce que tu crois ?

— Oh ! Mais j'en suis sûre. Je te rappelle que le jour où je t'ai rencontré, tu t'apprêtais à te taper deux filles simultanément.

— Ça, c'est un coup bas ! Comment je peux te faire changer d'avis ? Comment te prouver que tu as tort et que tu es très importante pour moi ?

Je ne réponds pas, parce qu'il n'a aucun moyen d'y

parvenir, c'est une cause perdue. Depuis le début, j'attends et je redoute en même temps le moment où tout se terminera entre nous.

— Ça arrivera, quoi que tu dises aujourd'hui. C'est inévitable et, au fond de toi, tu le sais.

— Non, je n'en sais rien et je t'interdis de parler comme ça. Tu es peut-être un cerveau, mais tu n'es pas voyante extralucide. Alors, arrête de me penser capable du pire et fais-moi confiance. J'ai besoin que tu y croies autant que j'y crois moi-même.

Puis, avant que j'aie eu le temps de protester, Nath me soulève et m'emporte vers le lit. C'est sa façon à lui d'esquiver une discussion qui ne lui convient pas.

Ses lèvres viennent chercher les miennes à la seconde où il me pose sur le matelas. Mais pour la première fois, j'ai un peu de mal à le suivre, préoccupée par ce qu'il vient de dire. Je refuse qu'il s'emballe pour faire machine arrière ensuite. Ça me briserait le cœur. La seule raison qui m'a empêchée de voir au-delà de notre attirance physique, c'était cette certitude absolue qu'il ne m'aimait pas et qu'il ne m'aimerait jamais. Ce n'est pas un reproche. Simplement, je pensais qu'il traînait trop de casseroles pour en être capable. Et maintenant, le voilà qui commence à me balancer toutes sortes de sous-entendus sur l'importance que j'ai dans sa vie. Je me connais, je sais que je pourrais facilement tomber dans le panneau et laisser les sentiments me submerger. Et là, s'il lui prenait l'envie de me quitter, bonjour les dégâts ! Ce serait un désastre, un million de fois pire qu'avec Zahed. Il doit sentir que je suis sur la réserve, car il saisit mon menton d'une main pour m'obliger à le regarder, une fois de plus. La sincérité que je lis sur son visage me trouble, mais je dois m'en tenir à mes résolutions, je ne peux pas me permettre de souffrir.

— Tu es à moi, Ella, et je veux te garder, même si tu es persuadée du contraire.

Sa bouche vient à nouveau se poser sur la mienne et sa langue force le passage, comme pour me prouver à quel point il est sérieux. Pendant ce temps, ses doigts se promènent sur mon corps par-dessus mes vêtements qu'il se dépêche de me retirer. Je ne suis pas en reste, puisque j'en fais autant. Lorsque nous sommes enfin nus, peau contre peau, je ne peux retenir un gémissement de bonheur. Son contact me fait toujours autant d'effet, si ce n'est plus. J'adore la façon dont il me touche, avec délicatesse, mais aussi avec fougue.

Ses lèvres glissent pour titiller ces zones si sensibles de mon cou et de ma gorge. Il sait exactement où insister pour me mettre dans tous mes états. En moins de temps qu'il ne faut pour le dire, j'ai déjà oublié tout ce qui m'entoure. Et il ne s'est pas encore attaqué aux endroits stratégiques…

Rapidement, il descend vers ma poitrine. Il sait à quel point j'aime ses caresses à cet endroit. Sa langue cherche mes mamelons pour les faire durcir. Mais cela ne semble pas lui suffire car très vite, il les tète avec force et je suis au bord de l'orgasme. Puis, il bifurque vers mon nombril. Habituellement, arrivé là, il mordille mes hanches et finit par remonter, mais pas cette fois.

Oh, mon Dieu ! Il va le faire !

Il continue à descendre jusqu'à se retrouver agenouillé au pied du lit. Après avoir placé mes cuisses sur ses épaules, il souffle doucement sur mon sexe gonflé par l'excitation. Les sensations sont tellement divines que je suffoque. Quand sa langue entre en jeu, je m'agrippe aux draps, tellement c'est intense. Avec deux doigts, il écarte les replis et se met à me laper avec la précision d'un virtuose. Seigneur ! C'est si bon que je n'en peux déjà plus, je suis sur le point d'exploser. Il glisse alors ses doigts en moi pour les mouvoir en cadence pendant qu'il poursuit sa délicieuse torture, désormais totalement concentrée sur mon clitoris. À travers un brouillard, j'entends des cris et il me faut quelques secondes pour comprendre qu'il s'agit de ma propre voix. Sa main libre remontre vers mes seins et en saisit un avec rudesse. C'en est trop pour moi. Entre son majeur et son index qui bougent en moi, sa langue magique qui agace ma chair si sensible et sa main qui pince mon mamelon, je ne sais plus où j'en suis. Alors, quand il attrape mon clitoris entre ses dents pour le sucer, j'explose. J'ai l'impression d'être dans l'œil d'un cyclone, tellement je suis dévastée par le plaisir. Il continue pendant un moment, avant de se redresser et de s'asseoir, adossé contre la tête de lit en velours.

— Viens, je te veux sur moi.

J'attends qu'il enfile un préservatif, mais à ma grande surprise, il me tire vers lui sans se protéger.

— La capote ? je souffle, toujours indécise.

— Non, ce soir, c'est peau contre peau. Plus besoin de ça.

— Tu en es certain ?

Je prends la pilule, il n'y a donc aucun risque. Pour autant, je n'ai pas très envie qu'il me reproche quoi que ce soit par la suite.

— Absolument. Ce sera une première pour moi, mais tu le vaux bien. En fait, tu vaux que je piétine toutes mes règles.

Je souris tellement que j'ai sans doute l'air d'avoir un cintre dans la bouche. Je le chevauche sans la moindre hésitation. Ses mains sur mes hanches me guident et c'est avec un bonheur sans commune mesure que je me laisse glisser sur son sexe si massif. Et c'est juste hallucinant d'intensité.

— Putain, Ella, c'est tellement *tellement* meilleur comme ça ! On dirait que ta chatte est faite pour ma bite.

Bon, pour l'élégance, on repassera ! En même temps, c'est le vrai cri du cœur et ces mots à la fois crus et grossiers m'excitent comme jamais.

Doucement, nous bougeons, savourant ce moment hors du temps, sans jamais cesser de nous embrasser avec fougue. J'ai l'impression que nos bouches sont aimantées, que ma langue ne peut plus se passer de la sienne.

Mais très vite, cela ne me suffit plus. J'ai besoin que les choses s'accélèrent. Alors, je m'écarte et pose les mains sur ses genoux pour y prendre appui. La dernière image que je vois avant de rejeter la tête en arrière, ce sont ses prunelles, tellement enflammées que j'ai l'impression qu'elles transforment le sang qui court dans mes veines en lave.

— Oh bordel, t'es divine ! Si belle, si belle…, geint-il.

Mes cheveux caressent ses cuisses et je le sens frissonner violemment, tandis que je continue à glisser sur lui de haut en bas. Nous demeurons un moment comme ça, à bouger en cadence, avant qu'il m'attrape pour me rapprocher de lui. Un bras autour de ma taille, l'autre main m'immobilisant la nuque, Nathan se met à aller et venir à un rythme complètement dément.

— Ella, vas-y, gémit-il. Je n'en peux plus !

Sa voix suppliante signe ma perte. Ce besoin qu'il a de moi et cette urgence que je perçois dans son timbre me procurent un plaisir cataclysmique. La seconde suivante, mon corps se crispe, tandis qu'il accélère encore. À peine mon sexe se contracte-t-il autour du sien avec force qu'il éjacule dans un rugissement. Accrochée à ses épaules comme si ma vie en dépendait, je jouis plus fort que jamais auparavant. Toutes nos parties de jambes en l'air sont fantastiques, mais celle-là est clairement au-dessus du lot. Tellement plus, tellement tout ! Nous restons longtemps tétanisés. Je crois pouvoir dire sans trop m'avancer que Nathan a ressenti les émotions avec autant d'intensité que moi.

— Nom de Dieu ! grogne-t-il, le visage niché dans le creux de mon cou.

— Comme tu dis…

Finalement, je m'oblige à me redresser, quand un début de crampe commence à raidir ma cuisse. Puis je me lève pour filer dans la salle de bains, où il me rejoint.

L'inconvénient, lorsqu'on n'utilise pas de préservatif, c'est qu'on s'en colle partout ! je songe avec amusement, en effectuant une toilette rapide.

Encore un peu sonnés, nous nous allongeons à nouveau. Aucun de nous ne parle, appréciant la sérénité de l'instant.

Au bout d'un petit moment, les yeux de Nathan se posent sur mes courses.

— Tu as acheté quoi, alors ? La collection des bottins depuis ta naissance ? s'enquiert-il avec humour.

Je me redresse et enfile son T-shirt qui traîne par terre. Je récupère les sacs, puis je m'agenouille sur le lit, près de lui.

— Je suis passée à la boulangerie de ta sœur.

— Ah bon ? Pourquoi ?

— Je lui ai apporté des livres pour Dylan et j'en ai pris pour elle au passage. J'avais remarqué qu'elle en avait quelques-uns sur la table du salon. Alors, j'ai décidé de compléter sa collection.

— Et elle a accepté ? demande-t-il avec étonnement.

— Je lui ai présenté ça comme une manière de se rapprocher de Dylan, en lui expliquant que ça leur ferait une activité commune.

— Pas mal. T'es une petite futée, toi ! Sauf qu'ils ne

risquent pas de comparer leurs lectures, ma frangine n'aime que les livres de cul, dit-il d'un air moqueur.

— Les romances. Je ne vois pas ce que tu as contre ce genre de littérature. J'en dévore également.

— Vraiment ? Je suis déçu !

Je lui donne une pichenette dans les côtes, et sors les ouvrages que j'ai choisis pour lui.

— Comme je ne connais pas tes goûts, j'ai pris un peu de tout.

— Sincèrement, j'ignore ce qui pourrait me brancher. Je n'ai pas eu de bouquin entre les mains depuis un bail et ça devait être une notice explicative pour un jeu vidéo.

Sans tenir compte de sa remarque, je continue sur ma lancée :

— Donc, j'ai sélectionné une BD de Boule et Bill et une autre d'Astérix.

— Tu me prends pour un gosse ? Tu crois que je ne sais pas lire et que je vais regarder les images ?

— N'importe quoi ! Qu'est-ce que c'est que ces idées préconçues ? Il y a des millions d'adultes qui adorent les bandes dessinées ! J'ai aussi choisi un manga, au cas où. Ensuite, je te propose le *Da Vinci Code*, un classique. C'est un thriller et un très bon roman. J'ai ajouté *Christine*, de Stephen King. C'est fantastique et ça fait un peu peur, du moins c'est ce que j'ai ressenti quand je l'ai lu il y a quelques années. Je t'ai aussi pris une biographie de Sócrates.

Je vois à son regard épouvanté qu'il n'a pas compris à qui je fais référence.

— Je parle du footballeur brésilien, pas du philosophe grec.

Il rit, visiblement soulagé.

— Tu connais Sócrates, toi ?

— Bien sûr. Il était médecin en plus d'être milieu de terrain. Tu le savais ?

— C'est moi ou tu es en train de devenir une petite experte en foot ?

— J'essaie de comprendre ta passion, est-ce une mauvaise chose ?

Nathan me sourit avec tendresse et lève la main pour caresser ma joue. J'adore ce moment hors du temps.

— Au contraire, c'est génial. Ça prouve que tu t'intéresses à moi pour autre chose que pour mon corps de rêve.

— N'importe quoi ! Bon, alors, tu étais au courant qu'il était médecin, ou pas ?

— Non. J'ai rencontré son frère, Raï, une fois. C'est un mec super calé.

— Sócrates l'était aussi. Pour finir, j'ai choisi un récit à propos du scandale de la FIFA.

Nathan m'observe avec l'air d'être incroyablement heureux.

— Tu t'es donné beaucoup de mal pour moi. Et aussi pour Emma et Dylan. Pourquoi ?

— J'adore lire, j'aime les sensations que cela me procure, parce que j'oublie tout pour m'immerger dans l'histoire. Depuis que je suis enfant, je dévore des romans comme d'autres des barres chocolatées. J'apprends, je rêve, je me détends.

— Mais tu es consciente que tu as peut-être acheté tout ça pour rien ?

— Je ne pense pas. Et puis, tu ne peux pas savoir si tu aimes lire ou non tant que tu n'as pas essayé plusieurs genres différents.

— C'est comme toi.

— Comment ça, comme moi ?

— T'essayer, c'est t'adopter !

Je me marre et commence à ranger les livres dans le sac, lorsque Nathan avise celui que je n'ai pas ouvert.

— Et ça ? demande-t-il, curieux.

— Ce sont les bouquins que j'ai pris pour moi.

Il s'en empare et les sort pour les examiner avec attention.

— C'est quoi ?

— Il s'agit du témoignage d'un urgentiste. Je me pose beaucoup de questions, alors peut-être que ce récit m'aidera à y voir plus clair.

— Quelles questions ?

J'hésite vaguement, mais je suis certaine que Nathan ne me jugera pas. Alors, je lui confie ce qui me tracasse depuis avant-hier.

— Mon père rêve de me voir neurochirurgienne, mais…

— Ce n'est pas ton truc, finit-il à ma place.

— Voilà. J'ai choisi la chirurgie pour lui faire plaisir, sauf que, dans le fond, je ne sais pas si c'est vraiment ce que je veux. La médecine, oui. Mais opérer à la chaîne pendant tout le reste de ma vie, bof.

— Quel rapport avec ce livre ? demande-t-il en le feuilletant distraitement.

— Quand j'ai été mutée aux urgences, je l'ai très mal pris. On me disait que ce n'était pas ma faute, mais j'ai malgré tout été transférée dans un service bien moins intéressant en apparence.

— T'as eu l'impression que c'était une sanction ?

— Exactement. Mais, bizarrement, une fois que j'ai commencé à bosser, j'ai éprouvé une sensation très étrange. C'était comme si j'étais à ma place. Tu comprends ?

— Je crois.

— J'ai redécouvert le contact humain, le plaisir de soigner des patients, de courir de l'un à l'autre et de me sentir utile. Toutes les raisons pour lesquelles j'ai voulu être médecin. Et depuis, je n'arrête pas de me dire que je ferais peut-être mieux de laisser tomber la chirurgie pour devenir urgentiste.

— Est-ce que ça te rajouterait des années d'études ?

— Oui, mais rien d'insurmontable. En deux ans, ce serait terminé. C'est une spécialisation comme les autres, mais beaucoup moins prestigieuse. Et puis, je resterai quand même habilitée à effectuer des interventions qualifiées de légères.

— C'est con, si tu avais su…

— Non, ce que j'ai appris dans mon cursus me servira toujours, ce n'est pas le souci.

— Dans ce cas, c'est quoi ton problème ?

— Mon père…

Il ne fait pas de commentaire et je lui en suis reconnaissante. Je n'ai aucune envie d'évoquer le tout-puissant Georges Moreau.

— Et tu penses qu'un témoignage comme celui-là va te permettre de trouver ta voie ?

— Au moins, j'aurai une idée plus précise de ce que ça implique. Parce que, si je veux bifurquer, il ne faut pas que je traîne. Je dois me décider avant le mois de septembre.

Nathan a attrapé deux autres livres qu'il feuillette tranquillement.

— Et ça ? *Dark Romance* et *Bad Romance* ? Alors, c'est vrai ? Tu lis ces trucs, toi aussi ?

— Oui, monsieur ! Et je t'interdis de dénigrer.

Mais il ne m'écoute déjà plus, plongé dans le roman.

— C'est bien ce que je disais : un bouquin de cul.

— Mais non !

— Elle est en train de se faire baiser par deux mecs en même temps dans un hammam ! T'appelles ça comment, toi ?

Je suis soudain saisie d'une crise de rire incontrôlable et je réalise que notre conversation m'a fait un bien fou. J'essaie de lui arracher l'ouvrage des mains, mais il tend le bras pour le mettre hors de ma portée.

— Rends-le-moi !

— Ça ne va pas ? Je tiens à terminer cette scène, c'est trop excitant. Prépare-toi, dans trois minutes, je serai dur comme du bois.

— Nathan !

— Ben quoi ? Tu voulais que je lise ? C'est exactement ce que je fais. Alors, arrête de râler et prends des forces, parce que dès que j'aurai fini je te saute dessus.

— À cause d'un livre ?

Je lève un sourcil ironique.

— Non, parce que t'es trop belle dans mon T-shirt.

Cinq minutes plus tard, les bouquins sont tous par terre et on n'entend plus que nos gémissements.

25

Nathan

— Arrête de stresser, je murmure en posant ma main sur son genou, alors que nous sommes stoppés à un feu.

— Parce que tu n'es pas inquiet, toi ?

Je pivote vers Ella et me penche pour l'embrasser rapidement sur les lèvres. Depuis notre retour de Lille, il y a deux semaines, notre relation a encore pris une nouvelle tournure et j'adore ça. Nous ne nous quittons quasiment plus, sauf pour le boulot. La voyant particulièrement stressée, je tente de la rassurer.

— De toute façon, ce n'est pas comme si on avait le choix. Les photos sur les réseaux sociaux se font de plus en plus nombreuses et les rumeurs courent, même si on est prudents.

Pour la première fois de ma vie, j'ai vu un avantage à avoir une journaliste dans mon entourage. En effet, Mika nous a informés avant-hier que, dès le lundi suivant, nous allions faire la une d'une revue people à gros tirage. Si Ella a été épouvantée, pas moi. Je ne peux plus me passer d'elle et je me fiche que tout le monde soit au courant. Mais ma chérie a considéré les choses sous un autre angle, avec son esprit terre à terre. Elle a songé à ses parents et a décrété qu'ils ne devaient pas l'apprendre de cette manière.

D'après ce qu'elle a laissé entendre, son père a pris de nombreuses décisions à sa place jusqu'à présent et si elle le respecte, elle semble aussi le craindre. Quant à sa mère, elle l'adore, mais une partie d'elle lui en veut de ne jamais avoir osé braver son mari, notamment quand il a fallu la mettre dans cette école pour petits génies.

Ma compagne a l'air de venir d'une famille équilibrée et soudée, quand moi j'ignore seulement ce que ça signifie. Prétendre que je n'appréhende pas — héhé, vous avez remarqué que mon vocabulaire s'enrichit de jour en jour ? — de rencontrer ces gens serait mentir. Mais je ne m'aplatirai pas devant eux juste pour leur plaire. Je sais qui je suis et ce que je vaux. Arrogant un jour, arrogant toujours, râlerait probablement Ella avec humour si elle m'entendait parler de cette façon.

Depuis que j'ai décidé de laisser une chance à notre relation, je suis un autre mec. Côté cul, c'est immanquablement le nirvana. Mais il n'y a pas que ça. J'apprends tous les jours avec elle, et chaque soir je me couche en me disant que je suis moins con que la veille. C'est une sensation très agréable. Grâce à elle, je lis régulièrement et nous avons pris l'habitude d'échanger nos bouquins pour en discuter après, y compris le fameux *Dark Romance*. De la même manière, j'ai réussi à la convertir aux jeux vidéo. Si elle était nullissime quand elle a commencé, elle est devenue redoutable, surtout s'il faut faire preuve de stratégie.

— Tu ne comprends pas, mon omnipotent de père est si sérieux.

— Halte là ! Tu m'as perdu en cours de route. Omnipotent ?

Je n'éprouve plus aucune gêne à lui signaler que je ne connais pas un mot. Au début, c'était galère, mais elle m'a tellement rabâché qu'il n'y avait pas de mal à ça que j'ai fini par l'accepter. Mais je vous rassure, je l'interromps de moins en moins souvent.

— Ça veut dire qui est tout-puissant, dont l'autorité n'a pas de limites.

— Putain, ça promet !

— Ce n'est pas de te présenter à ma famille qui me pose problème, même si je sais déjà que mon père n'aimera pas le fait que tu sois plus célèbre que lui. Ce qui me fait peur, c'est sa réaction quand je lui annoncerai que je désire devenir urgentiste.

Ah oui, c'est la dernière nouveauté en date ! Ella a enfin trouvé ce qui la fait vraiment kiffer. J'en suis très heureux pour elle et Mika aussi. Mais il semblerait que nous soyons les seuls.

— Ta sœur sera là pour te soutenir.

— Mouais… si elle vient.

— Si c'est si difficile pour toi de le lui avouer, alors ne lui dis rien ! Tu as vingt-trois ans, tu es assez grande pour décider de ta vie, non ?

— Je dois valider mon inscription à la fac la semaine prochaine. Comment je peux le lui cacher alors que le directeur de l'université est un de ses meilleurs amis ? Il finira nécessairement par l'apprendre.

Nous arrivons une demi-heure plus tard. La ville est charmante, pour le peu que j'en vois, et la résidence des Moreau est absolument superbe. Il s'agit d'une belle maison couverte de lierre et entourée d'un vaste parc.

Dès que nous sonnons et que son paternel nous ouvre, je sais que le courant ne passera pas. Bon, ça, j'aurais déjà pu le prédire. Je me suis renseigné sur le bonhomme : j'ai fait des recherches sur internet, et ce que j'ai appris m'a juste bien écœuré. Il est membre d'un parti de droite, mais quand on entend ses discours, on se dit qu'il aurait plutôt sa place dans le groupe le plus extrême. Dans le genre vieux facho, il se pose là.

— Tiens, une revenante ! Bonsoir, ma fille, s'exclame-t-il en nous regardant de travers.

Ça commence fort !

— Bonsoir, papa.

Nous entrons dans un grand hall où on me présente Mme Moreau, à qui Ella ressemble beaucoup physiquement, et un de ses frères qui est en France en ce moment. Un avocat à ce qu'il paraît. Il s'appelle Bernard-Henri — ne cherchez pas, moi j'ai renoncé à piger pourquoi des parents sont assez cruels pour donner de tels prénoms à leurs mioches —, mais tout le monde le surnomme Harry, comme le fils de la famille royale britannique. C'est dire qu'ils se prennent pour l'élite de l'élite. Bande de blaireaux ! En plus, ce mec a une tête qui ne me revient pas du tout. Il pue le snobisme et le mépris. Tout ce que je déteste. Comme Mika, il a hérité des traits de leur père, un grand blond au regard sombre, plutôt pas mal pour son âge. Malheureusement pour eux, leur air hautain et leurs manières les rendent immédiatement antipathiques.

— Mika n'est pas encore arrivée ? s'enquiert Ella, après avoir embrassé sa mère.

— Elle ne viendra pas, elle a eu un imprévu de dernière minute. Tu sais comment elle est…

À voir la grimace de miss génie, je comprends que le lapin de sa jumelle ne lui plaît pas. Je suppose qu'elle espérait son soutien. Il va donc falloir qu'on gère ça à deux, mais je suis sûr qu'on peut le faire.

— Papa, maman, je vous présente Nathan, mon petit ami.

— On sait qui il est, commente son connard de frère avec ironie.

Nous entrons dans le salon et je me rends alors compte qu'aucun d'eux ne m'a salué ou serré la main.

À part ça, les bonnes manières, ils connaissent ?

Je ne suis peut-être pas un intello dans leur genre, mais au moins, je suis capable de faire preuve d'un minimum de courtoisie. Même Emma nous a mieux reçus et ce n'est pourtant pas une pro du savoir-vivre.

Je m'installe sur le canapé, tout près d'Ella. Puis, avec un regard chargé de défi, je saisis le poignet de ma belle pour entrelacer mes doigts aux siens. Le paternel a l'air carrément en pétard, mais ne moufte pas.

Tiens, prends ça dans les gencives, vieux schnock !

— Donald a téléphoné ce matin, indique sa mère.

Je pouffe — les nerfs, sans doute — et demande :

— Quoi ? Donald, comme le canard ?

Ella rougit et ferme les yeux.

Quoi, qu'est-ce que j'ai dit ?

— Non, Donald, comme le frère aîné d'Ella, rectifie sa daronne d'un ton sec.

Oh putain ! Mais je suis où ? Chez les Trump ? Pincez-moi, je rêve ! Ces culs-terreux ont appelé leur gosse Donald ! Je suis obligé de me mordre la lèvre jusqu'au sang pour retenir un fou rire qui serait mal perçu. Déjà que je ne suis visiblement pas en odeur de sainteté… Pour me calmer, je cherche des jeux de mots pourris avec Harry. C'est nullissime, mais j'en suis rendu à ça, tellement je m'emmerde. Quelle tristesse !

— Alors, Nathan, comment ça se passe au PSG ? demande Harry *Cobeur* — haha —, après un silence qui devenait carrément gênant.

Décidant d'en foutre plein la vue à ce crétin arrogant, je réplique aussi sec :

— Parfaitement bien. J'évolue dans le meilleur club français, j'occupe un attique avenue Montaigne et je gagne des fortunes pour jouer à un sport que j'adore. Ma vie pourrait être pire. Et toi ?

Ella se raidit à mes côtés. Je suppose qu'elle n'approuve pas ma réponse, mais je m'en fiche. Si je m'écoutais, je la jetterais sur mon épaule et je me barrerais le plus vite possible pour mettre un maximum de distance entre nous et ces bouffons. Heureusement que leur fille n'est pas de la même veine, parce que je l'aurais jarretée depuis un moment.

— Cette manie qu'ont les sportifs de se vanter ! C'est d'un mauvais goût, tu ne trouves pas, papa ?

Ces deux nazes se regardent d'un air complice et j'ai juste envie d'en prendre un pour taper sur l'autre.

— C'est sans doute parce qu'il y a de quoi frimer, le contré-je. Si tu ne voulais pas entendre la réponse, il ne fallait pas poser la question.

— J'ai un doctorat en droit de la propriété intellectuelle et…

— Tant mieux pour toi !

— Le dîner est servi ! lance la mère qui a probablement pigé qu'on était à un cheveu d'en venir aux mains.

Au moins, elle semble un peu plus maligne que les autres. Maintenant, je sais d'où Ella tient son intelligence.

À table, c'est encore pire. Le silence est à couper au couteau.

— Ah, au fait, Ella, j'ai vu Anatole. Il paraît que tu n'as pas validé ton inscription. Remarque, tu as bien fait. Le Pr Bosch est d'accord pour te prendre sous son aile, dans le cadre de ta spécialisation en neurochirurgie. Je lui ai dit que c'était d'accord.

Je n'en reviens pas que ce sale con décide pour elle, sans même lui demander son avis. Et elle, elle ne moufte pas, comme statufiée. Non, mais je rêve ! Où est passé son sens de la repartie ? D'habitude, elle démarre au quart de tour. J'ai l'estomac noué et du mal à avaler la moindre bouchée. C'est du poisson en plus, et je déteste ça. Ella est assise en face de moi, si bien que je finis par lui flanquer un coup de pied discret sous la table, histoire de la faire réagir. Elle sursaute violemment et me jette un coup d'œil apeuré. Bon sang, je ne le crois pas ! Elle est complètement flippée devant le vieux facho.

— Alors, c'est entendu ? insiste l'autre.

— Je… je… Justement, je voulais t'en parler. Je ne tiens pas à être interne en neurochirurgie.

Il l'observe avec étonnement, ce qui prouve bien qu'elle ne doit pas le contredire très souvent. Je me sens de plus en plus mal à l'aise et ça commence à me courir sur le haricot. Je sens que la soirée va être longue, *mais longue*…

— Mais que…

— J'ai décidé de devenir urgentiste, lâche Ella d'un bloc.

L'espace d'un instant, toute la famille reste muette de stupeur. Puis, soudain, je vois le père devenir rouge comme une tomate. Ses yeux lancent des éclairs et il serre les poings. Bon sang, on dirait bien que l'ambiance n'est pas près de s'améliorer !

— Tu feras ce que je dirai. Je sais ce qui est le mieux pour toi, déclare-t-il en martelant la table de l'index. La médecine urgentiste, c'est pour les nuls, et ma fille est capable de beaucoup mieux.

— Mais moi, ça me plaît. Je n'ai plus envie d'opérer, tente-t-elle de protester malgré tout.

— Je me fous de tes envies. Nom de Dieu, jeune fille, tu n'es plus toi-même… Tout ce que tu as, tu me le dois ! Je paie tes études, ton appartement, je t'ai offert une école spécialisée qui m'a coûté un bras, et j'attends un retour sur investissement. Sans moi, tu n'es rien du tout !

Les yeux d'Ella sont à présent emplis de larmes. Je suppose que c'est vachement humiliant de s'entendre dire ça, surtout devant son mec. Ce que je ne comprends pas, c'est pourquoi elle l'accepte. Moi, à sa place, je me serais levé pour l'envoyer chier et je me serais barré depuis un moment. Pas étonnant que Mika se soit carapatée. Hélas, il faut croire que mon petit génie n'a pas l'âme d'une révolutionnaire. Son père l'aime profondément, je le vois dans son regard, mais au nom de cet amour, il se sent en droit de tout décider à sa place. J'ai l'impression qu'il la voit toujours comme une petite fille.

— Tiens, au fait, papa, j'ai une blague pour toi, lance Harry *Cover* — ouais je sais, elle n'est pas terrible celle-là — pour détendre l'atmosphère. C'est l'histoire d'un pingouin qui respire par le cul. Un jour, il s'assied et il meurt.

D'un coup, le père d'Ella se met à rire aux éclats. Il trouve ça drôle ? Mais elle est méga-pourrie, sa vanne ! Ma nana a l'air de mon avis, car elle non plus ne se marre pas.

— C'est hilarant, non ? fait Georges Moreau en se tournant vers moi.

Je lève un sourcil ironique, mais ne réponds pas. En fait, je suis en train de chercher des jeux de mots à la con pour l'autre naze.

— Il n'a peut-être pas compris, déclare Harry *Stocrate*.

Là, c'est fini, je sature. J'ai essayé de faire bonne figure, mais je n'accepterai pas d'être ridiculisé par cette bande d'intellos dont les chevilles sont si enflées qu'ils ne doivent plus pouvoir marcher. Et ce n'est pas Ella qui me viendra en aide, c'est évident. Elle est toujours figée comme une momie, sans oser l'ouvrir.

— C'est vrai ? Vous n'avez pas compris ? Remarquez, les footballeurs ne sont pas réputés pour leur intelligence supérieure, n'est-ce pas ? Ici, voyez-vous, chacun de mes enfants a fait de grandes études. Depuis qu'ils sont petits, nous les poussons dans cette voie. Harry et Donald ont tous deux un doctorat, obtenu avec mention. Ella fera de même. Quant à Mika, elle a refusé de poursuivre après son master, mais je ne désespère pas de la faire changer d'avis. Cette peste finira par se plier à mes exigences. Tout ça pour vous dire, Leray, que ma fille mérite beaucoup mieux comme compagnon qu'un abruti qui court après un ballon. Je ne sais d'ailleurs pas ce qu'elle vous trouve.

— Il est peut-être doué au lit, intervient Harry *Zona* — bon, j'arrête — avec sa tête de nœud.

— C'est donc ça, Ella ? s'enquiert son père.

Nom de Dieu, c'est pas vrai ! Ils ne veulent quand même pas qu'elle leur raconte notre vie sexuelle ? Et elle ne se défend toujours pas ! Pour la première fois, l'admiration que je ressens pour cette femme se fissure dangereusement. Je découvre une facette d'elle que je n'apprécie pas du tout. Celle d'une jeune femme lâche, totalement sous la coupe de ces branquignols, qui exécute leurs ordres sans broncher au lieu de s'affirmer. J'en suis à la fois choqué et très déçu.

— Je ne sais pas ce que tu attends de cette liaison, poursuit Georges Moreau, mais ça ne va pas durer, tu m'entends ? Tu vas rompre et tout de suite ! Et si c'est une histoire de cul, alors trouve un substitut valable. La vie ne se résume pas à s'envoyer en l'air ou à vivre d'amour et d'eau fraîche. Si quelqu'un devrait l'avoir compris, c'est bien toi ! Dans le pire des cas, il reste toujours les sex-toys.

— Georges ! s'exclame son épouse, rouge de confusion.

Mais leur fille, elle, ne bronche pas. Que je me fasse injurier est une chose, mais qu'elle accepte qu'on lui parle comme si elle était un paillasson sur lequel ils essuient leurs bottes crottées, alors ça, c'est insupportable. La colère qui me tient compagnie depuis qu'on est entrés dans cette maison est en train de grimper à des sommets jamais atteints. Encore un mot, et je sens que je vais tuer tout le monde, ma meuf incluse. Je commencerai par Harry *Sonneforde* — allez, un dernier pour la route ! —, qui me nargue en souriant avec sa tête de con.

— Mireille, personne ne t'a demandé d'intervenir.

En clair, ferme ta gueule et sers-moi, t'as rien à dire. Charmant !

— Mais, Georges, qu'est-ce qui te prend ? Est-ce ainsi qu'on reçoit le petit ami de sa fille ?

— Ce type a une très mauvaise influence sur elle, décrète-t-il comme si je n'étais pas là. Depuis qu'elle est avec lui, elle a perdu ses études de vue et elle choisit la facilité. Il la tire vers le bas, ne le comprends-tu donc pas ? J'ai fait quelques recherches sur lui, et ce n'est pas joli-joli. Aucune instruction, aucun diplôme, aucune culture ! C'est ça que tu veux pour elle ? Un idiot qui n'est même pas capable d'additionner deux et deux ? Au moins, Zahed était brillant, lui. Ce garçon représentait un excellent parti pour notre fille, tu étais d'accord avec moi. Aurais-tu changé d'avis ?

— Non, mais…

Cette fois, c'en est trop. J'en ai ma claque de toutes ces conneries. Ces gens sont odieux, imbus d'eux-mêmes, et complètement snobs. Une vraie calamité ! Me comparer à son ex, c'était le truc à ne pas faire. Avoir conscience que je suis loin du niveau intellectuel de ma copine, c'est une chose. Se le faire envoyer en pleine face, c'en est une autre. En cet instant précis, j'ai l'impression d'être la pire nullité que la Terre ait portée, un loser de première, un déchet de la société. J'ai déjà éprouvé cette sensation horrible, notamment quand nous vivions dans une cité pourrie et que tout le monde montrait ma mère du doigt, parce qu'elle allait se bourrer la gueule au bistrot et qu'elle était prête à tout — et je dis bien à tout — pour quelques verres à l'œil. Et plus jamais ça ! Non, plus jamais…

Je repose mes couverts bruyamment et me tourne vers le gros connard assis à ma gauche.

— Vous allez fermer votre grande bouche tout de suite ou je me ferai un plaisir de m'en charger. Comment osez-vous m'insulter en faisant comme si je n'étais pas là ? Comment pouvez-vous traiter votre fille de cette manière ? Je suis peut-être un imbécile, mais vous, qu'êtes-vous au juste ? Un politicard de seconde zone ! Si vous avez fait des recherches sur moi, sachez que j'ai eu la même idée à votre sujet, et ce que j'ai trouvé est édifiant. Sous le vernis d'une bourgeoisie de province, je ne vois qu'une enflure qui vend des mensonges à ses électeurs et se tape sa secrétaire aux frais du contribuable.

Car oui, au cours de ma petite enquête, je suis tombé sur un article particulièrement intéressant. Posté sur un blog, il expliquait que le père d'Ella avait été mouillé dans une histoire de mœurs avec une de ses employées deux fois plus jeune que lui. L'ennui, c'est que ça se déroulait pendant les heures de travail et qu'ils se sont fait choper. Le vieux a essayé d'étouffer l'affaire et y est parvenu en partie, mais pas totalement. Sur le coup, j'ai cru que ce billet était un ramassis de ragots plus mensongers les uns que les autres. Mais maintenant que j'ai découvert le personnage, je suis certain du contraire.

— *DEHORS !* beugle-t-il, rouge de colère.

— Avec plaisir ! Viens, Ella, on s'en va.

Je tends la main vers elle et c'est alors que le ciel me tombe littéralement sur la tronche. Non seulement elle ne bouge pas, mais elle n'ose même pas relever la tête. En clair, elle choisit sa famille de merde plutôt que moi. Cette constatation me fait l'effet d'un uppercut. Je suis d'autant plus blessé que j'avais mis beaucoup d'espoir dans notre relation. J'étais sûr que nous avions un avenir en commun. Et pour moi, qui suis volage par nature, c'était un petit miracle.

Hélas, au premier hic, il n'y a plus personne. Son paternel lui a commandé de m'envoyer chier et elle exécute les ordres comme la pathétique fille soumise qu'elle est en réalité. Je dois me mordre furieusement la lèvre pour m'empêcher de hurler ou de pleurer, je ne sais pas… Il y a un connard qui a dit un jour qu'on prend conscience de ce qui est important au moment où on le perd. Eh bien, il avait foutrement raison, parce que c'est exactement ce qui m'arrive.

Néanmoins, une partie de moi ne veut pas admettre cet échec et espère encore qu'elle me suivra. Alors j'insiste.

— Ella ?

— Pauvre demeuré ! lance son frangin. Elle savait très bien en te ramenant ici que tu rentrerais seul, qu'on ne tolérerait jamais qu'elle s'implique avec une racaille dans ton genre. Et ma sœur a toujours fait ce qu'on lui ordonne. Je suppose qu'elle avait envie de vivre de nouvelles expériences, et que sortir avec un mec dont le QI est moins élevé que celui d'une huître devait sans doute en faire partie, mais la fête est terminée maintenant.

Je me tourne vers lui, éberlué. Qu'est-ce qu'il me raconte là ? C'est quoi ? Un dîner de cons ? Fou de rage, je renverse ma chaise et m'avance vers lui jusqu'à coller mon nez contre le sien. Je vais me le faire, c'est sûr !

— Dis, espèce de crétin arrogant, c'est moi que tu traites de racaille et de demeuré avec ton balai dans le cul ? T'es tout seul dans ton froc pour me parler comme ça ?

— Si tu lèves la main sur moi, je porte plainte et tout sera fini pour toi !

Je comprends alors que c'est exactement ce que cet abruti attend. Que je perde mon sang-froid pour pouvoir me flanquer un procès aux fesses. Les journalistes chercheront nécessairement mes antécédents. Ils creuseront si profondément qu'ils trouveront mon frère et on nous comparera. Inutile de vous expliquer que ma carrière et ma réputation seraient foutues. Je pivote vers Ella qui n'a toujours pas bougé, écœuré. Était-elle au courant de leurs plans ? Savait-elle que les choses tourneraient aussi mal ? Si oui, m'a-t-elle amené ici en toute conscience ? Quelle famille de tordus !

— Continue à patauger dans ta merde ! je m'écrie en m'avançant vers elle. Mais ce sera sans moi ! Jamais je ne te pardonnerai ce qui vient de se passer ce soir.

Je jette ma serviette de table dans son assiette, avant de me diriger vers le hall d'entrée. Sur le pas de la porte, je me retourne une dernière fois, et vois le paternel et le frangin échanger un sourire satisfait. Alors, mû par un élan qui n'a rien de mature, je lève la main et leur fais mon plus beau doigt d'honneur. Puis je quitte cette maison de fous où j'ai laissé une partie de moi-même. Car inutile de me voiler la face, Ella était plus qu'une simple aventure pour moi. Je ne sais pas à quel moment c'est arrivé, mais les faits sont là et bien là. Était-ce à Lille ? Si je suis honnête, je dois reconnaître que c'était sans doute bien avant.

Je démarre sur les chapeaux de roues et roule pendant environ deux kilomètres, pour me garer sur le bas-côté dans une rue déserte. Alors seulement, je pose mes bras sur le volant et me mets à sangloter comme un gosse. En quelques semaines, j'ai expérimenté le paradis et l'enfer. Assis tout seul dans le noir, je me sens minable et mortifié comme jamais. Je me rappelle les crétins du centre de formation qui se foutaient de ma gueule parce que je n'étais pas capable d'écrire sans fautes, et cette raclure de journaliste qui m'a humilié devant la France entière l'an passé. Et pourtant, ce n'est rien par rapport à ce que je ressens en cet instant précis. On m'a volontairement rabaissé plus bas que terre, comme si j'étais une merde qu'il faut contourner sur un trottoir. Et le plus atroce dans tout ça, c'est que la fille dont je suis fou amoureux a laissé faire sans la moindre réaction. La gifle que je viens de me prendre en pleine tronche est dure à encaisser. Car non seulement mon orgueil a morflé, mais en plus, Ella m'a prouvé de la plus brutale des manières que mes sentiments ne sont pas partagés. Si elle m'avait aimé comme je l'aime, elle n'aurait pas toléré qu'on me traite de cette façon et serait partie avec moi.

Soudain, tandis que je suis en larmes, en train de me lamenter sur mon sort, une fureur sourde monte en moi. Ce même sentiment qui m'a toujours permis de m'en sortir, qui m'a donné la niaque chaque fois que j'avais un coup de blues. C'est une rage froide, impitoyable, qui peut me conduire aux pires extrémités. Je vous l'ai déjà dit, je suis un mec teigneux et rancunier, et il me semble que, sur l'échelle de l'humiliation, j'ai vécu le summum ce soir. Alors, que les choses soient claires, je trouverai le moyen de me venger. À la première occasion, je prendrai ma revanche sur cette garce d'Ella et sa famille de dégénérés.

26

Ella

La porte qui claque me fait l'effet d'une gifle, me sortant enfin de l'état de prostration dans lequel je suis tombée, dès que papa a commencé à m'engueuler. Et le retour à la réalité est terrible… Ils ont insulté Nathan de la pire des manières, l'ont chassé comme un malpropre alors qu'il ne leur avait rien fait. Et moi, dans tout ça, j'ai été trop lâche pour intervenir, pour prendre son parti et m'en aller avec lui.

Jamais je n'ai osé affronter mon père pour m'affirmer, jamais je n'ai su imposer mes choix comme l'a fait Mika. J'ai toujours été docile par nature, la petite fille soumise. Et je me déteste, parce que j'ai la certitude que Nathan valait la peine que je me batte pour lui. Mais pour cela, il aurait fallu un minimum de courage, ce dont je suis totalement dépourvue.

— On n'est pas près de le revoir ici, celui-là ! lance mon frangin avec un ton hautain qui me hérisse le poil.

— Et c'est tant mieux, ajoute mon paternel.

Mon Dieu, mais comment peuvent-ils être mesquins à ce point ? Et mon bonheur, ils en font quoi ? En vérité, ils s'en fichent. Pour eux, je ne suis qu'un pion. La fille surdouée, future neurochirurgienne, dont monsieur le sénateur-maire peut se vanter auprès de toutes ses connaissances.

Maman, qui était restée silencieuse jusqu'à présent, comme à son habitude, pose sa main sur mon épaule.

— Nous agissons uniquement pour ton bien, murmure-t-elle, ce n'est pas un compagnon pour toi. Il te faut quelqu'un de la trempe de papa ou de tes frères. Pas ce petit parvenu qui s'imagine que le monde lui appartient, juste parce qu'il sait jouer au ballon. Nous avons d'autres projets pour toi, beaucoup plus ambitieux.

Mon regard croise le sien. Est-ce que c'est ce que j'attends de la vie ? Finir comme elle ? Une femme obéissante en apparence — en privé, elle n'a rien de soumis —, qui a épousé un homme de pouvoir et vit dans l'ombre de son conjoint ?

— Nous pensions que Zahed serait le bon, poursuit-elle sans paraître remarquer ma grimace horrifiée. Il était intelligent, beau, et surtout il venait d'une famille immensément riche qui aurait pu servir les intérêts de ton père. Grâce à leur argent, il aurait pu viser un ministère et pourquoi pas la présidence. Même si tu avais dû abandonner toute carrière pour l'épouser, tu n'aurais pas perdu au change. Tandis que là…

Seigneur ! Mais qu'est-elle en train de me raconter ? Qu'ils souhaitaient que je me marie avec Zahed, pour leur permettre de financer les campagnes politiques de mon paternel ? Mais que suis-je à leurs yeux ? Un être humain ou un morceau de viande ? C'est encore plus glauque que je ne l'imaginais. Quant à la manière dont elle continue à dénigrer Nathan, cela me donne juste envie de vomir. Il est venu ici avec les meilleures intentions du monde. Il voulait leur démontrer qu'il était un mec bien qui me méritait, et me prouver à moi que notre relation était sérieuse à ses yeux. Et qu'ai-je fait ? J'ai laissé ma famille humilier honteusement le garçon dont je suis amoureuse — j'en prends conscience à cet instant précis.

Il n'est pas trop tard, Ella, susurre l'habituelle petite voix dans ma tête. *Tu peux encore le rattraper et lui avouer tes sentiments, mais c'est maintenant ou jamais.*

Soudain, un vent de révolte, venu de je ne sais où, souffle en moi tel un ouragan. Je ne laisserai plus personne me dicter ma conduite et encore moins me dire qui je dois aimer ou non. C'est ma vie et il est temps que je m'affirme. Je me lève lentement pour faire face à mon père qui s'est rassis tranquillement et mange de bon appétit.

— Comment as-tu osé ? je chuchote, en le fixant avec rancœur.

— Pardon ?

Il est tellement incapable de se remettre en question qu'il ne sait même pas à quoi je fais allusion. Son attitude nonchalante et son petit sourire hautain ont raison de mon calme. Folle de rage, je saisis mon verre de vin et le jette dans sa direction. Il pousse un cri de surprise en voyant les taches sur sa chemise. Quand il relève la tête vers moi, ses yeux lancent des éclairs, mais pour la première fois, je ne suis pas impressionnée. Je continue sur ma lancée, sans lui laisser le temps d'en placer une.

— Comment as-tu osé lui parler comme tu l'as fait ? De quel droit m'utilises-tu pour servir tes propres intérêts ? Je te déteste !

— Ella, tente d'intervenir ma mère. S'il te plaît, tais-toi.

— Toi, la ferme ! C'est ce que tu fais de mieux, non ?

T'aplatir devant ce despote comme une carpette ! Bordel, mais quand te réveilleras-tu, maman ?

— Ella, tu te calmes, ordonne mon père. Je t'interdis de t'adresser à nous sur ce ton, après tout ce que nous avons fait pour toi.

— Ah oui, et qu'est-ce que vous avez fait ? Vous m'avez abandonnée dans un internat quand j'étais toute petite, vous m'avez dicté mes choix, mes goûts et mes décisions, sans jamais tenir compte de ce que je désirais, moi ! Mais maintenant, c'est terminé, tu as compris ? FINI ! Je ne serai jamais neurochirurgienne, ça ne m'intéresse pas. Je fréquenterai qui je voudrai, quand bien même il ne vous plairait pas, parce que c'est ma vie. Vous m'entendez ? MA vie !

— Tu feras ce que je te dis de faire, c'est clair ? crie mon paternel en se levant. Parce que, pour pouvoir se rebeller, il faut s'assumer, et ce n'est pas ton cas. Tu vis dans un appartement qui m'appartient. Tu manges grâce à la pension que je te verse chaque mois. Sans moi, mes contacts et mon argent, tu n'es rien du tout !

Dans son regard, je lis la certitude que je vais m'écraser et me taire, comme toujours. Mais aujourd'hui, il a brisé ce que j'avais de plus précieux : ma relation avec Nathan. Et ce qu'il n'a pas encore compris, c'est qu'il vient de me libérer de son emprise par la même occasion. Parce que mon amour pour Nathan est plus fort que tout, y compris la peur que mon père m'inspire.

— Alors, garde ton logement et ton argent, je m'en passerai. Accorde-moi une semaine pour me retourner et je débarrasserai définitivement le plancher. Tu n'entendras plus jamais parler de moi. À dater de ce soir, tu n'existes plus à mes yeux.

— Ella ! s'écrie Harry, scandalisé.

— Oh toi, le béni-oui-oui à son papounet, ta gueule ! Tu n'as aucune leçon de morale à me donner, alors que tu es incapable de prendre la moindre décision sans l'approbation de Dieu ton père.

— Ça te va bien de me dire ça. Tu ne vaux guère mieux que moi ! s'exclame-t-il avec hargne.

Je les regarde tous les trois et secoue la tête. Mon propre aveuglement me dégoûte, mais j'ai enfin ouvert les yeux et je sais que je n'attends plus rien d'eux. Alors, je me dirige vers le hall pour récupérer mon sac et ma veste.

— Si tu passes cette porte, ce n'est pas la peine de revenir, avertit mon père en me suivant. Ce sera fini !

J'ouvre le battant et me tourne une dernière fois vers lui.

— Je n'en ai pas l'intention. Tant que vous ne respecterez pas mes choix de vie et que vous n'accepterez pas l'homme que j'aime, je refuse de remettre les pieds ici ou d'avoir le moindre contact avec vous.

— Sale ingrate ! hurle-t-il au moment où je referme la porte derrière moi.

Les larmes roulent doucement sur mes joues, tandis que j'erre dans la rue. Je n'ai pas de voiture puisque je suis venue avec Nathan, il va donc falloir que je trouve une solution pour rentrer rapidement à Paris, histoire de m'expliquer avec lui. Quand il comprendra que j'ai coupé les ponts avec eux, je suis certaine qu'il pardonnera la lâcheté dont j'ai fait preuve en début de soirée. Je prends mon portable dans mon sac et tente de le joindre, mais il ne répond pas. Il n'y a même pas de tonalité. Il a sans doute éteint son téléphone. Du coup, j'appelle Mika qui décroche à la troisième sonnerie.

— Écoute, si c'est pour me faire un speech parce que je t'ai plantée, ce n'est pas la peine. Je ne supporte plus les parents et leurs reproches incessants. Venir ce soir était au-dessus de mes forces. Déjà le week-end dernier, j'ai failli commettre un meurtre. Mais si en plus Harry est là, c'est impossible. Je suis désolée. Ella ?

Elle a dû se rendre compte que je sanglotais, car elle interrompt instantanément sa tirade.

— Qu'est-ce qui se passe, ma chérie ? demande-t-elle, visiblement inquiète.

— Ils ont été horribles avec Nath.

Je hoquète, au bout du rouleau.

— Ça, tu aurais pu t'en douter. Je ne comprends pas pourquoi tu voulais à tout prix leur présenter ton mec. Ils l'auraient appris par la presse, et alors ? Tu es majeure et vaccinée, aux dernières nouvelles, tu n'as de comptes à rendre à personne, et certainement pas à eux.

— Mika, arrête ! Je ne suis pas en état de supporter un autre sermon, même s'il vient de toi.

— Vous êtes où au juste ?

— Je… je suis à Vendôme. Je les ai laissés faire sans broncher. J'ai fermé ma gueule pendant qu'ils l'insultaient.

— Oh non ! Et comment il l'a pris ? Mal, je suppose.

— Il s'est tiré. Il voulait que je vienne avec lui, mais je n'ai pas bougé.

— Oh merde ! Ella, quand vas-tu te réveiller et arrêter de permettre à cette famille de tarés de régenter ta vie ?

— C'est ce que j'ai fait, mais après son départ. Je leur ai dit qu'à partir de maintenant je refusais qu'ils décident pour moi, et je me suis barrée.

— Comment papa a réagi ?

— Il a hurlé, mais je m'en fous. En attendant, je suis ici toute seule, sans aucun moyen de revenir à Paris. Et je dois voir Nathan de toute urgence si je veux espérer rattraper le coup.

— OK, laisse-moi réfléchir. Je te rappelle dans cinq minutes.

Effectivement, cinq minutes plus tard, mon portable sonne.

— C'est bon. Ma copine Catherine va venir te chercher devant la mairie. Elle fera la moitié du trajet et je te récupérerai à mi-chemin.

— Je… mais non ! Je ne veux pas la déranger.

— Écoute, je n'ai pas d'autre solution en stock. À cette heure-ci, il n'y a plus de train et tu ne peux pas dormir là-bas. Et puis, j'ai aidé son frère à décrocher un stage chez BFM, alors elle me doit bien ça. D'ailleurs, si ça peut te rassurer, elle a dit oui tout de suite. Maintenant, file, elle t'attend et je vais me mettre en route aussi.

— Merci, Mika, je te revaudrai ça.

— Pas de problème. Le fait que tu te sois enfin réveillée et que tu aies tenu tête au vieux est un cadeau, tu peux me croire ! À tout à l'heure.

Une heure plus tard, ma sœur me prend en charge à Sainville et nous redémarrons sans perdre de temps, après avoir chaleureusement remercié son amie. Cette dernière a dû sentir que je n'étais pas d'humeur à papoter, car elle n'a pas dit un mot pendant le trajet. Il en va très différemment de Mika, qui me demande de lui raconter la soirée dans les moindres détails. Lorsque j'ai terminé, nous sommes déjà dans les faubourgs de Versailles et j'ai l'impression d'avoir pleuré toutes les larmes de mon corps.

— Eh ben, c'est encore pire que ce que je pensais ! Je ne te comprends pas. Pourquoi n'es-tu pas partie avec lui ?

— Je n'en sais rien. J'étais incapable de réfléchir.

— Et maintenant ?

— Maintenant, je regrette ma lâcheté. Sauf que je n'ai pas la moindre idée de l'endroit où il peut être.

Brusquement, elle se gare et me prie de prendre le volant. Dans mon état, je doute que ce soit une bonne idée. Nous allons nous retrouver dans le décor en moins de temps qu'il n'en faut pour le dire. Face à mon hésitation, ma jumelle perd patience.

— Tu veux que je repère ton mec, oui ou non ? Parce que si c'est oui, il faut que je passe quelques coups de fil et mon kit mains-libres est foutu. Alors tu roules en évitant de nous encastrer dans un platane, et moi, je localise ton jules.

Une demi-heure plus tard, après avoir contacté plusieurs personnes, Mika raccroche avec un sourire satisfait.

— Je viens d'avoir Tony. Nathan est au Showcase. Allez, il n'y a pas une minute à perdre.

27

Nathan

Depuis près d'une heure, j'enchaîne consciencieusement les verres de whisky les uns après les autres, pour oublier cette soirée pourave. D'aussi loin que je me rappelle, je ne me suis plus jamais bourré la gueule depuis le jour où mon frère a été arrêté pour le meurtre du dealer de Léa. Et comme je ne suis pas habitué à l'alcool en général et aux alcools forts en particulier, je suis déjà bien torché. À mes côtés, Chris rigole en se moquant des filles qui passent devant nous en essayant désespérément de se faire remarquer. Retour à la case départ.

— Alors, mon pote, tu vas m'expliquer pourquoi tu te bitures comme ça ?

S'il y a un mec à qui il ne faut jamais raconter sa vie, c'est bien lui. D'abord, il est con comme un manche, mais en plus, il est incapable de fermer sa grande gueule. Résultat, dès qu'un pauvre type a le malheur de s'épancher en sa présence, tout le club est au courant de ses déboires en un temps record. Sans compter qu'il traîne une réputation sulfureuse et qu'il a déjà écopé de plusieurs suspensions, parce qu'il pratique assidûment l'antijeu en provoquant les joueurs de l'équipe adverse pour les pousser à la faute. D'après ce que j'ai entendu, son contrat ne tient plus qu'à un fil et les dirigeants n'hésiteront pas à le foutre dehors au prochain faux pas. Et pourtant, voilà que je me retrouve à lui décrire ma soirée de merde dans les moindres détails. Je dois être tombé bien bas pour choisir la pire commère sur Terre comme confident ! Sans doute est-ce dû au fait que j'ai la tête carrément fracassée, mais ça ne justifie pas tout. En réalité, je suis tellement dévasté par cette rupture que j'ai juste besoin de parler, peu importe qui m'écoute.

Lorsque j'ai fini mon récit, il siffle et lance, avec son air bête habituel :

— T'as une sextape avec elle ?

Quoi ? Mais qu'est-ce qu'il vient me faire chier avec sa connerie de vidéo de cul ?

— T'es complètement barré !

Je reconnais à peine ma voix, rendue pâteuse par l'alcool. J'ai de plus en plus de mal à articuler, je suis complètement déchiré, et pourtant je continue à boire.

— Oh ! *Amigo !* T'imagines la honte que tu leur collerais, à sa famille et à elle, si un petit enregistrement X circulait ? Sa réputation serait foutue et, toi, tu passerais pour un dieu du sexe. Je ne t'explique même pas comment le vieux serait humilié !

Pourquoi je l'écoute ? Et pourquoi, à mesure que j'écluse les verres, cette idée me plaît-elle de plus en plus ?

— Il y a juste un problème de taille dans ta théorie foireuse, c'est qu'on ne s'est jamais filmés ensemble.

Soudain, Chris me file un coup de coude dans les côtes qui me fait grogner.

— Eh, ça peut peut-être s'arranger. Devine qui est là ?

Les yeux brumeux, je regarde dans la direction qu'il pointe. Et là, je découvre Ella qui arrive avec sa connasse de frangine. C'est pas vrai ! Qu'est-ce qu'elles fichent ici ? La première a sûrement rappliqué pour savourer son triomphe et la deuxième doit être en quête d'un bon scoop. Si elles croient que je vais leur accorder ce plaisir… Alors là, elles peuvent bien aller se faire foutre !

— Tu sais quoi, *amigo* ? Je me planque dans les toilettes et je filme. Tout ce que t'as à faire, c'est la ramener là-bas et la baiser. Je m'occupe du reste.

Sans me permettre de protester, ce dont je suis parfaitement incapable, il se lève et se tire en direction des chiottes. En voyant Ella approcher, j'en oublie aussitôt ce que ce crétin vient de raconter.

— Nathan, il faut que je te parle.

Elle semble surprise par le nombre de verres qui traînent devant moi et par la bouteille de Jack Daniel's à moitié vide, mais elle ne moufte pas.

— Je n'ai rien à te dire.

— Je t'en prie, tu dois m'écouter. Je n'ai jamais souhaité que les choses se passent ainsi.

— Qu'est-ce que tu fous ici ? Papa t'a interdit de fréquenter une racaille dans mon genre, tu te rappelles ?

— Mais je…

Je ne veux plus la voir et certainement pas l'entendre me déblatérer toutes sortes de prétextes fumeux pour expliquer pourquoi elle a laissé sa famille m'insulter et me rabaisser sans lever le petit doigt. Si elle m'avait ouvertement soutenu, tout aurait été différent. J'aurais eu la preuve que je comptais réellement. Mais elle a foiré sur toute la ligne. En l'observant plus attentivement, j'ai l'impression que c'est son vrai visage qui m'apparaît. Sous sa beauté lumineuse se planque une trouillarde de première qui se cache constamment derrière son intelligence supérieure pour ne pas montrer à quel point elle est faible, au fond.

— Nathan, comment je peux arranger les choses entre nous ?

Je fixe un point invisible droit devant moi en l'ignorant royalement.

Ouais, Ella, comment tu peux arranger les choses ? je songe avec ironie. *En remontant le temps ? Ce serait pas mal, surtout si ça me permet de revenir au soir où je t'ai vue pour la première fois et de décider de me taper les deux pouffes avec qui j'étais au lieu de finir avec toi. Dire que je t'ai voulue comme un dingue à l'instant précis où ton regard a croisé le mien. Putain, j'aurais mieux fait de me casser une jambe, cette nuit-là !*

La colère, que l'alcool avait plus ou moins réussi à anesthésier, resurgit en moi. J'enrage quand je pense à tout ce que nous aurions pu accomplir ensemble et à quel point elle m'a déçu. Avec la fureur, arrivent aussi l'habituel désir de vengeance, le besoin impérieux de les humilier, elle et son paternel, pour leurs comportements immondes, chacun à leur façon. Alors, sans chercher à comprendre, je l'attrape par le bras pour l'entraîner vers les toilettes.

Elle trottine derrière moi sans protester. Lorsque nous entrons, je fais signe au mec qui se tient debout près des urinoirs de dégager. Puis je ferme la porte et pivote vers elle, à la manière d'un robot. J'ai l'impression d'assister à la scène, tel un spectateur, comme si j'étais sorti de mon propre corps, totalement déconnecté. Je ne sais pas où se trouve Chris, ni même s'il est encore là. De toute façon, son idée est bidon et je suis sûr qu'il n'osera pas jouer au con une fois de plus. Il risque trop gros.

Attrapant Ella par la taille, je la soulève pour la poser sur le bord des lavabos et écarter ses cuisses, afin de me glisser entre elles. Dans la boîte, les clubbeurs s'éclatent sur le nouveau tube de David Guetta, mais dans les toilettes, on peut entendre *How You Remind Me*, de Nickelback. Les notes de la guitare électrique et la voix rauque du chanteur s'accordent parfaitement avec mon humeur de merde.

Afin qu'elle capte bien mes nouveaux sentiments à son égard, je récupère un préservatif qui traîne dans mon portefeuille. Je déchire l'emballage avec mes dents et ouvre ma braguette, tandis qu'Ella m'observe d'un regard triste. Je me masturbe quelques secondes, avant d'enfiler la capote, puis je me repositionne entre ses jambes en silence. J'ai beau avoir envie de me venger, je ne veux pas lui faire mal, alors je m'oblige à caresser son clitoris pour la préparer. Et je suis mortifié de découvrir qu'elle continue à m'exciter, même si je lui en veux à mort. Très vite, je la pénètre et me mets à la travailler mécaniquement, sans la moindre tendresse. C'est glauque et sordide, mais il me faut ça pour la descendre du piédestal où je l'ai placée. Elle essaie de m'embrasser, mais je détourne la tête, bien décidé à lui faire comprendre qu'elle n'est plus rien pour moi. Je sens qu'elle pleure doucement, pendant que son corps va et vient au rythme que je lui impose. Alors, j'accélère, pressé d'en finir.

— Na… Nathan, bégaie-t-elle.

Poursuivant plus vite et plus fort, je grogne avec rage :

— La ferme !

Soudain, elle se crispe et son sexe palpite autour du mien. Elle est en train de jouir en chialant, mais ça ne me fait ni chaud ni froid. J'éjacule à mon tour, étonnamment fort, du reste. Sans un mot ni un regard pour elle, je me retire, me débarrasse de la capote avant de me rhabiller et de quitter la pièce en la laissant là, toujours assise au bord des lavabos.

Trois minutes plus tard, tandis que je m'apprête à rentrer chez moi, je la vois débouler dans le couloir, l'air hagard. Histoire de bien enfoncer le clou, je me dirige vers une jolie rousse qui a fait des pieds et des mains pendant toute la soirée pour attirer mon attention.

— Ça te branche de niquer avec moi ?

Elle acquiesce avec un grand sourire. Persuadé qu'Ella me regarde, je l'attrape dans mes bras et lui roule une pelle direct. La fille me rend aussitôt mon baiser et enlace ma nuque. Son parfum trop riche m'agresse les narines et son haleine me prouve qu'elle n'en est pas à son premier verre. Mais encore une fois, je m'en carre. Je la prends par la main et l'entraîne dans mon sillage vers la sortie. Quand nous parvenons à l'extérieur, l'air frais de la nuit me procure une sensation de vertige.

— Nathan…

Ella est juste derrière moi. Je ne le crois pas, elle m'a suivi ! Qu'est-ce qu'elle ne percute pas ? Elle n'a donc aucune dignité ? Franchement, j'ai honte pour elle !

Sans tenir compte de sa présence, je prends la direction de mon Range, la rousse tout contre mon corps, mais c'est plutôt pour me soutenir, parce que j'ai du mal à marcher droit. Derrière moi, j'entends un bruit de talons et je suis presque sûr qu'Ella est toujours en train de me coller aux basques.

Arrivé au niveau de mon SUV, je déverrouille la porte arrière et fais signe à la nana de s'installer sur la banquette. Puis, pressé de me débarrasser de celle qui était encore ma petite amie en début de soirée, je pivote. Effectivement, elle se tient à quelques mètres de moi et m'observe tout en chialant.

— Qu'est-ce que tu fous encore là ? je gueule en m'avançant vers elle.

Une autre aurait reculé, mais pas elle. Ella n'a jamais été impressionnée par moi, ni par ce que je pouvais représenter. J'ai longtemps cru que ça me plaisait, mais maintenant je décide que non. Même effondrée, on dirait qu'elle continue à me regarder de haut, et je refuse de supporter ça une seconde de plus.

— Nous deux, c'est fini, tu n'as pas compris ? Toi et ta famille de merde, vous pouvez tous aller vous faire mettre. Je ne veux plus jamais te voir ni entendre parler de toi. Alors, à moins d'avoir envie de jouer la troisième pour pimenter les choses, pendant que je baise cette meuf, je te conseille de dégager.

Puis, sans un coup d'œil pour elle, j'entre à l'arrière de mon véhicule, dont je claque la portière. Les vitres sont teintées, elle ne peut pas observer ce qui se passe à l'intérieur. En revanche, moi, je ne perds rien du spectacle qu'Ella m'offre. Sa sœur la rejoint, mais elle ne réagit pas. Les épaules voûtées, comme si elle admettait enfin sa défaite, elle reste figée quelques secondes supplémentaires. Enfin, Mika la tire dans la direction opposée pour la forcer à faire volte-face et repartir, sinon elle serait toujours plantée là à attendre je ne sais quoi. Alors qu'elle vient de disparaître de ma vue, je me sens soudain vachement mal. Son regard, au moment de s'en aller, était celui d'un animal blessé. Je n'ai jamais été aussi odieux avec une femme de toute ma vie et j'ai honte de moi.

Avec un soupir las, je me laisse aller contre le dossier de la banquette et je ferme les yeux. La fille tente d'ouvrir ma ceinture et ma braguette, mais je la repousse.

À bout de nerfs, je parviens tout juste à chuchoter :

— Casse-toi.

— Mais…

— Je t'ai dit de dégager ! je m'écrie.

— Connard ! hurle-t-elle en saisissant la poignée de la portière avant de se barrer enfin.

Resté seul, il ne me faut pas longtemps pour me rendre compte que je ne suis pas en état de rouler. Tout s'embrouille dans ma tête, aussi je décide de m'allonger deux minutes, afin de reprendre un peu le contrôle. Quelques secondes plus tard, je sombre dans l'inconscience avec délice. Ne plus rien ressentir, ne plus penser à la peine que j'éprouve, voilà exactement ce qu'il me faut.

Lorsque je me réveille, il me faut un bon moment pour comprendre que je suis toujours dans ma voiture. Mon crâne s'est transformé en un marteau piqueur géant et je suis à deux doigts de vomir, tellement je me sens mal.

Avec difficulté, je regagne le siège conducteur, pour jeter un coup d'œil à mon téléphone qui gît sur le tableau de bord. Il est 7 h 30. Je suis dans un état déplorable et je ne rêve que d'une chose (enfin, deux) : un café et une douche. Après, je pourrai enfin réfléchir posément à la situation. Heureusement qu'il n'y a aucun entraînement aujourd'hui, parce que je ne suis clairement pas en condition.

Cette cuite est d'autant plus conne que les matchs du championnat reprennent en fin de semaine prochaine. Dès demain, les choses sérieuses recommencent et il est impératif que je sois au mieux de ma forme.

Je rentre chez moi et, durant toute la matinée, je joue au légume sur mon canapé. La plupart du temps, je somnole.

En milieu d'après-midi, alors que je me repasse pour la millième fois les événements de la veille dans ma tête, je sursaute brusquement. Où était Chris quand j'ai emmené Ella dans les chiottes ? Est-ce qu'il nous a filmés tous les deux ? J'espère bien que non, parce que maintenant que je suis sobre cette idée me paraît la pire qui soit, depuis que j'ai décidé de tourner le dos à mon frère.

Fébrilement, je récupère mon iPhone et tente de le joindre, mais ce connard ne répond pas, évidemment. Au cours des deux heures suivantes, je ne lui laisse pas moins d'une vingtaine de messages. En début de soirée, la sonnerie de mon portable retentit dans l'appartement totalement silencieux. J'étais à nouveau sur le point de m'endormir et il me faut une minute pour émerger. Avec stupeur, je découvre qu'il s'agit de notre entraîneur. Mais qu'est-ce qu'il me veut ?

— Bonsoir, coach, dis-je en décrochant.

— Leray, c'est quoi cette embrouille ?

Il gueule si fort à l'autre bout du fil que je suis obligé d'éloigner l'appareil de mon oreille pour ne pas avoir le tympan perforé.

— De quoi parlez-vous, coach ?

— Du scandale auquel tu es mêlé !

— Mais quel scandale ? Je n'ai rien fait.

— Ah, ne fais pas l'innocent !

— Mais non ! C'est quoi ce bordel ?

— Ce bordel, comme tu dis, c'est une sextape de toi et de la fille d'un homme politique français qui est en train de circuler sur la Toile. Tous les médias en font leurs choux gras, même les chaînes d'info. Alors, explique-moi ce qui se passe !

28

Ella

— Ella ! Ouvre-moi tout de suite ! ordonne Mika en tambourinant comme une dingue à ma porte.

Je ramène la couette par-dessus ma tête pour ne pas l'entendre. Je ne veux plus voir personne pendant le demi-siècle à venir. Demain, je dois aller bosser, mais je n'irai pas. Je m'en fiche ! En fait, je me fous de tout. Je veux juste panser mes plaies et oublier ce qui s'est passé au Showcase. Nathan a fait preuve d'une cruauté et d'une méchanceté, hier soir, dont je ne l'aurais jamais cru capable.

Lorsqu'une personne vous fait du mal, ça fait toujours de la peine, forcément. Mais quand il s'agit du garçon dont vous êtes follement amoureuse, la blessure est sans commune mesure. Heureusement que Mika était là. Ma jumelle m'a ramenée à la maison et m'a serrée dans ses bras pendant le reste de la nuit, tandis que je pleurais toutes les larmes de mon corps durant des heures et des heures. J'ai enfin réussi à m'endormir au petit matin, mais à mon réveil, c'était encore pire.

J'avais l'impression que tout mon monde s'écroulait et qu'une force invisible était en train de me broyer les os, un par un. Les sanglots ont fini par se tarir, mais pas très longtemps. Pour tenter de trouver un semblant de réconfort, je me suis glissée dans la cuisine pour faire main basse sur tout notre stock de chocolat. Depuis, j'alterne les cigarettes et les barres de Twix. Génial ! Et entre deux pauses bouffe et clopes, je chiale en me rappelant le comportement de Nathan.

Hier soir, quand il m'a emmenée dans les toilettes, ce n'était pas en vue d'une réconciliation, contrairement à ce que j'ai cru sur l'instant. Non, il ne cherchait qu'à me blesser, à se servir de moi, et c'est sans doute le plus sordide dans cette histoire. À ses yeux, je n'étais rien de plus qu'un trou parmi tant d'autres, au même titre que les centaines qu'il avait déjà côtoyés. J'aurais mieux fait de rentrer directement chez moi, je me serais évité une cruelle désillusion.

Le voir embrasser une autre femme a été abominable. Pire que tout. Mais, en bonne masochiste que je suis, je l'ai suivi, poussant ma propre déchéance jusqu'à piétiner toute fierté. Franchement, je me fais honte, maintenant que j'y repense. Plus jamais je ne permettrai à un garçon de me faire autant de mal.

— ELLA ! Putain de merde, c'est la crise, là !

Mais pourquoi elle hurle comme ça ? Elle sait pourtant que je suis au fond du trou, elle ne peut pas me laisser tranquille ?

— Entre, finis-je par répondre en allumant une énième cigarette.

Dès qu'elle entrebâille la porte, Mika se rue sur la fenêtre pour ouvrir.

— Bon sang, mais comment peux-tu rester dans une

telle puanteur ? Ça empeste le fauve et le tabac froid. Quelle horreur !

— Mais fiche-moi la paix ! je grince en lui tournant le dos. Et ne me parle surtout plus jamais du truc inutile qui se trouve à l'autre bout d'un pénis, et qu'on appelle communément un homme.

— Tu vas mettre le feu à la maison avec tes conneries. Éteins-moi cette clope et lève-toi, tu as des ennuis sacrément plus compliqués à gérer.

— Quoi ? Pire que d'être larguée comme une merde par l'homme que j'aime ? Ça m'étonnerait.

— Ah ouais ? Eh bien, permets-moi de te dire que tu fais erreur. Il y a une sextape de toi et Nath qui circule sur le Net.

Je ne comprends rien à ce qu'elle me raconte, alors je reste là à la regarder d'un air ahuri. Face à mon silence, elle se poste devant moi, les mains sur les hanches.

— Apparemment, tu as été filmée à ton insu, hier soir, dans les toilettes du Showcase, en train de te faire sauter par ton désormais ex.

Prenant enfin la pleine mesure de ce que tout ceci implique, je hurle :

— QUOI ?

Non seulement j'ai été humiliée, mais n'importe quel quidam peut voir cet épisode immonde que je voudrais tellement oublier ? Comment est-ce possible ? Qui a pu faire une saloperie pareille ?

— Papa, maman et Harry sont en route. Ils seront là dans une heure, donc je te conseille de te sortir les doigts du cul et de te bouger.

— Il faut que je parle à Nathan pour tirer cette histoire au clair.

— J'ai déjà essayé, il ne décroche pas. Du coup, j'ai téléphoné à Enrique.

Cette démarche a dû lui coûter. Je n'ignore pas que lorsqu'elle quitte un homme, elle déteste reprendre contact avec lui.

— Et ?

— Il a été sympa, comme Nathan habite l'immeuble voisin du sien, il s'est rendu à son appartement. Lorsqu'il est arrivé, Nathan partait et n'a pas voulu lui parler. Il a alors appelé le coach et ce dernier lui a expliqué que ce salaud se mettait au vert à la campagne, le temps que ça se tasse par ici. Il ne te répondra pas, il est désormais aux abonnés absents. Tu vas devoir te débrouiller toute seule pour te sortir de cette mouise. Enfin, je t'aiderai évidemment, mais je n'ai pas le pouvoir de faire supprimer cette vidéo. D'autant qu'elle a déjà été visionnée par un demi-million d'internautes, en tout juste quelques heures.

— Qui a filmé ?

— D'après Enrique, cela ne peut être que Chris. Mais même si ce mec est un gros débile, il n'est pas complètement demeuré. Il n'aurait jamais pris un tel risque, si Nathan n'avait pas donné son accord.

— C'est impossible, je n'y crois pas !

— Arrête de le défendre et regarde la vérité en face. Chris est sur la sellette, parce qu'il a dérapé un nombre incalculable de fois. Il n'aurait pas délibérément mis sa carrière en péril et publié une vidéo compromettante s'il n'en avait pas eu l'autorisation. Enrique l'a contacté et Chris lui a confirmé ce que je viens de t'expliquer. Nathan a voulu se venger de papa et de toi. Avec cette vidéo, il a fait d'une pierre deux coups. Je suis désolée, Ella, mais il t'a piégée dans les grandes largeurs. Tu as commis l'erreur du siècle en tombant amoureuse de ce naze et cette histoire risque de te poursuivre longtemps. Ta réputation est ternie et on se souviendra toujours de toi comme de la fille qui a été filmée en train de se faire sauter par un footballeur dans les chiottes d'une discothèque.

Comme un automate, je la suis dans la salle de bains. Dans la mesure où je suis complètement dans le coltard, ma sœur s'occupe de moi : elle m'oblige à prendre une douche, me lave les cheveux, et m'aide à m'essuyer lorsque j'en sors.

Je n'en reviens pas. Je suis anéantie, et je n'arrive pas à accepter la trahison de Nathan. Il n'a pas pu me faire ça, il n'a pas pu tomber aussi bas, juste pour m'entraîner dans sa chute. C'est inimaginable et tellement loin du garçon adorable dont je suis folle.

— Manque de bol pour toi, il n'y a aucune actualité intéressante en ce moment, si bien que l'information est relayée par tous les médias, y compris les journaux télévisés. Ton visage apparaît en gros plan et, même si on ne te voit pas à poil, aucun doute sur ce que vous faisiez n'est permis, puisqu'il y a le son et les fesses de Leray. Désolée, j'ai été obligée de regarder pour savoir à quoi on devait s'attendre.

Seigneur, l'humiliation est publique et totale ! Qu'ai-je fait pour mériter ça ? OK, j'ai manqué de réactivité chez mes parents, mais je suis immédiatement allée le retrouver après, pour m'expliquer et m'excuser. Il faut croire que je me suis gourée sur toute la ligne, car force est de constater que Nathan Leray n'aime qu'une seule et unique personne : lui-même.

Mika vient juste de poser une tasse de café fumant devant moi, quand mon téléphone portable sonne. Immédiatement, je me précipite, espérant encore, envers et contre tout, qu'il s'agit de Nath et qu'il va m'assurer que tout ceci est un horrible malentendu auquel il n'est en rien mêlé. Hélas, quelle n'est pas ma déception en découvrant le numéro de l'hôpital. Pourvu qu'on ne me demande pas de travailler aujourd'hui, j'en suis parfaitement incapable. Je décroche, la boule au ventre.

— Raphaëlla Moreau ?

Je reconnais aussitôt la voix du directeur.

— Oui ?

— C'est Jean-Philippe Bastien.

Pas « Bonjour », pas « Comment allez-vous ? » ! Je ne sais pas pourquoi, mais je sens que c'est mauvais signe. J'espère me tromper, mais au fond de moi, je sais que j'ai raison.

— Que puis-je pour vous ?

Autant en avoir le cœur net dès maintenant.

Allez, courage, Ella, ce n'est peut-être pas si grave que ça.

— Écoutez, c'est délicat…

À bout de nerfs, je perds aussitôt patience.

— Venez-en au fait !

— Vos prouesses sexuelles passent en boucle à la télévision.

— C'est faux. Aucune chaîne digne de ce nom ne s'aviserait de diffuser une sextape à l'antenne.

Qu'il n'essaie pas de m'enfumer, j'en ai discuté avec Mika. Les réseaux sociaux relaient la vidéo, mais pas la télé. Ils ne font que retransmettre le scoop.

— Oui, enfin, c'est pareil. Et après cette histoire d'opération qui a mal tourné, ça commence à faire beaucoup.

À ces mots, je suis carrément estomaquée. Mais à quoi il joue, cet enfoiré ? Est-il en train de me coller la responsabilité de ce drame sur le dos ? La colère gronde en moi, face à une injustice aussi révoltante.

— Vous savez très bien que je n'ai commis aucune

faute. J'agissais sous la direction du Pr Marchand, qui s'est chargé de l'ablation de la tumeur, puisque je ne suis pas habilitée à effectuer ce type d'intervention et…

— Le problème n'est pas là, me coupe-t-il aussitôt. J'ai décidé de mettre fin à votre stage.

— Pardon ? Et de quel droit ?

— Vous êtes tenue à une certaine réserve professionnelle, dans le cadre de ce stage. Vous avez été mêlée au décès d'une patiente, même si vos compétences ne sont pas clairement mises en cause et…

Je l'interromps, furieuse comme jamais. J'aurais dû pressentir que cette histoire finirait par resurgir.

— Cette intervention se déroulait sous l'autorité du Pr Marchand, qui m'avait demandé de l'assister. C'est lui qui a effectué l'ablation de la tumeur, pas moi !

— Le Pr Marchand est un éminent praticien, il est hors de question de l'incriminer. De toute façon, notre établissement ne peut pas avoir à son service une interne qui est impliquée dans une affaire de mœurs.

— Mais quelle histoire de mœurs ? Vous plaisantez, j'espère ? Je suis une victime, vous ne comprenez pas ?

— J'aimerais vous croire, mais vous venez de perdre toute crédibilité. Cette vidéo est très compromettante, mademoiselle Moreau. Et cette fois, les relations haut placées de votre père ne pourront rien pour vous.

Soudain, je suis prise d'un doute.

— Est-ce que vous l'avez visionnée ?

Son silence parle pour lui. Je suis sur le point de vomir, tellement je suis dégoûtée. Ce type m'a regardée en train de coucher avec Nath. Avec mon bol, il aura même trouvé ça excitant. Quelle horreur !

— Ce n'est pas vrai ! Mais vous êtes répugnant ! je

m'exclame, écœurée. Effectivement, il vaut mieux que je ne me présente plus dans votre hosto de merde.

— Je vous défends de me parler comme ça ! Si votre père n'avait pas fait le forcing, jamais je ne vous aurais acceptée. Vous êtes beaucoup trop jeune et, à en juger par votre comportement, j'avais raison. Ma décision est irrévocable, je vous interdis de remettre les pieds dans mon établissement. Au revoir, mademoiselle Moreau.

Et ce fumier me raccroche au nez, sans la moindre compassion. Interloquée, je fixe mon téléphone, incapable de comprendre ce qui vient de se passer. Cette conversation était totalement surréaliste et je n'arrive pas à imprimer les propos odieux de ce connard.

— Quoi ? s'enquiert Mika, qui s'est assise à côté de moi.

— J'ai été virée de l'hôpital.

— Comment ? Mais enfin, ils n'ont pas le droit !

— Eh bien, il faut croire que le directeur a pris le gauche et que cela ne lui a posé aucun cas de conscience. Moi qui étais sûre d'avoir touché le fond, on dirait que je continue à creuser.

— Et c'est loin d'être fini, attends un peu que les parents arrivent. Sans compter que je n'arrête pas de me faire harceler par mon boss qui veut que j'effectue une interview de toi.

— Quoi ? je m'écrie, horrifiée. Pas question ! Tu n'as pas intérêt à me faire un coup pareil, je ne te le pardonnerai jamais.

— Ne t'inquiète pas, je l'ai envoyé chier, et bien comme il faut.

— Mais dans ce cas, toi aussi, tu risques ton poste.

— Non, je ne pense pas et…

Mais je ne l'écoute plus, parce que sur l'écran TV dont elle avait mis le son en sourdine une photo de moi apparaît. Il s'agit d'un cliché pris au cours d'un gala à Vendôme. J'augmente le volume pour entendre ce qui se dit et je suis atterrée lorsque je saisis la teneur des propos du journaliste. On me présente comme une fille à papa, un peu coincée, mais brillante. L'animateur dresse un portrait de moi très peu flatteur, où je passe clairement pour une salope hypocrite qui joue la nana bien sous tous rapports, mais qui va s'encanailler dans les toilettes des discothèques de la capitale avec les mauvais garçons. « La face cachée de la progéniture du sénateur », c'est ainsi que le reportage est intitulé. Par ailleurs, mon paternel est décrit comme un arriviste, un homme assoiffé de pouvoir, qui traîne également une affaire de liaison extra-conjugale derrière lui. Grosso merdo et pour résumer : tel père, telle fille. Même si je déteste mon père à cet instant précis, je trouve que la presse n'est pas tendre avec lui. OK, il est conservateur, mais n'applique pas les idées qu'il prône. OK, il est très ambitieux, trop sans doute, et ne s'en cache pas. Mais c'est également un homme qui aime sa famille — même s'il a parfois une drôle de façon de le montrer — et qui ferait tout pour nous. Par ailleurs, il est doté d'une grande intelligence et a une faculté de travail absolument impressionnante. Quoi qu'on en pense, il n'est pas le monstre qu'ils dépeignent.

En pleurs, je parviens juste à gémir :

— Seigneur, je veux mourir.

— Mais non, ils finiront par se calmer. Papa et Harry feront le nécessaire.

Durant le quart d'heure suivant, j'essaie désespérément de joindre Nathan, mais, comme l'avait prédit Mika, il ne répond pas. Je prie pour ne plus jamais me retrouver face à lui, parce que ce jour-là il y aura du massacre dans l'air. Avec rage, je jette mon portable contre le mur. Il chute dans un bruit sourd, mais semble avoir été sauvé grâce à la coque.

Dix minutes plus tard, la peur au ventre, je vois ma famille débarquer. Mon père commence à gueuler comme un putois — on aurait pu s'en douter — et Mika l'envoie bouler, ce qui a le mérite de faire retomber la pression. Dans le fond, je sais qu'il est bien plus inquiet pour moi que pour lui. Harry est au téléphone, en train de demander à un juge de sa connaissance d'intervenir immédiatement pour que la vidéo soit retirée de la plate-forme où elle a été postée. Il a également contacté un de ses amis policiers, afin de porter plainte contre celui qui m'a filmée à mon insu. Pendant ce temps, je signe la procuration qu'il me tend et qui lui permettra d'effectuer les démarches en mon nom. La vérité, c'est que je ne me sens pas du tout en mesure de me rendre à la police et de raconter cette histoire pathétique, parce que cela reviendrait à incriminer directement l'homme que j'aime. Pour le moment, c'est trop douloureux.

De toute façon, même si Nathan était d'accord, voire à l'origine de ce traquenard, moi je ne l'étais pas. Donc, si je veux tirer cette affaire au clair, je dois être reconnue comme une victime. Pour cela, il n'y a pas trente-six solutions, je dois entamer une procédure en justice. Lorsque Mika les informe des répercussions bien plus dramatiques que ma réputation mise à mal, c'est-à-dire la rupture de mon stage, je réalise que je ne peux pas me laisser salir de cette manière sans réagir.

Je crois que cette histoire fait carrément kiffer mon frère, parce que cela lui permet de faire une démonstration de l'étendue de ses talents à notre père. De son côté, ma mère sanglote, comme c'est le cas depuis qu'elle s'est écroulée dans le fauteuil. Quant à ce cher Georges, il reprend de plus belle son laïus sur la nécessité de bien choisir ses fréquentations et patin-couffin. Le pire, c'est qu'il a sans doute raison. Mais une fois de plus ma sœur montre immédiatement les crocs face à ma détresse flagrante, si bien qu'il est nettement moins virulent qu'à son arrivée.

Prostrée, les yeux rivés sur l'écran de la télévision, je l'entends, mais ne l'écoute pas. J'en suis à un stade où je ne songe qu'à une option : fuir. Oui, je suis lâche, ce n'est pas nouveau. Je n'ai pas la force d'affronter un tel scandale. Cela aurait sans doute pu être envisageable, si Nathan avait été à mes côtés, mais il n'est pas là et plus rien n'a de sens. Ma vie a été complètement détruite en moins de vingt-quatre heures et je ne peux pas me résigner à subir stoïquement l'opprobre de l'opinion publique.

Du coup, plutôt que de trouver une solution pour régler le problème, je décide d'en chercher une pour prendre la tangente le plus vite possible. Soudain, mes yeux sont accrochés par un sous-titre. Il s'agit de l'interview d'une équipe de Médecins du Monde. Et si c'était ça, la clé ? Mon rythme cardiaque s'accélère à mesure que l'idée fait son chemin dans mon esprit.

Bien plus tard, lorsque Mika a enfin réussi à les mettre à la porte, non sans les avoir entendus critiquer pendant des heures mon manque de réaction et mon apathie, je me rends dans ma chambre pour consulter le site de l'association et je postule à des emplois à l'étranger. On me répond presque aussitôt, ce qui est étonnant par un dimanche en fin d'après-midi. Durant le reste de la soirée, je discute par mail avec un coordinateur. Il semblerait qu'ils soient en forte demande de praticiens prêts à s'expatrier, avec bien peu de candidats en lice.

Avec étonnement, je découvre que je peux poursuivre mon stage là-bas en qualité d'interne à condition que mon inscription à l'université soit validée. L'avantage avec les démarches en ligne, c'est que le résultat est immédiat. Ainsi, pendant que je me renseigne auprès de mon correspondant, je complète mon dossier d'étudiante sur le site de la fac de médecine, puis j'effectue le paiement des droits annuels avec ma carte bleue. J'opte pour la spécialisation en médecine d'urgence, plus déterminée que jamais. Un rendez-vous est confirmé pour le lendemain, dans les bureaux de l'association. Cette fois, ça y est, ma vie est en train de prendre un nouveau virage et j'entends bien que celui-ci soit conforme à mes deux leitmotivs préférés depuis aujourd'hui : revenir aux fondamentaux de mon métier pour aider autrui et fuir toute cette boue.

29

Nathan

Adossé au capot de ma voiture, j'attends depuis plus d'une demi-heure sur le parking de la prison de Béthune. Grâce à l'avocat que j'ai engagé, Yann a pu sortir plus tôt que prévu. En cette fin du mois de septembre, l'air est frais et la grisaille est à nouveau au rendez-vous. Mais au moins, il ne pleut pas.

Enfin, le lourd portail en métal s'ouvre et mon frère apparaît. Dès qu'il m'aperçoit, il avance vers moi en souriant.

— Hey, le serial niqueur ! Comment ça va ?

Oh non, je le crois pas !

— Dis donc, t'es pas obligé de me surnommer comme ces putains de feuilles de chou.

Durant les deux semaines qui ont suivi le scandale de la sextape, les médias m'appelaient ainsi. Pendant plus de dix jours, je me suis terré dans la maison de campagne du président du club. J'ai même raté le premier match de la saison. Ça m'a rendu malade, mais le staff du club avait raison, il fallait que cette affaire retombe. D'après ce que le coach m'a rapporté, l'avocat d'Ella, Me Bernard-Henri Moreau — non, pas de jeux de mots débiles aujourd'hui —, a réussi à faire supprimer la vidéo assez rapidement. Et pour tous ceux qui l'avaient déjà téléchargée, il est intervenu au cours d'un journal télévisé avec son père, afin d'expliquer que quiconque s'avisait de la publier ou de la partager sous le manteau s'exposait à des poursuites et à de lourdes amendes. Cela a eu le mérite de calmer tout le monde.

Chris a été arrêté et viré du club. J'ai dû témoigner contre lui. C'était compliqué pour moi au début, parce que j'avais l'impression de l'avoir involontairement induit en erreur. J'ai raconté aux flics que j'étais bourré et en colère, ce qui ne fait pas bon ménage. Mais à la question : *« Avez-vous explicitement demandé à votre collègue de vous filmer et de diffuser la vidéo ? »*, j'ai répliqué par un non catégorique. Il me l'avait proposé et j'y avais réfléchi, mais sans donner mon accord verbalement. En tout état de cause, je ne savais pas que cette vidéo où on nous voit baiser serait diffusée sur le Net.

Avec le recul, j'ai l'intime conviction que j'aurais refusé de pousser le bouchon aussi loin. Ce soir-là, j'avais la haine, c'est incontestable, mais dès le dimanche je me suis ressaisi. Depuis, je me suis calmé : le temps a commencé à faire son effet et je me sens plus apaisé. Je n'ai rien oublié, mais il faut admettre qu'Ella a eu bien plus d'emmerdements que moi. Elle a été pourchassée et harcelée par la presse à scandale pendant quelques jours, puis plus rien. Elle a disparu des écrans radar. Je ne vous cache pas que je me demande tous les jours ce qu'elle devient.

— Dis, t'as quand même fait fort, petit branleur ! réplique Yann en s'installant sur le siège passager. Tu n'étais pas obligé de montrer ton cul à toute la France.

Tout en m'insérant dans la circulation, je grogne :

— Ouais, c'est un peu plus compliqué que ça.

Nous avons tous deux décidé de nous rendre chez Emma, avant de repartir demain matin pour Paris. Je ne peux pas rester absent trop longtemps, maintenant que le championnat a repris. Pour le moment, tout va bien à ce niveau-là, et fort heureusement pour moi, parce que les dirigeants m'ont toujours dans le collimateur, ce genre de publicité n'étant pas particulièrement apprécié. Si je m'avisais de mal jouer, clairement, je ne ferais pas de vieux os au club. Et comme le foot est toute ma vie, un échec est inenvisageable.

— Qu'est-ce qui est compliqué ?

— Ella et moi, c'est fini.

— C'est vraiment dommage. Jamais je ne t'ai vu aussi mordu avant elle.

Je lui raconte alors toute l'histoire, depuis notre première rencontre, jusqu'à cette soirée infernale. La colère est encore présente dans le ton de ma voix, mais je ne tremble plus de rage comme durant les premiers jours.

Au moment où nous nous garons devant le pavillon d'Emma, mon frangin lance :

— Ce que je ne comprends pas, c'est comment elle a pu revenir si vite à Paris. C'est bizarre, son père lui avait interdit de continuer à te fréquenter, mais elle est venue quand même. Pourquoi ? Comment ? Quelles étaient ses motivations ?

— Mais qu'est-ce que j'en sais ? je râle en sortant du véhicule à mon tour.

— Non, mais c'est vrai, quoi ! Si elle avait écouté les ordres de papa, elle n'aurait pas déboulé en boîte de nuit pour tenter d'arranger le coup. Au mieux, elle se serait pointée chez toi le lendemain.

Je fronce les sourcils, perplexe. Je n'y avais jamais réfléchi de cette façon, mais je dois reconnaître que les interrogations de Yann ne sont pas dénuées de bon sens. Pour ma part, je n'ai cherché qu'une chose : oublier cette fille pour laquelle j'étais prêt à tout. Hélas, ce n'est pas aussi facile et je pense encore à elle bien trop souvent. Plus avec colère, mais simplement avec beaucoup de tristesse.

Éric nous ouvre et sourit en enlaçant Yann pour une accolade virile.

— Oh bordel, ça fait du bien de te voir dehors !

— Imagine pour moi, réplique mon frangin avec ironie.

Emma arrive juste après et se jette dans ses bras, folle de joie. Enfin, la famille — du moins ce qu'il en reste — est réunie. Lorsqu'elle m'aperçoit, elle m'embrasse chaleureusement avant de regarder derrière moi.

— Un problème, Em ? Tu attendais quelqu'un ?

— Je… eh bien… je croyais qu'Ella serait avec toi.

À ces mots, je me fige et je me sens pâlir.

— On n'est plus ensemble, rétorqué-je d'une voix blanche. Je pensais que tu étais au courant.

— Ben, c'était la rumeur. Mais comme…

Le rapide coup d'œil qu'elle lance à son mari me met la puce à l'oreille. Quand elle se met à faire attention à ce qu'elle dit, ça sent toujours mauvais.

— Bon, tu m'expliques, là ? je grogne en refermant la porte d'entrée derrière moi.

Nous nous installons dans le salon, où elle nous apporte du café. Vautré dans le fauteuil, Dylan est en train de bouquiner.

— Depuis qu'il a commencé, il n'arrête plus, explique son père avec un sourire bienveillant.

Le voir si fier de son gamin fait remonter un goût de bile

dans ma bouche. Ça me rappelle que je l'étais tellement de mon petit génie, moi aussi…

— Tu lis quoi ? s'enquiert Yann avec curiosité.

— *Les Chevaliers d'Émeraude*. Ella me les a tous achetés. C'est ma princesse !

Je suis de plus en plus mal à l'aise.

— Bon, pourquoi tu croyais qu'elle serait avec nous ? demande mon frangin à Emma, dès qu'elle s'est assise près de nous.

Il m'a devancé, je m'apprêtais à poser la question.

— Depuis quand vous n'êtes plus ensemble ? contre-attaque-t-elle aussitôt.

— Depuis mi-août. Juste avant que l'histoire de la vidéo éclate.

— Ben, ça alors !

— Putain, Em, qu'est-ce que tu me caches ?

Je m'impatiente, vraiment fébrile. Pourquoi ai-je l'impression que ce qui va suivre risque de ne pas me plaire ?

— Ella est venue le 26 août. Elle nous a emmenés chez le spécialiste, et Dylan est bien surdoué comme elle l'avait dit. Ensuite, elle lui a offert des tonnes de bouquins qu'elle avait apportés exprès pour lui. Brian s'est amusé à additionner les prix, il y en a au moins pour trois cents euros. Sans compter la note du psy, qui était drôlement salée.

— Quoi ? C'est elle qui a payé ?

— Oui. Tu comprends, je croyais que tu lui avais donné l'argent, donc je ne me suis pas posé de questions. Mais il n'y a pas que ça.

— Quoi encore ?

— On s'est rendus dans une école privée de Lille qui a une classe pour les gamins comme Dylan. Ils ont accepté de le prendre, parce que Ella a fait le forcing. Elle leur a parlé d'elle, de son enfance et de sa scolarité. Le directeur a été très impressionné par son parcours. Bref, elle a réglé la première année avec la cantine, il y en avait pour presque cinq mille euros. Et maintenant, je découvre que tu n'as rien à voir avec tout ça ! En l'espace d'une journée, cette fille a dépensé près de six mille euros pour le petit sans broncher. Mais si ce n'est pas toi qui as tout financé, d'où vient l'argent ?

Dire que je suis sur le cul est un euphémisme — eh oui, je sais ce que ça veut dire ! Je suis complètement tétanisé sous le coup du choc.

D'une voix lugubre, je confirme ce que nous savons déjà tous.

— C'est très probablement le sien. Je ne lui ai jamais donné de thunes pour Dylan. En fait, cette histoire m'est totalement sortie de la tête. On n'était plus ensemble, donc…

— Il faut qu'on la rembourse. Téléphone-lui.

Je dégaine mon smartphone et récupère son numéro, que je n'ai jamais réussi à effacer de mes contacts. Déglutissant avec beaucoup de mal, je tente de la joindre, mais ça ne sonne même pas.

— J'arrive directement sur la messagerie. On dirait que son portable est éteint.

— Tu ne m'as pas expliqué que sa sœur était journaliste ? s'enquiert Yann.

— Si. Pourquoi ?

— Appelle-la !

— Ah non, pas question ! Cette fille est une garce de première.

Là, clairement, je suis nettement moins chaud. Mika est souvent présente pendant les matchs du PSG et, jusqu'à présent, j'ai toujours fait en sorte de ne pas me retrouver près d'elle. Dans la mesure où elle a l'air de m'éviter aussi, c'est relativement facile. Seulement, à situation de crise, mesures d'urgence.

— Et sa sœur a fait plus pour Dylan que n'importe lequel d'entre nous. Ça compte, non ?

Mes yeux dévient vers Emma qui approuve d'un hochement de tête. Elle ne me demandera pas expressément de tenter de joindre Ella par tous les moyens, mais je devine à quel point c'est important pour elle de ne pas lui être redevable, tout comme j'ai conscience de ce que je dois à mon aînée. Par ailleurs, le besoin d'avoir des nouvelles du petit génie me consume littéralement de l'intérieur. J'y pense tout le temps. En fait, je ne pense qu'à ça. Comme ma famille, j'ai besoin de savoir pourquoi Ella s'est occupée de Dylan et a raqué une blinde pour lui, alors que nous avions rompu.

— Allez, Nath, vas-y, qu'est-ce que tu risques ? insiste mon frère.

Avec un soupir, je finis par appeler sa jumelle, dont j'avais également conservé le numéro.

Mika décroche à la deuxième sonnerie.

— Mickaëlla Moreau, j'écoute.

Elle semble occupée. Elle n'a pas dû faire gaffe au numéro affiché.

— Salut, c'est Nathan.

Il y a un grand blanc, avant qu'elle se décide à répondre.

— Qu'est-ce que tu veux, toi ?

Là, je la reconnais, hargneuse et rentre-dedans. Son ton est nettement moins poli.

— Je cherche à joindre Ella et je n'y arrive pas.

— Et alors ? Ça t'étonne ?

— Je dois vraiment lui parler.

— Va te faire voir, pauvre abruti !

Elle raccroche brutalement. Je me retrouve comme

un con, mais pas si surpris que ça. À quoi je m'attendais ? À être accueilli à bras ouverts ? La bonne blague !

Ce matin, sur le trajet qui nous ramène à Paris, Yann conduit. Il prétend que ça lui fait plaisir de reprendre le volant après tant d'années. Ça m'arrange bien, parce que je suis salement perturbé. Les paroles d'Emma résonnent inlassablement dans mon esprit, alors que le paysage défile devant moi sans que j'y prête attention.

— Si sa sœur est journaliste, pourquoi ne pas demander à ton coach d'intervenir pour qu'elle t'interviewe ? Ce serait sans doute le meilleur moyen d'avoir des nouvelles d'Ella, tu ne crois pas ? finit par suggérer mon frère.

— Je ne parle jamais à la presse, t'as oublié ?

— Non, mais il me semble que tu as trop besoin de réponses à tes questions. Alors, pour une fois, surmonte tes préjugés.

Je secoue la tête.

— Elle va me tailler en pièces, c'est couru d'avance.

— Dans ce cas, ne la laisse pas faire.

Je pivote vers lui, les yeux plissés.

— Tout a l'air toujours si facile pour toi.

— Hey, si tu avais été enfermé pendant sept ans dans une cellule de neuf mètres carrés, tu ne perdrais pas ton temps avec des conneries et tu irais à l'essentiel. Tu veux savoir et la seule qui peut t'expliquer, c'est sa jumelle. Alors, fonce, qu'est-ce que tu attends ?

J'ai passé le reste de la journée d'hier à tenter de contacter Ella, mais son téléphone est bel et bien éteint. Ce matin, lorsque nous étions encore à l'hôtel, j'ai appelé l'hôpital. On m'a simplement indiqué qu'elle n'y travaillait plus. Là, j'ai paniqué et, depuis, je me torture le cerveau pour essayer de comprendre. Jamais elle n'aurait quitté un boulot qu'elle adore. Je sais qu'elle avait absolument besoin de ce stage pour valider sa dernière année. Si elle l'a interrompu, il doit y avoir un motif grave, et c'est impossible de ne pas faire le rapprochement avec notre rupture et le foutoir qui a suivi.

Durant tout le reste du trajet et une bonne partie de la nuit, je réfléchis furieusement. Hélas, je ne trouve aucun scénario qui expliquerait cette brusque disparition, et ne pas savoir commence sérieusement à m'angoisser. Le lendemain, lorsque je me rends à l'entraînement, ma décision est prise. Avant de quitter le centre sportif, j'en parle au coach qui m'observe, sceptique.

— T'as vraiment envie de discuter avec des journalistes ? Je ne sais pas si c'est une bonne idée, fait-il remarquer en se grattant l'arrière du crâne. Parce que, même si Chris était clairement coupable du bordel, je ne peux pas m'empêcher de penser que tu n'es pas tout blanc dans cette affaire.

Et il a tellement raison ! Bien entendu que j'ai une part de responsabilité dans cette putain d'histoire de sextape. Mais j'avais bu. Enfin, comme excuse, celle-là est particulièrement bidon. Cependant, c'est la seule à laquelle j'arrive à me raccrocher pour continuer à pouvoir me regarder dans la glace chaque matin.

— J'y tiens et je veux que ce soit Mickaëlla Moreau qui m'interroge.

— Très bien, je vais voir ce que je peux faire.

— J'espère que tu n'en as pas pour trop longtemps, me prévient Yann lorsque nous nous dirigeons vers la salle de presse du club, trois jours plus tard. J'ai rendez-vous à l'université pour mon admission.

Je rigole, persuadé qu'il se fout de moi.

— Qu'est-ce que tu veux aller foutre à la fac ? T'as même pas ton bac !

— Je vais m'inscrire au DAEU.

— C'est quoi ?

— C'est un diplôme d'accès aux études universitaires. Il te donne une équivalence du bac. La plupart des cours sont dispensés le soir, si bien que je pourrai continuer à m'occuper de toi.

Depuis que mon frangin est de retour dans ma vie, tout me semble plus facile. Il gère le quotidien, la paperasse, ainsi que les réseaux sociaux, et il le fait d'ailleurs très bien. Je me sens totalement en confiance avec lui, et surtout beaucoup moins seul.

Je viens tout juste de prendre une douche et je dois être dans la salle de débriefing dans une demi-heure pour préparer le prochain match. En temps normal, je n'aime pas m'éparpiller. Mais pour savoir ce qu'est devenue Ella, tout est bon, y compris bousculer un planning déjà bien rempli et accepter cette interview quand bien même je déteste ça.

Lorsque nous arrivons dans la pièce, Mika est là. Elle refuse de serrer la main que je lui tends, comme si j'avais la gale, et me salue d'un simple hochement de tête. En revanche, elle accepte la poignée de Yann, ce qui me vexe carrément. Je remarque au passage qu'elle rougit comme une collégienne sous le regard perçant de mon frère. Il est vrai qu'il est plutôt beau mec, si on apprécie le genre taciturne et tatoué.

Je m'installe dans le fauteuil qu'elle m'indique, pendant qu'elle s'assied en face de moi.

— Que les choses soient claires, Leray, lance-t-elle dès que j'ai pris place. J'ai autant envie de faire cette interview que de me faire arracher une dent. Mais je n'ai pas le choix. Mon directeur de programmes m'a ordonné de m'y coller ou de prendre la porte. Donc, ne m'emmerde pas aujourd'hui, je ne suis pas d'humeur.

— Comment va Ella ? je demande, sans tenir compte de son petit discours.

— On peut commencer ? lance-t-elle au cameraman qui l'accompagne.

Je comprends qu'elle n'a aucune intention de me répondre.

Mais si tu crois que je vais lâcher le morceau, miss blondasse, tu te fourres le doigt dans l'œil jusqu'au coude ! Je ne suis pas venu ici pour rien et je finirai par avoir des réponses à toutes les questions que je me pose.

— D'abord, dis-moi ce que devient ta sœur.

Son regard glisse sur moi comme si j'étais invisible et se fixe sur Yann qui se tient en retrait. À nouveau, elle pique un fard, troublée, de toute évidence. Lorsqu'elle reporte son attention sur moi, elle finit par murmurer avec réticence :

— Je n'en sais rien.

Quoi ? C'est tout ?

— Comment ça ? Explique-toi.

— L'interview débute dans trois, deux, un.

Le technicien lui fait un petit signe, et elle se met aussitôt en mode journaliste.

— Nathan Leray, bonjour. Tout d'abord, merci d'avoir accepté de nous recevoir dans les locaux du PSG. Depuis presque deux ans, vous avez refusé tout contact de près ou de loin avec les médias. Pour quelle raison ?

Peau de vache !

Elle commence fort, cette garce. Je m'éclaircis la voix, mal à l'aise, avant de me souvenir que je suis filmé.

— Parce qu'une de vos collègues s'est très mal comportée avec moi. Elle a confondu vengeance pour un problème d'ordre privé et professionnalisme. Pour éviter qu'un tel incident se reproduise, j'ai préféré couper court.

Dans la mesure où je suis honnête dans mes explications, je ne peux pas trop me vautrer. Du moins, je l'espère…

— Dans ce cas, pourquoi avoir changé d'avis aujourd'hui ?

Ben voyons ! Continue à me savonner la planche comme ça, Mika, tu iras loin.

— Parce que vous êtes la meilleure dans votre domaine, et que je n'ai aucun doute sur le fait que jamais vous ne vous abaisseriez à régler un litige personnel au travers de votre travail.

Elle semble décontenancée par ma réponse. Ce qu'elle ignore, c'est que j'ai préparé cette entrevue avec mon frère. Et je pressentais que ce genre de question tomberait. Venant de la part de Mika, c'était à prévoir.

— Très bien. Considérez-vous votre sélection en équipe de France comme une consécration ? Et comment cela va-t-il se passer dans les prochaines semaines ?

— Bien sûr, c'est comme un rêve de gamin qui se réalise. N'importe quel joueur serait aux anges de représenter son pays dans des compétitions internationales. Le premier match a lieu dans un mois. Je vais donc devoir partager mon temps entre le club et Clairefontaine où se déroulent les entraînements pour les sélectionnés.

Nous discutons encore quelques minutes de foot et je me rends compte que cette fille est vraiment calée dans le domaine. Elle maîtrise parfaitement le sujet. Au moment où je commence à me détendre, elle enchaîne avec le sujet que je redoutais le plus.

— Dernièrement, il y a eu un scandale dans lequel vous avez été impliqué…

J'espérais qu'elle aurait la décence de ne pas l'évoquer, mais la connaissant, c'était un vœu pieux. Après une brève hésitation, je réplique :

— À mon insu.

— Comment ça ?

— J'ai été mêlé à cette sordide affaire à mon insu. Et je suis le premier à regretter ce qui est arrivé.

— Vous craignez pour votre réputation ?

— Non, je me fiche de ce que les gens pensent de moi en tant que personne, la plupart d'entre eux ne me connaissent pas. C'est pour la jeune femme qui était sur la vidéo avec moi que je suis désolé. Nous avons été prudents tous les deux, au cours de notre relation, afin de ne pas attirer l'attention. Raphaëlla n'est pas une personnalité publique et que cette histoire puisse lui coller à la peau me rend malade.

Mika paraît déstabilisée par ma réponse. Tout le monde connaît leur lien de parenté, puisqu'elles ont le même nom de famille et sont les filles d'un homme politique assez connu. Je suppose qu'elle cherche avant tout à protéger farouchement sa jumelle, comme elle l'a toujours fait. Maintenant que j'ai été bien clair sur ce que je pense de cette histoire, le moment est venu pour moi d'étaler un peu de la sagesse que j'ai acquise ces derniers jours. Je tiens l'occasion de montrer que les sportifs ne sont pas des primates ignorants, incapables de formuler clairement une phrase, mais des êtres humains qui méritent qu'on les considère avec un minimum de respect.

— Voyez-vous, Mika, l'ennui, avec ce genre d'incident, c'est que le public nous prend pour des ignares qui ne pensent qu'à jouer au foot et à s'envoyer en l'air. Je trouve que c'est assez réducteur. Il ne faut pas oublier que, pour atteindre un tel niveau, nous passons énormément d'heures sur les terrains à nous entraîner. Or, pendant ce temps, on n'est pas dans une bibliothèque.

— On vous a souvent raillé à ce sujet…

— Et on avait sans doute raison. Mais, comme me l'a fait remarquer une jeune femme particulièrement brillante, l'intelligence et l'instruction sont deux choses très différentes.

— Et que comptez-vous faire pour remédier à cela ? Si c'est votre préoccupation, bien sûr.

— Ça l'est. Je bouquine beaucoup, j'ai redécouvert dernièrement les plaisirs de la lecture. Et j'ai décidé de reprendre mes études. Je vais m'inscrire à un diplôme d'accès aux études universitaires.

Ce n'était pas du tout prévu. C'est sorti comme ça, sans préméditation. Mais maintenant que c'est dit, je trouve que l'idée est excellente. Avec l'aide de Yann, je suis certain d'y arriver. Nous pourrons nous soutenir et nous motiver mutuellement.

— Vraiment ?

— Oui. Une carrière de joueur ne dure pas éternellement. Outre l'âge, il y a aussi le risque de blessures. Il faut assurer son avenir et ne pas tout miser sur le sport.

— Et qu'est-ce que vous lisez en ce moment ?

Je suis sûr qu'elle s'imagine que je bluffe et veut essayer de me coincer.

— J'ai fini le *Da Vinci Code* et j'ai beaucoup aimé. Je viens de commencer *Christine*, de Stephen King.

Nous évoquons ensuite des aspects techniques des derniers matchs et je suis conforté dans l'idée qu'elle est très professionnelle. Lorsque nous arrivons à la fin de l'interview, elle semble un peu plus détendue.

— Merci pour ces quelques instants partagés, Nathan.

— Tout le plaisir était pour moi, Mickaëlla.

La caméra s'éteint et miss blondasse — eh oui, les vieux réflexes ont la vie dure — se tourne vers moi, les poings sur les hanches, visiblement folle de rage. Qu'est-ce qui lui prend, d'un seul coup ? Ce n'est pourtant pas la pleine lune, que je sache.

— Pourquoi tu fais ça ?

— Quoi ?

— Parler d'Ella comme si elle avait de l'importance pour toi. J'étais là le soir où tu l'as lourdée. Tu lui as demandé si elle voulait se joindre à ta petite partouze, sale con ! Tu as été ignoble et, quand j'ai interrogé Chris après cette histoire, il a clairement indiqué que tu avais sérieusement envisagé de le laisser te filmer pour te venger, à la fois de mon père et de ma sœur.

— C'est faux !

— Ah bon ? Dans ce cas, comment savait-il que mon paternel t'avait humilié ? Hein ? Comment pouvait-il être au courant ? Alors ? Tu ne réponds pas ? Tu as perdu ta langue ?

Sentant que la situation est en train de dégénérer, mon frère approche et s'interpose.

— Nathan, tu es attendu. Quant à nous, mademoiselle, nous allons avoir une conversation tous les deux devant un café.

Un nœud à l'estomac, je m'oblige à quitter la pièce pendant que Yann se dirige vers la salle de restaurant avec une Mika soudain plus docile qu'un agneau.

Trois heures plus tard, je suis heureux de retrouver le calme de mon appartement. Yann arrive peu après et balance une enveloppe sur la table basse. Puis il s'installe en face de moi, dans un fauteuil, tandis que je suis vautré sur mon canapé.

— Tiens, je t'ai rapporté un dossier d'inscription. Puisque, apparemment, tu as l'intention de reprendre tes études.

L'ironie que je perçois dans sa voix me hérisse le poil.

— Oui, et alors ?

— Pourquoi tu ferais une chose pareille ? Et ne me parle pas de l'après-carrière, je n'y crois pas. Tu as tout juste vingt-cinq ans, et encore de belles années devant toi.

Je me redresse pour m'asseoir et pose mes coudes sur mes genoux.

— Tout le temps où j'étais avec Ella, elle était tellement intelligente que je me sentais stupide. Et je ne veux plus jamais ressentir ça.

— Elle te rabaissait ? C'était elle qui te donnait le sentiment que tu n'étais pas assez futé pour elle ?

— Non, elle n'a jamais fait ça, au contraire. C'était moi, le problème. Ce matin, quand je l'ai dit à Mika, je n'y avais pas vraiment réfléchi. C'est sorti comme ça. Mais plus j'y pense, plus je suis persuadé que c'est une excellente idée. Je veux avoir l'impression d'être un peu plus digne d'elle. J'ai envie qu'elle soit fière de moi lorsque je la retrouverai.

— Tu sais, ce n'est pas facile, et je parle par expérience. Il faut s'accrocher. J'ai drôlement ramé quand j'étais en taule, et ce n'était que le brevet des collèges.

— Je m'en doute.

— Je pense que tu sous-estimes la difficulté. Et au-delà de ça, c'est une démarche que tu dois faire pour toi avant tout, pas pour plaire à une meuf.

— Mais c'est le cas, Ella est juste une motivation supplémentaire. Et maintenant, raconte-moi plutôt ce que Mika t'a dit. Je suis sûr que tu as réussi à la faire causer. J'ai bien vu que tu lui as tapé dans l'œil.

— Ouais, j'ai remarqué aussi.

Il semble assez embarrassé, ce qui contraste avec le vrai tombeur qu'il était quand il avait vingt ans.

— Et ? Tu vas tenter le coup avec elle ? Je te préviens, c'est une plaie pour celui qui s'y risque, parce qu'elle est plutôt du genre à changer souvent de mec, si tu vois ce que je veux dire. Après, tu fais comme tu le sens, il y a pire que cette blondasse.

— Frérot, je viens de sortir de taule. Qu'est-ce que tu veux que j'entame une liaison avec une fille, alors que je ne me rappelle même plus à quoi ressemble une foufoune ? Et une journaliste en prime ? Non, mais tu te touches la nuit ? Pas question ! Si elle découvrait mon passé, elle pourrait déballer ce scoop pour faire avancer sa carrière. Je suis désolé, mais je me méfie.

— OK, c'est toi qui vois, je n'insiste pas. Avec elle ou avec une autre, cela n'a pas d'importance. Ce que j'essaie de te dire, c'est juste que tu devrais penser à vivre autrement que comme un ermite, maintenant que tu es de nouveau dehors. Mais revenons au sujet qui m'intéresse. Qu'est-ce que Mika t'a raconté à propos d'Ella ?

— Je ne sais pas si je fais bien de te dire la vérité, parce que ça ne va pas te plaire.

Aussitôt, je m'imagine toutes sortes de scénarios catastrophes. Il faut que je sois fixé, c'est impératif.

— Crache le morceau, il n'y a rien de pire que de se faire des films sans savoir.

— Très bien. À cause de l'affaire de la sextape, Ella a été virée de son stage. Affronter le scandale, le renvoi et la rupture, c'était trop pour elle. Mika ne l'a pas dit ouvertement, mais elle a laissé entendre que votre séparation a été très douloureuse pour sa jumelle. D'autant que, pour la première fois, elle avait bravé leur père.

— C'est faux ! Cet enfoiré m'a insulté et elle n'a pas bougé un cil pour me défendre.

— Juste après ton départ, elle a envoyé chier toute sa famille, pour toi. C'est une amie de Mika qui l'a récupérée pour la ramener jusqu'à mi-chemin de Paris et sa sœur a pris le relais ensuite. Tu vois, je t'avais dit qu'il y avait un os dans cette histoire. Bref, comme elle ne voyait aucune issue, elle a décidé de se faire la malle.

Vent de panique… Ella n'est plus à Paris ? Ce n'est pas possible !

— Elle s'est tirée ?

— Elle s'est engagée dans une ONG.

— Une ONG ? C'est quoi, ça ?

— Une organisation non gouvernementale. Elle travaille pour Médecins du Monde.

— Et elle est où ?

— Elle devait juste passer deux semaines en Afrique pour vacciner des mômes dans la brousse. Mais…

— Mais quoi ? je le presse, fou d'inquiétude.

— Au lieu de rentrer après comme prévu, elle est partie directement ailleurs.

— Où ?

— En Syrie. Elle est à Alep.

— Quoi ? Mais c'est un pays en guerre !

— Ella aide les gens qui ont décidé de rester ou qui ne peuvent pas fuir le pays.

— Putain, mais c'est vachement dangereux ! Et ils l'ont laissée faire ?

— Elle n'a rien dit et les a tous mis devant le fait accompli, la veille de son départ. De toute évidence, le temps de la rébellion a sonné et elle n'écoute plus personne.

Je me passe la main sur le visage, choqué au-delà des

mots. La savoir à l'autre bout du monde, à risquer sa vie, me rend complètement malade.

— À part ça, Mika m'a juste dit qu'elles communiquent par mail, et qu'Ella téléphone environ une fois par semaine. Il paraît que ses parents se sentent horriblement coupables, surtout le père.

— Bien fait pour sa gueule, à ce connard !

— Ouais, en attendant, elle est coincée là-bas pour au moins trois mois et tous espèrent qu'elle ne prolongera pas. Ah, et elle a également changé de spécialité. Elle se reprend deux années supplémentaires dans les gencives pour être urgentiste.

Durant toute la nuit, je suis incapable de fermer l'œil. Tout ça, c'est ma faute. Je sais bien qu'il ne faut pas systématiquement tout ramener à soi, mais dans ce cas précis, je ne vois pas comment faire autrement. J'ai refusé de l'écouter, je l'ai rejetée, et j'ai semé une merde innommable dans sa vie. Résultat, elle est partie. J'avais hurlé que je ne voulais plus jamais qu'elle m'approche et elle a exécuté mes ordres. Putain, je me sens vraiment minable ! Je pourrais me bouffer les couilles, tellement je regrette d'avoir agi avec si peu de bon sens, muré dans mon orgueil à la con.

Misère ! Mais qu'est-ce que j'ai fait ?

30

Ella

La chaleur m'étouffe et la poussière me colle à la peau, mais je m'oblige à continuer, même si je suis épuisée. Aujourd'hui, comme hier et les jours d'avant, le rythme est infernal. Des dizaines de blessés arrivent chaque jour et, pour certains, il est déjà trop tard. La première fois qu'une petite fille est morte dans mes bras, j'ai cru devenir folle. Depuis, j'essaie de me blinder, mais c'est horriblement difficile.

Chaque soir, on se couche en redoutant ce que réserveront la nuit et le lendemain. Chaque matin, on se réveille en remerciant le ciel d'être toujours en vie. Et je peux vous certifier que cela remet beaucoup de choses en perspective. Non seulement, nous devons éviter les bombes, mais en plus nous ne devons surtout pas nous faire choper par les extrémistes. Parce que nous savons tous ce qui arrive quand c'est le cas, surtout avec des Occidentaux. Jusqu'à présent, nous avons eu du bol, mais pour combien de temps ?

Mes tracas, restés à Paris, semblent bien insignifiants au regard de la misère que je côtoie journellement. De 6 à 23 heures, nous œuvrons dans l'un des seuls dispensaires qui n'a pas encore été bombardé. Manger, se doucher et fumer une cigarette sont des luxes, et je me rends compte à quel point mon existence est privilégiée. Je jure qu'à mon retour en France le premier qui critique ces pauvres gens va m'entendre ! Et quand je dis cela, je pense surtout à mon père et à sa mentalité de merde. Le quotidien est tellement difficile ici, comment les blâmer de vouloir tenter leur chance ailleurs ? De rêver à un avenir meilleur ? Ou tout simplement de chercher à rester en vie ?

On prétend souvent que les religions sont à l'origine des plus grandes guerres. Moi, je crois que c'est l'ignorance, la colère et la soif de pouvoir qui en sont responsables. La foi vous donne des fils conducteurs, mais elle est ce que vous choisissez d'en faire.

Une fois par semaine, je m'autorise à consulter mes mails, du moins quand il y a du réseau — ce qui n'est pas arrivé depuis quinze jours —, et à téléphoner à ma sœur. Dernièrement, ma mère a décidé de lui rendre visite chaque dimanche après-midi pour être présente au moment de mes appels. Je sais que Mika est terriblement inquiète et furieuse que je sois partie, mais je ne regrette rien. Je suis heureuse de revenir aux fondamentaux, histoire de me souvenir pourquoi j'ai opté pour la médecine plutôt que le droit ou les sciences politiques.

Un bruit sourd résonnant au loin me fait sursauter. Merde, une nouvelle bombe ! Mais n'en ont-ils pas marre de s'en prendre à la population civile ?

Quelquefois, quand tout devient trop dur, je repense aux bons moments que j'ai passés avec Nathan. Même si, bien entendu, j'occulte volontairement les dernières vingt-quatre heures de notre relation qui me laissent toujours un goût amer en bouche. Le plus triste, dans cette histoire, c'est que je l'aime encore. J'ai même l'impression que je ne cesserai jamais de l'aimer. Mais j'essaie d'apprendre à vivre avec ce sentiment non partagé, à ne plus rien attendre de personne, à ne plus compter que sur moi-même.

Quand la survie devient votre seule préoccupation, vos amours passent clairement au second plan.

— Ella, j'ai besoin de toi ! C'est urgent !

Sans perdre une minute, je rejoins mon collègue canadien qui s'active auprès d'un patient. Même si je le voulais, je n'aurais pas le temps de me morfondre, et c'est sans doute ce qui pouvait m'arriver de mieux. Ici, tout ce qui compte, c'est de sauver des vies. Me rendre en Syrie a été la meilleure décision que j'aie prise, quand bien même ma famille a poussé de grands cris. Mais pour la première fois, je n'ai écouté personne et j'ai fait ce qui me semblait juste. Alors, peu importe que les conditions de vie soient difficiles, je ne regrette rien.

31

Nathan

La boule au ventre, j'appuie sur la sonnette pendant que Yann m'attend dans la voiture. Il a bien proposé de m'accompagner, mais j'ai refusé. Je ne veux pas qu'il puisse risquer le moindre ennui à cause de moi. Parce qu'on sait tous où ça pourrait le conduire, et il n'en est pas question.

La porte s'ouvre sur le père d'Ella qui me regarde comme s'il avait un fantôme devant lui. Néanmoins, dès qu'il a retrouvé un semblant de contenance, il passe à l'attaque.

— Qu'est-ce que tu fous ici ? Tu n'en as pas déjà assez fait ?

Sans me laisser démonter ni détourner les yeux, je rétorque aussitôt :

— Pas tant que vous, c'est sûr ! Quand on a traité sa fille aussi durement que vous l'avez fait, on est mal placé pour la ramener.

— Dégage de chez moi ou j'appelle les flics et…

— Georges !

La voix de la mère d'Ella vient de claquer dans l'air

comme un coup de fouet. Étonnés, nous nous taisons tous les deux. Je dois presque me pincer pour m'assurer que je ne rêve pas. J'ai plutôt le souvenir d'une femme soumise qui ne l'ouvre jamais. Et à voir la tronche du vieux, lui non plus n'a pas l'habitude qu'elle lui parle ainsi.

— Mireille, ne t'en mêle pas ! lance-t-il.

— Sinon quoi ? Qu'est-ce que tu vas faire ? Tu n'as pas le droit d'accuser ce garçon de tes propres fautes. Si tu ne l'avais pas si mal traité quand Ella nous l'a présenté, jamais elle ne serait partie. Et ça, sénateur, je ne suis pas près de te le pardonner. S'il lui arrive malheur, je te foutrai dehors sans le moindre état d'âme.

Eh bien, sous ses airs calmes, Mme Moreau a un sacré tempérament ! Remarquez, Ella m'avait prévenu, mais je n'avais pas voulu y croire.

— Tu me mettrais à la porte de chez moi ? En voilà une bien bonne !

— De chez toi ? C'est une plaisanterie, j'espère ! Dois-je te rappeler que le terrain vient de ma grand-mère et que c'est mon père, le plus gros entrepreneur de la ville, qui a construit cette villa pour moi ?

— C'était un cadeau de mariage ! proteste-t-il avec feu.

— Relis bien le contrat prénuptial que tu as signé et tu t'apercevras que tout est à moi ici. Toi, tu n'as apporté que ta grande gueule !

Bon sang… Je me sens super mal à l'aise d'être mêlé malgré moi à une scène de ménage. En même temps, quel plaisir de voir que ce vieux con a perdu un peu de sa superbe.

— J'ai tout supporté de toi, ton mauvais caractère et même les secrétaires que tu te tapes. Mais si je devais perdre ma fille, alors crois-moi, tu regretteras de ne pas avoir cassé ta pipe en même temps qu'elle. Je signerai ta mort sociale et je veillerai à ce que tu ne te relèves jamais.

Puis, se tournant vers moi, elle enchaîne :

— À nous deux, monsieur Leray. Vous permettez que je vous appelle Nathan ? Maintenant que ce malotru a enfin eu la bonne idée de se taire, nous pouvons discuter. Entrez.

Elle m'entraîne vers une véranda où elle me prie de m'installer sur un canapé en osier. Après m'avoir proposé une boisson que je refuse, elle s'assied en face de moi.

— Donc ? Quel est l'objet de votre visite ?

D'un coup, je me sens vachement intimidé. Mais j'inspire profondément et je me lance.

— Eh bien, j'aimerais pouvoir contacter Ella, mais je n'ai pas son nouveau numéro ni aucun moyen de la joindre. Je pensais que vous accepteriez peut-être de me donner ses coordonnées.

— Et pourquoi ferais-je ça ? C'est vous qui l'avez quittée, et pas de manière très élégante.

— Je sais, mais j'étais en colère et j'en ai voulu à Ella de ne pas avoir réagi, de ne pas être repartie avec moi.

— Je comprends, mais ça prouve que vous connaissez bien mal ma fille. Raphaëlla a une peur viscérale du conflit Tout ce qu'elle a toujours fait, c'était dans le but de nous plaire. Elle n'a jamais affronté son père ouvertement et elle s'est systématiquement pliée à tous ses desiderata. Jusqu'à ce soir-là… Après votre départ, elle a enfin pris son courage à deux mains et fait face à mon mari, affirmant qu'elle était prête à couper les ponts avec nous tous, juste pour pouvoir rester avec vous. Elle s'est montrée forte et intransigeante, même s'il lui a fallu du temps pour se réveiller. Mais enfin, ma fille est moins impulsive que sa jumelle, c'est un fait. Mika a hérité du caractère explosif de son père.

— Je n'ai appris que récemment qu'elle avait affronté son père ce soir-là. On m'a aussi rapporté qu'elle était actuellement en Syrie.

Son visage se fige à ces mots. Ce n'est plus l'épouse ou la femme qui se tient devant moi, mais une mère terriblement inquiète.

— Depuis que je suis au courant, je ne dors plus. Il faut qu'elle sache que je ne l'ai pas trahie, que tout ceci est un horrible malentendu et que je suis très amoureux d'elle.

Elle pousse un long soupir avant de répondre.

— Mais a-t-elle seulement envie de le savoir ?

— J'ose l'espérer.

— Ce n'est pas à moi d'en décider à sa place. S'il y a bien une leçon que j'ai retenue, c'est celle-là ! Accordez-moi un instant.

Elle se lève et se dirige vers un guéridon, où elle note quelque chose sur un post-it. Puis, elle revient vers moi et me le tend.

— Voici son adresse mail. Chaque dimanche, quand elle le peut, elle nous téléphone. Je vais chez Mika pour être présente au moment de son appel. Sans mon mari, croit-elle bon de préciser. Vous pouvez vous joindre à nous, mais seulement si ma fille vous le propose. Je refuse qu'elle nous raccroche au nez, juste parce qu'elle n'a pas envie de vous entendre. Comprenez-moi bien, Nathan, je n'ai aucune nouvelle depuis deux semaines et les précieuses minutes durant lesquelles je peux lui parler illuminent ma vie. Nous sommes d'accord ?

Je me lève avec un grand sourire reconnaissant aux lèvres et attrape sa main pour la remercier.

— Parfaitement, madame. Merci pour tout. Je vais lui envoyer des mails et j'attendrai qu'elle me réponde.

— Oui, faites donc ça. Mais n'imaginez pas recevoir un

message en retour tout de suite, parce qu'elle ne passe pas ses journées et ses soirées à buller derrière son ordinateur.

— D'accord. Voulez-vous que je vous tienne au courant si j'ai de ses nouvelles ?

— Bien volontiers. Voici mon numéro de portable, dit-elle en me tendant une carte de visite. Et une dernière chose… Si vous vous avisez de refaire du mal à Ella, de quelque manière que ce soit, je me chargerai personnellement de votre cas. Et croyez-moi, ce ne sera pas beau à voir. Est-ce que nous nous sommes compris, jeune homme ?

— Oui, madame Moreau. Mais faites-moi confiance, tout ce qui m'importe, c'est son bonheur.

— Il était bien temps que vous vous en rendiez compte. Enfin, mieux vaut tard que jamais, je suppose. Mais n'oubliez pas, je vous ai à l'œil !

Quand nous revenons dans le hall, je constate que son mari n'a pas bougé. Il a très probablement entendu notre conversation. Lorsque nous arrivons à son niveau, il ouvre la bouche, mais elle l'arrête immédiatement, le doigt levé.

— Ah, ne recommence pas ! Si tu as le malheur d'insulter encore une fois ce garçon, je lui donnerai non seulement l'autorisation, mais aussi ma bénédiction pour qu'il te casse la gueule, vieux schnock !

À ces mots, je ne peux m'empêcher de pouffer et d'échanger un regard complice avec cette femme, décidément très étonnante.

Le soir même, posté devant mon ordinateur, j'écris, j'efface, je recommence, jusqu'à me donner mal au crâne. Je n'avais pas mesuré à quel point ce serait compliqué.

J'ai tant à lui dire, mais je ne veux pas lui faire peur en lui balançant un roman.

— Joue la carte de la simplicité, lance mon frère, occupé à compléter mon dossier pour la fac.

Deux heures plus tard, je me résous enfin à appuyer sur le bouton « Envoyer ». Bon sang, ces quelques lignes ont été si difficiles à écrire que j'ai l'impression d'avoir passé trois jours à plancher dessus.

De : Nathan Leray
À : Raphaëlla Moreau
Date : 23/10/2016 22 h 30
Objet : Des nouvelles…

Ma chère Ella,

Je suppose que tu dois être étonnée de lire ce message. J'espère que tu vas bien, même si ça ne doit pas être facile là où tu te trouves. Je voudrais juste pouvoir correspondre avec toi, afin de t'expliquer certaines choses qui sont importantes pour moi, pour toi, pour nous j'espère…

J'attends de tes nouvelles avec impatience.

Nathan

De : Nathan Leray
À : Raphaëlla Moreau
Date : 26/10/2016 7 h 30
Objet : Tu ne réponds pas ?

Ma chère Ella,

Je t'en supplie, réponds-moi, ne serait-ce que pour

me dire que tu vas bien. Je ne mange plus et je ne dors plus depuis que je te sais en danger.
Mille baisers.
Nathan

De : Nathan Leray
À : Raphaëlla Moreau
Date : 30/10/2016 19 h 00
Objet : Juste un signe…

Mon Ella,
Je t'en supplie, juste un petit mot pour me rassurer. J'ai besoin de savoir que tu vas bien. Je pense à toi tout le temps.
Nathan

32

Ella

— Ella, grande nouvelle, le réseau est rétabli ! On va enfin pouvoir appeler nos familles.

Je souris, ravie, en me dépêchant d'ouvrir mon ordinateur portable pour consulter mes mails. Au cours du dernier mois, les bombardements se sont intensifiés, à tel point que quatre de mes collègues ont choisi de rentrer chez eux. Nous sommes encore huit en poste. Aujourd'hui, dimanche, j'assure la garde avec Karl, mon confrère canadien. Ici, il y a un joyeux melting-pot de diverses nationalités, avec autant de religions, ou pas, d'ailleurs. Je trouve ça extraordinairement enrichissant de découvrir d'autres cultures, d'autres visions de la vie, à travers nos discussions.

Mon responsable a proposé que je sois rapatriée en France, vu que je suis « une petite bleue » selon ses propres termes, mais j'ai fermement refusé. J'ai décidé de m'engager dans une mission humanitaire, j'irai jusqu'au bout. Et puis, tous ces gens ont besoin de nous, c'est une réalité. Sans parler du fait que je suis la seule, avec mon supérieur, à pouvoir effectuer des interventions chirurgicales. D'accord, les conditions dans lesquelles nous opérons et travaillons plus généralement sont épouvantables. Mais pour cette population désespérée, entre ça et rien du tout, le choix est vite fait.

Comme d'habitude, il y a de longs messages que ma sœur m'envoie quotidiennement. D'autres de ma mère et de mes frères. Et… merde alors ! Il y a au moins une dizaine de mails de Nathan. Mais qu'est-ce qu'il me veut ? Une heure plus tard, quand j'ai parcouru l'intégralité de ma correspondance et écrit à ma famille, je décide de lui répondre. Ce n'est pas simple, parce que depuis que j'ai lu ses courriels, toujours plus pressants, je suis complètement perturbée. Je vois bien qu'il est inquiet. Ce que je ne comprends pas, en revanche, c'est qu'il se réveille maintenant et qu'il ait l'air dans tous ses états. C'est vrai, il a foutu toute ma vie en l'air, il m'a brisé le cœur, et il revient comme ça, la fleur au fusil. Non mais je rêve !

De : Raphaëlla Moreau
À : Nathan Leray
Date : 06/11/2016 15 h 30
Objet : RE : Des nouvelles…
Bonjour, Nathan,
Je vais bien, te voilà rassuré. Maintenant, arrête de m'écrire, tu as certainement mieux à faire.
Raphaëlla.

Peu après, un patient réclame mon attention, si bien que je laisse mon ordinateur sur le bureau, le temps de vaquer à mes occupations. À mon retour, au moment où je m'apprête à téléphoner à ma sœur, quelle n'est pas ma surprise de découvrir qu'il a déjà répondu. Il guettait mon mail ou quoi ?

De : Nathan Leray
À : Raphaëlla Moreau
Date : 06/11/2016 15 h 33
Objet : RE : RE : Des nouvelles…
Ella, mon petit génie,
Me voilà effectivement rassuré, même si je sens une certaine colère dans ton message. Je l'ai sans doute mérité, parce que j'ai salement déconné. Je voudrais pouvoir te demander pardon et entendre ta voix. Tu crois que c'est possible ? Je t'embrasse fort.
Nathan

Quoi ? Il tient à s'excuser ? Première nouvelle ! Et qu'est-ce que ça changera pour moi ? Aucun regret, si touchant soit-il, ne pourra me rendre ma vie d'avant, et je ne suis même pas sûre d'en avoir envie de toute façon. Quant à entendre ma voix, il se moque de qui, au juste ?

De : Raphaëlla Moreau
À : Nathan Leray
Date : 06/11/2016 16 h 55
Objet : RE : Des nouvelles…
Nathan,
Je t'ai demandé de cesser de m'écrire. Tes excuses, tu peux te les coller sous le bras, je n'en veux pas. Tu arrives deux mois et demi trop tard. Maintenant, oublie-moi et va nettoyer la banquette arrière de ton Range. Elle doit être bien dégueulasse, à

l'image de ton comportement et de ta personne plus globalement. R

PS : Arrête de m'appeler comme ça, je te l'interdis ! Tu as perdu ce droit le jour où tu m'as lourdée pour une rousse maquillée comme une voiture volée.

Par curiosité, je n'éteins pas. Au bout de quelques minutes, une enveloppe clignote à l'écran. Il m'a répondu ? Décidément, il a des tendances masochistes que je ne connaissais pas.

Je persiste à lui répéter de me laisser tranquille, mais il ne se décourage pas et continue à me harceler avec la détermination d'un parfait psychopathe. Néanmoins, durant les deux heures qui suivent, nous échangeons. Il accepte mes piques et mes reproches sans broncher, et y répond avec humour, tout en admettant ouvertement qu'il a bel et bien merdé. Au final, lorsque j'éteins mon PC, je réalise que j'ai agi exactement comme il l'avait souhaité, dans la mesure où nous avons communiqué. Quand je me lève et que j'aperçois un sourire niais sur mon visage, je me fige. Oh non ! Surtout pas ça, surtout ne pas retomber dans son piège à deux balles.

Bien plus tard, au cours d'une pause, je profite de quelques instants de répit pour téléphoner à ma sœur. Elle décroche à la première sonnerie.

— Enfin ! J'ai failli mourir d'inquiétude !

— Désolée, mais le réseau est capricieux. On n'est pas à Paris et je ne fais pas ce que je veux, mais ce que je peux. C'est déjà une chance d'avoir une connexion aujourd'hui, avec tous ces bombardements.

Un petit silence s'installe, jusqu'à ce que je finisse par demander :

— C'est toi qui as donné mon adresse mail à Nathan ? Il faut que j'en aie le cœur net.

— Certainement pas ! C'est maman. Elle me l'a dit hier, quand elle m'a appelée pour me prévenir qu'elle ne pourrait pas être là aujourd'hui. Elle fulminait, parce que papa l'a informée à la dernière minute d'un gala de charité auquel elle doit assister, alors que c'était prévu depuis des lustres. J'ai l'impression qu'il y a de l'eau dans le gaz entre eux.

— Sérieusement ?

— Ouais ! Je crois que notre mère vient enfin de se réveiller.

— Mais quel rapport avec Nathan ?

— Disons qu'il s'est passé pas mal de trucs ici…

Durant les dix minutes qui suivent, elle m'explique qu'il l'a appelée et qu'elle lui a raccroché au nez, puis qu'elle a été forcée de l'interviewer sous peine de se faire virer. Elle me raconte leur entretien et aussi sa rencontre avec le frère de Nath, à propos duquel elle ne tarit pas d'éloges. Quand on la connaît, on ne peut pas s'empêcher de se poser des questions. Mes soupçons ne tardent d'ailleurs pas à se confirmer.

— Dis, Ella, tu crois au coup de foudre ? demande-t-elle soudain.

— Je n'en ai aucune idée, je suis loin d'être une experte dans le domaine. Un homme peut te plaire énormément dès la première rencontre, mais faut-il vraiment évoquer un coup de foudre ? Je l'ignore. Et puis, qu'est-ce que tu appelles un coup de foudre, pour commencer ?

— Eh bien, la totale, quoi ! Quand tu as l'impression que le ciel te tombe sur la tête, de te noyer dans ses yeux, de te liquéfier devant ses muscles, et que tu trembles comme une collégienne lorsqu'il te regarde.

— Ah carrément ! Mais, Mika, tu n'as jamais tremblé devant personne, pas même quand tu étais au collège. Je suppose que l'heureux élu est Yann Leray ?

Son silence vaut toutes les réponses du monde. En fait, j'ai compris depuis le moment où elle a prononcé son prénom avec une drôle de voix.

— Tu supposes bien, finit-elle par reconnaître.

Heureusement qu'elle ne me voit pas, parce que je n'ai pas pu retenir une grimace de contrariété.

— Mika, je ne suis pas sûre que ce soit une bonne idée.

— Pourquoi ? On a longuement discuté et j'ai le sentiment que cet homme est vraiment spécial, que je peux tout lui dire. J'ai conscience que Nath et toi, c'est compliqué, mais…

— Je ne faisais pas référence à ça, la coupé-je aussitôt. C'est très simple au contraire, Nathan et moi ne sommes plus ensemble, point barre.

— Ah ouais ? Ben, moi, j'ai l'impression qu'il ne voit pas vraiment les choses de la même manière. Il a reconnu avoir merdé et il veut à tout prix se rattraper.

— Et on peut savoir pourquoi ?

— Il paraît qu'il n'arrive pas à t'oublier. Je le tiens de Yann.

— Peu importe. Je te le répète, c'est une mauvaise idée. Le fameux Yann t'a-t-il expliqué où il a passé les sept dernières années ?

— Je… Non. Mais quelle importance ?

— Ça en a, si on considère qu'il a purgé une peine de prison pour homicide.

— Quoi ?

J'ai le sentiment que je viens de l'assommer à coups de massue. Je déteste ça, mais je tiens à ce qu'elle sache exactement où elle met les pieds. Ce serait malhonnête de ma part d'être au courant et de ne pas lui en parler.

— Calme-toi, ce n'est pas un tueur en série. Il s'agissait d'un accident. Mais enfin, il a quand même été condamné à douze ans et est en liberté conditionnelle actuellement. Voilà, tu es au courant de tout. Et je t'interdis de divulguer ce scoop dans la presse ou d'une quelconque manière. Cette conversation est entre toi et moi et doit rester entre toi et moi. Compris ?

— Bien sûr. Pour qui me prends-tu ? Pour une de ces charognes qui t'ont harcelée ? Tu es vexante, Ella, tu sais ça ?

— Désolée, je ne sais pas pourquoi j'ai dit ça. Excuse-moi.

— Tu te rends compte que tu aurais pu te servir de cette info pour te venger et ternir définitivement la réputation de ce crétin ? Après le coup de la sextape, cela aurait été de bonne guerre.

— Non, jamais je ne ferais une chose pareille. De toute façon, qui serait touché d'après toi ? Le seul qui en pâtirait, ce serait un pauvre gars qui a payé sa dette à la société et qui a passé ses plus belles années derrière les barreaux.

— T'es une vraie sage, ma Ella !

— Écoute, Mika, il faut que je te laisse. Je t'embrasse et j'essaierai de te rappeler la semaine prochaine.

— Tu n'as pas envie de téléphoner à Nathan plutôt ?

— Non.

— Très bien, comme tu veux. À dimanche, alors.

Je ne sais pas pourquoi, mais je flaire le traquenard aussi sûrement qu'un chat renifle une souris. La voix de ma sœur était carrément louche quand elle m'a dit au revoir et j'espère sincèrement qu'elle ne mijote pas un tour à sa façon.

33

Nathan

Fébrilement, je sonne à la porte de l'appartement, avec mon frère à mes côtés pour me soutenir. C'est comme ça depuis qu'il s'est installé chez moi. Je ne sais pas comment je me débrouillerais sans lui. Sa constance, sa tranquillité et son esprit d'à-propos me sont devenus indispensables. Ensemble, nous avons démarré les cours la semaine dernière et, pour l'instant, ça se déroule plutôt bien. J'en bave, parce que je n'ai plus l'habitude de faire travailler mes neurones autant que mes jambes, mais je m'en sors. Avec du mal, c'est sûr, mais mieux que ce que j'imaginais. La difficulté consiste à jongler entre les heures d'enseignement le soir, les entraînements et les matchs du PSG, ainsi que les jours passés à Clairefontaine dans le cadre de ma sélection en équipe de France.

Au début, en me rendant à l'université, j'étais mal à l'aise, persuadé que j'allais retrouver le cadre que je détestais tant au collège. Mais pas du tout. Les gens sont cool, personne ne juge personne, et les profs sont sympas.

Que demander de plus ? Rien, sauf qu'Ella me manque terriblement.

Elle n'a plus répondu à mes messages, même si je continue à lui écrire tous les jours. Je me dis qu'à un moment ou à un autre, elle finira par les lire. J'y raconte mes journées, mes petits soucis, ou des anecdotes sur tel ou tel joueur. Je lui parle aussi des livres que je lis. Ah oui, car je m'oblige également à bouquiner deux heures par jour, et ça me fait un bien fou. Bref, je prends ma vie en main pour que mon temps soit utilisé plus intelligemment qu'à traîner au Showcase.

Avec Yann, on y est allés samedi soir, mais malgré plusieurs propositions que je n'aurais pas refusées avant, je n'ai pas été tenté. Je n'ai pas baisé depuis plus de trois mois et ça commence à faire long, c'est moi qui vous le dis ! Mais je veux Ella et personne d'autre. J'aurais l'impression de la tromper si je passais à l'acte, ce qui est parfaitement con quand on sait que nous ne sommes plus ensemble officiellement. Seulement, si je désire une deuxième chance, je n'ai pas intérêt à merder.

Ce matin, après l'entraînement du dimanche, je suis revenu à l'appartement. Comme c'est trop souvent le cas en ce moment, j'en étais réduit à guetter mes mails, espérant qu'il y en aurait un d'elle, assis comme un con devant mon ordinateur, quand Mika m'a appelé. Paniqué, j'ai d'abord imaginé qu'il était arrivé quelque chose à Ella, mais pas du tout. Je crois qu'elle cherche à revoir Yann. Non, en fait, j'en suis sûr. De son côté, il semble la trouver à son goût, mais il est trop démoli par ses années de taule pour réussir à nouer une quelconque relation amoureuse, en tout cas pas pour l'instant.

Pour faire court, Mika m'a invité à passer chez elle pour

boire un café en fin d'après-midi, histoire d'être présent au moment où Ella la contactera. Et donc, me voilà !

Miss blondasse nous fait entrer et nous propose un rafraîchissement que nous acceptons volontiers. À nouveau, je remarque qu'elle est dans tous ses états en présence de Yann. Mais ce naze n'a pas l'air de se rendre compte de quoi que ce soit. Nous sommes en train de discuter de choses et d'autres, du moins surtout ces deux-là, quand le téléphone sonne.

— C'est elle, indique Mika après avoir vérifié sur l'écran. Je réponds et je te la passe après, OK ?

Je hoche la tête et attends tranquillement qu'elles aient fini de papoter. Puis, Mika me fait un signe et explique à sa sœur que quelqu'un souhaite lui parler. Ella pense certainement qu'il s'agit de leur mère. Enfin, je vais pouvoir entendre sa voix et m'assurer qu'elle va bien. C'est tout ce qui compte.

— Maman ?

Tiens, qu'est-ce que je vous disais ?

— C'est moi, Nathan.

J'ai soufflé ces mots avec émotion. Mes mains tremblent, mes yeux brûlent et j'ai du mal à respirer, tellement je suis troublé par le son de sa voix.

— Nat… Nathan ? Mais, mais…

— J'espère que tu n'es pas fâchée de m'entendre.

— Non, répond-elle après une infime hésitation. Au contraire. Je viens de répondre à tes messages, ils sont cool.

— Tant mieux si ça te fait plaisir. En tout cas, moi, ça me fait du bien de les écrire.

— Oh… Mais qu'attends-tu de moi au juste, Nathan ? Pourquoi m'avoir recontactée ?

Sa voix est soudain devenue plus froide et je sens toute la rancœur qu'elle éprouve encore à mon égard. Cette prise de conscience fait brusquement jaillir une sensation de panique intense en moi.

— Putain, Ella, je suis tellement désolé de tout ce que je t'ai fait ! je hoquète avant d'éclater en sanglots, sous les regards médusés de Mika et de Yann.

— Non, Nathan, ne pleure pas, ça ne sert à rien de te mettre dans un état pareil. Avec toutes les atrocités que je vois ici, je peux t'assurer que nos histoires sont insignifiantes comparées au malheur de ces gens.

— N'empêche que c'est moi qui t'ai poussée à partir, tu le sais. Et maintenant, j'ai l'impression de t'avoir perdue.

— Tu m'as perdue le soir où tu es monté à l'arrière de ton Range avec cette connasse rousse qui n'arrêtait pas de me narguer ! s'exclame-t-elle avec feu.

— Il ne s'est rien passé avec elle, rien du tout. Je l'ai virée dès que tu as tourné le dos. Il n'y a eu aucune femme depuis toi.

— Mais bien sûr…

— Je te jure que c'est vrai ! Si tu ne me crois pas, demande à Yann, il te le confirmera.

— Dans ce cas, pourquoi m'avoir laissé imaginer le contraire ?

— Pour me venger, parce que j'étais sûr que tu voulais me quitter pour faire plaisir à ton père. Parce que ta famille m'avait donné le sentiment de ne pas valoir plus qu'un chien galeux. Et parce que, dans le fond, j'avais la certitude que je ne te méritais pas.

— Seigneur ! Mais qu'est-ce que c'est que ce ramassis de conneries ? Nathan, je…

Soudain, une énorme détonation résonne dans le téléphone. Aussitôt, je bascule dans la panique la plus totale. Fou d'inquiétude, je deviens limite hystérique.

— Ella ! Ella, réponds-moi ! Qu'est-ce qui se passe ?

Après ce qui me semble une éternité, sa voix finit par retentir à nouveau.

— C'était une bombe. Notre lot quotidien ici.

— Mais dans quel enfer as-tu atterri ?

— Nathan, c'est un pays en guerre, à quoi tu t'attendais ?

— Raconte-moi.

Durant les dix minutes qui suivent, elle me décrit ses journées, les heures de boulot interminables, la chaleur, la fatigue, la faim et la soif. Puis, au moment où elle s'apprête à me parler de son travail en tant que tel, on l'appelle et elle est obligée de raccrocher.

— Il y a un truc que tu ignores, Nathan. T'inviter n'est pas totalement désintéressé de ma part, explique Mika lorsque je lui tends son téléphone.

— Comment ça ?

Je fronce les sourcils, ne comprenant pas où elle veut en venir. J'étais persuadé que ça avait un rapport avec Yann.

— La zone où se trouve Ella est devenue particulièrement dangereuse, ces derniers temps. Plusieurs membres de son équipe ont d'ailleurs déjà été rapatriés. Seulement, ma bourrique de frangine refuse obstinément de repartir et de laisser ses collègues, au moins aussi inconscients qu'elle entre parenthèses.

Mon sang se fige dans mes veines à ces mots, tandis que mon cœur se met à battre plus vite, beaucoup plus vite.

— Et alors ?

— Et alors, elle s'est enfuie à cause de toi, donc c'est à toi de la pousser à rentrer ! s'écrie-t-elle.

Son angoisse est palpable. Elle est morte de trouille et je dois dire que je ne suis pas dans un meilleur état.

— Démerde-toi comme tu veux, mais oblige-la à revenir. Si quelqu'un peut y parvenir, c'est bien toi !

— Pourquoi tu es tellement sûre qu'elle m'écoutera ?

— Parce qu'elle était folle de toi et qu'une telle passion ne disparaît pas du jour au lendemain. Je ne sais pas si tu partages ses sentiments et je m'en fous, dans le fond. Tout ce que j'attends de toi, c'est que tu la persuades de rentrer le plus vite possible.

— À titre d'information, et même si tu n'en as rien à faire, moi aussi, j'aime ta sœur.

— Dommage que tu t'en sois rendu compte trop tard. Tu nous aurais évité bien des emmerdements.

— Ouais, dommage. Parce que si tu es inquiète, imagine dans quel état je suis, moi, de réaliser que la femme de ma vie est plongée dans cet enfer et que c'est moi qui l'y ai envoyée par le chemin le plus court.

34

Quand le téléphone sonne, il est presque 3 heures du matin.

Merde, je venais juste de réussir à m'endormir !

Une semaine s'est écoulée depuis ma conversation avec Ella. Depuis, nous correspondons régulièrement par textos. Hélas, trop souvent, il n'y a pas de réseau et je me retrouve à attendre en me faisant un sang d'encre. Pour le moment, je n'ai pas encore évoqué son retour. Elle commence à peine à s'ouvrir, pas question de tout saboter et de la braquer en allant trop vite. Je ne suis pas complètement idiot, je sais bien qu'elle est toujours sur la défensive et qu'elle se méfie de moi. J'ai été trop loin le soir de notre rupture pour qu'elle pardonne aussi facilement. Il faudra du temps et, pour la première fois de ma vie, je vais devoir faire preuve de patience. Mais je suis prêt à tout pour qu'elle me fasse à nouveau confiance.

La sonnerie de mon iPhone s'arrête pour reprendre presque aussitôt. Pour qu'on cherche à me joindre à cette heure, il faut qu'il y ait une urgence. Lorsque je découvre qu'il s'agit de Mika, je décroche immédiatement.

— Mika ?

— Nathan ! Oh, Nathan !

Soudain, elle éclate en sanglots. Il se passe un truc grave.

— Quoi ? Mais parle, putain !

— L'hôpital a été bombardé. On n'a aucune nouvelle. Mes parents sont en route.

À ces mots, mon sang se glace, tandis que ma poitrine se met à brûler atrocement. Ce que je pouvais redouter de pire vient de se produire. Bordel de Dieu, s'il lui est arrivé quelque chose de grave sans que j'aie eu le temps de lui dire à quel point je l'aime, jamais je ne me le pardonnerai. Ma culpabilité atteint des sommets jamais égalés. Je m'en veux tellement ! Et ce n'est rien comparé à ce que je penserais de moi-même s'il lui arrivait quelque chose de dramatique. Or, je ne peux pas faire comme si cette possibilité n'était pas envisageable et ça me met dans un état épouvantable. Tendez-moi une corde pour que je me pende, ce sera plus facile et plus rapide.

— J'arrive !

À la hâte, j'enfile un jean et un pull ainsi que mes baskets, avant de réveiller mon frangin. Lorsqu'il voit ma tronche, Yann pige immédiatement que c'est la merde. En silence, il s'habille. Au moment où nous nous apprêtons à partir, j'essaie malgré tout de lui expliquer l'horreur de la situation.

— Ella… des bombes… là où elle est…

Récupérant mes clés, il me pousse devant lui.

— Je conduis, tu n'es pas en état.

Une vingtaine de minutes plus tard, nous nous retrouvons chez Mika. Fou d'inquiétude, je ne peux rien faire d'autre que marcher de long en large, tandis que Yann console la jumelle d'Ella qui s'est effondrée dans ses bras.

Une heure après notre arrivée, les parents débarquent. La mère est dans un état indescriptible. Quant au paternel, il téléphone un peu partout pour essayer d'en savoir plus. Son angoisse est tellement palpable que, pour la première fois depuis que je le connais, je le trouve presque sympathique. Le Georges Moreau qui se tient devant moi n'a rien en commun avec le type snob et prétentieux que j'ai rencontré la première fois. Non, c'est juste un père qui se fait un sang d'encre pour sa gamine.

— Je viens d'avoir le ministère des Affaires étrangères, nous informe-t-il après un énième coup de fil. Ils ont mis une cellule de crise en place. Ils m'appelleront dès qu'ils auront du neuf.

— Mais qu'est-ce qui s'est passé ?

Je ne reconnais même pas ma voix. Elle est rauque et complètement transformée par la peur qui m'habite. Je suis incapable de maîtriser les tremblements qui se sont emparés de moi.

— Lequel d'entre vous a été en contact avec elle en dernier ? s'enquiert-il, sans répondre à ma question.

— Je n'ai pas de nouvelles depuis son dernier appel de dimanche, indique Mika en me consultant du regard.

— Alors c'est moi, déclaré-je. Son dernier texto remonte à presque quarante-huit heures. Je ne me suis pas inquiété outre mesure, on sait tous que la connexion est souvent mauvaise, voire inexistante. Est-ce que vous savez ce qui s'est passé ?

Georges Moreau inspire profondément, avant de nous expliquer ce qu'il vient d'apprendre.

— La ville était bombardée depuis plusieurs jours, mais hier, un obus est tombé sur l'hôpital. Ils étaient encore une petite dizaine en poste, en dehors des locaux. Et bien évidemment, aucun d'eux ne voulait abandonner ces gens, fût-ce au détriment de leur propre vie. Il semblerait que Raphaëlla était en train d'opérer un blessé avec deux autres personnes juste avant l'explosion et qu'elle n'ait pas voulu quitter le bloc de fortune avant d'avoir terminé. Si elle l'avait laissé en plan, il serait probablement mort. Bref, pas besoin de vous faire un dessin, vous la connaissez.

Cinq de ses collègues ont pu être évacués juste avant. Mais les trois derniers, dont elle faisait partie, étaient encore à l'intérieur quand la détonation a retenti. Personne ne sait s'ils ont pu en réchapper.

Cette fille me tuera un jour ! On sait tous de quoi elle est capable et jusqu'où sa conscience professionnelle peut la pousser. À l'hôpital, déjà, elle ne comptait pas ses heures, parce que le bien-être de ses patients passait avant tout le reste.

À partir de 8 heures, l'info circule en boucle sur les chaînes d'actualité. Les photos des trois disparus sont affichées et, bien entendu, les médias établissent rapidement le lien entre Ella et moi. Mika est partie bosser et les parents se reposent dans sa chambre en attendant des nouvelles. Pour ma part, je suis allongé sur le lit de mon petit génie, prostré, submergé par l'angoisse et l'inquiétude. Yann a appelé le président du PSG ainsi que le responsable de l'équipe de France, afin de leur expliquer la situation. Mon coach a parfaitement compris et m'a dispensé pour le match du club qui a lieu vendredi prochain.

En même temps, je n'ai pour ainsi dire raté aucun entraînement et il n'y a pas plus assidu que moi. Pour le boss de l'équipe de France, en revanche, c'est un peu plus délicat parce qu'une préparation physique à Clairefontaine est prévue demain. Ce genre de défection de dernière minute vaut en général une exclusion définitive de la liste des sélectionnés, d'autant qu'une rencontre amicale contre la Suisse est programmée dans une dizaine de jours. Très logiquement, il prend donc assez mal les choses au début. Mais quand Yann lui expose longuement les faits, lui expliquant qu'Ella est portée disparue et que je suis fou d'inquiétude, il finit par accepter mon forfait, tout en me conservant la place au chaud.

De toute façon, ce n'est pas comme si on le baladait, puisque l'info est désormais publique et les journalistes évoquent systématiquement son lien avec moi. À ma demande, Mika la présente comme ma petite amie officielle, si bien qu'Ella est clairement reconnue comme la victime dans cette affaire de sextape — ce qu'elle était, d'ailleurs. Je sais bien que ce n'est pas la vérité, mais c'est à mon sens la seule façon de la protéger, de manière à ce qu'elle ne soit pas éclaboussée une deuxième fois par ce scandale. Dans la mesure où la presse s'est déchaînée sur elle, la faisant passer pour une salope, ils s'écrasent tous.

D'après Mme Moreau, avec qui je reste durant la matinée, Ella a été harcelée pendant plusieurs jours, au point de ne plus pouvoir sortir de chez elle. Pour se rendre à Lille, elle a été obligée de se coiffer d'une perruque et de se grimer. Bref, c'était l'enfer ! Ces mots ravivent la culpabilité que j'avais plus ou moins réussi à mettre en sourdine, ces derniers jours. Du coup, je lui raconte l'histoire de Dylan et lui explique ce qu'elle a fait pour ma famille, alors que nous n'étions plus en couple. Je crois qu'entendre cette anecdote lui fait autant de bien que j'éprouve de joie à l'évoquer.

Durant les quarante-huit heures suivantes, nous n'avons strictement aucune nouvelle. Plus le temps passe et plus nous redoutons le pire, qu'elle soit restée sous les décombres de l'hôpital ou qu'elle ait été kidnappée par les rebelles. Tout le monde est au courant de ce qui arrive aux Occidentaux qui sont capturés, et c'est encore plus horrible lorsqu'il s'agit d'une femme. Imaginer qu'elle puisse être victime de tortures ou de viols me rend malade à un point que je ne peux même pas décrire.

Pendant tout ce temps, j'ai l'impression horrible d'être au bout de ma vie. Je sais bien que de nombreux jeunes utilisent cette expression dès qu'ils ont un pet de travers, mais moi je le pense vraiment, au sens littéral du terme. L'unique personne qui me permet de garder la tête hors de l'eau, c'est mon frère. Ce mec est génial. Sa compassion et son calme m'aident à ne pas devenir fou, même si je vois bien que lui aussi est inquiet.

À l'aube du troisième jour, le téléphone sonne. Nous nous précipitons tous vers le salon comme un seul homme. Georges répond et écoute les paroles de son interlocuteur, l'air grave. Lorsqu'il raccroche, j'ignore si je dois sauter de joie ou me jeter dans le vide.

— Ils l'ont retrouvée, elle est en vie. Elle a pu quitter le dispensaire juste après l'explosion et a été cachée avec deux de ses collègues par des villageois dans une cave. Quand les rebelles sont arrivés, les locaux leur ont expliqué qu'il n'y avait plus personne, que les Occidentaux étaient partis. Dans la mesure où la plupart des médecins avaient déjà été évacués, et que tous servaient la même histoire au mot près, ils ne se sont pas méfiés, et heureusement pour nous. Ils sont tous sains et saufs, mais le bombardement a tué plus d'une trentaine de personnes.

— Pourquoi avoir mis si longtemps à nous prévenir ? s'insurge la mère d'Ella.

— Il a fallu attendre que les secours arrivent. Ils viennent tous d'être exfiltrés et sont en route vers la frontière turque. De là, ils seront rapatriés en avion. Ce soir, elle sera parmi nous.

Mon soulagement est tel que j'éclate en sanglots comme une gonzesse. En même temps, toute cette angoisse, tout ce stress sont en train de retomber et je suis à bout de forces. Finalement, Mika et Yann me ramènent dans la chambre, où je ne tarde pas à sombrer dans les bras de Morphée. Depuis près de trois jours, j'ai à peine dormi une heure ou deux par nuit. Mais là, pour la première fois depuis l'appel de Mika, je m'endors avec un sourire aux lèvres. Ces heures d'attente ont été éprouvantes, mais elles ont eu le mérite d'avoir remis beaucoup de choses en perspective. Aujourd'hui, pour être tout à fait honnête, la sélection en équipe de France, ma carrière, et même le foot, je n'en ai strictement rien à foutre ! Raphaëlla compte plus que tout. Et il aura fallu un événement qui aurait pu virer au drame pour que j'en prenne pleinement conscience.

35

Ella

Complètement hébétée, je regarde mes collègues qui laissent exploser leur joie, lorsqu'on nous apprend que nous sommes désormais en Turquie. De mon côté, je suis encore tellement choquée que je réalise à peine. J'ai eu si peur durant ces derniers jours que je suis complètement traumatisée.

Nous savions que la situation devenait de plus en plus périlleuse et nous avions donné notre accord, la mort dans l'âme, pour un transfert qui devait s'effectuer deux jours plus tard. Hélas, notre structure a été visée plus tôt que nous ne l'avions escompté. Et comme par hasard, pile au moment où j'opérais un blessé. Deux de mes confrères m'assistaient et nous avons refusé d'évacuer avant la fin de l'intervention. Nous ne pouvions quand même pas abandonner ce pauvre homme et le laisser crever comme un chien sur la table ! Nous étions en train de le recoudre lorsque les déflagrations du premier engin explosif ont brisé les vitres dans la pièce d'à côté. Le bruit de verre brisé était épouvantable ! Quand la seconde bombe a retenti, je me suis dit que je ne reverrais plus jamais la France. Là, je me suis mise à flipper comme une dingue. C'est terrible de penser qu'on va peut-être mourir... À l'extérieur, les bruits de mitraillettes se rapprochaient de plus en plus. Les autres membres de la mission étaient déjà partis se réfugier dans un village voisin en emmenant les patients que l'on pouvait déplacer, le tout dans un vieux bus rouillé. Nous n'étions donc plus que trois étrangers, en plus d'une dizaine de personnes originaires de la ville, qui avaient décidé de rester également.

Il y a eu des cris, des crissements de pneus, et je me suis imaginé le pire. Puis, comme par miracle, une femme est apparue. C'était la mère d'un des infirmiers. Elle avait été prévenue par son plus jeune fils. Elle nous a tendu nos sacs qui contenaient nos papiers, ainsi que des burkas. Nous les avons enfilées, même les hommes, puis elle nous a guidés à travers un dédale de couloirs qui menaient jusqu'à une sortie dérobée, à l'arrière du bâtiment. Je crois que les rebelles sont entrés pile au moment où nous sommes partis. Elle nous a ensuite emmenés chez elle, où nous avons été cachés dans un débarras, sans fenêtre, ni nourriture, ni eau.

Dès que nous entendions un bruit, nous avions pour ordre de nous dissimuler dans le vide sanitaire. Les rebelles ont fouillé les habitations à plusieurs reprises, mais ils n'ont pas imaginé qu'il pouvait y avoir une planque dans le sol. Son fils venait à la nuit tombée pour nous accompagner à des WC rudimentaires, et nous apporter à manger, même si cela se résumait à un quignon de pain ou quelques figues.

J'ai eu l'impression de devenir folle à mesure que les heures s'égrenaient et que nous restions coincés dans ces conditions terribles. Ne pas être seule m'a aidée à tenir, mais pas que… Durant tout ce temps, j'ai pensé à Nathan, au fait que notre histoire ne pouvait pas se terminer de cette façon et à tout ce que je voulais encore lui dire.

À l'aube du troisième jour, une voiture s'est arrêtée dans la cour. Là, j'ai vraiment cru que c'était la fin. Sauf qu'il s'agissait d'une délégation de l'ambassade de France en Turquie, chargée de nous rapatrier, maintenant que les rebelles avaient abandonné cette partie de la ville. Cela a été un vrai déchirement de laisser tous ces malheureux derrière moi, mais il n'y avait plus aucun moyen pour nous de rester. Nous leur avons proposé de venir avec nous, mais ils ont tous refusé. Ils n'imaginaient pas vivre ailleurs que dans leur pays, alors nous avons fini par nous résigner à partir sans eux. Durant plusieurs heures, le gros 4x4 a roulé à tombeau ouvert, escorté par des militaires russes. Nous sommes maintenant en Turquie, en route pour Adana, d'où un vol sanitaire nous ramènera en France. Alep est désormais derrière moi et je n'y retournerai probablement jamais. Mais cette expérience, aussi difficile qu'enrichissante, m'a profondément changée. Désormais, je sais ce que je veux et plus personne ne me dictera jamais ma conduite. En outre, quand on a vu la mort de si près, on savoure chaque seconde comme s'il s'agissait de la dernière.

Quatre heures plus tard, on nous débarque sur le tarmac d'un aérodrome. J'espérais que nous passerions la nuit dans une chambre d'hôtel, et que je pourrais enfin plonger mon corps crasseux et endolori dans un bain chaud. À mes yeux, cela constitue le luxe suprême après des semaines de douches froides et de toilettes sommaires. Hélas, il faut croire que patauger dans une baignoire n'est pas prévu au programme du jour et, au fond, ce n'est pas plus mal. Plus vite nous serons rentrés, plus vite je pourrai retrouver ceux que j'aime.

36

Nathan

Nous arrivons à l'aérodrome de Villacoublay peu avant 20 heures. Les journalistes et cameramen sont déjà sur place et nous mitraillent dès que nous nous garons. Yann conduit le Range Rover et Mika est assise à l'arrière, ayant choisi de faire le trajet en notre compagnie. Plus j'y pense et plus j'ai l'impression qu'elle en pince salement pour mon frère. Ce dernier se montre adorable, comme toujours, et je sais qu'ils se sont rapprochés ces jours-ci. Pour autant, il ne semble pas un instant en mode séduction, ce qui doit faire tout drôle à la blonde. Habituellement, les mecs rampent devant elle. Là, elle est tombée sur un os, et de taille. Il va falloir qu'elle rame pour espérer parvenir à ses fins et c'est loin d'être gagné.

C'est dingue quand même. Ce matin, on nous annonçait qu'Ella était vivante et elle rentre déjà ce soir. Je suis sur un petit nuage depuis qu'on m'a fait part de son retour. Pour l'occasion, j'ai fait l'effort de mettre un costume et une chemise blanche. À peine suis-je sorti de la voiture que les médias se ruent tous sur moi. Oh bordel ! Je vois d'ailleurs Mika tiquer, puisque je lui ai promis l'exclusivité d'un reportage sur moi, genre ma vie et le foot, à condition d'avoir un droit de regard sur son travail final.

— Nathan ! Qu'avez-vous à déclarer ?

— Nath ! Alors, c'est bien vrai ? Vous êtes ensemble ?

— Et cette histoire de sextape est désormais derrière vous ?

— Oh ! Mais fermez-la ! j'enrage immédiatement. Vous ne pouvez pas nous foutre la paix ?

— Est-ce que c'est sérieux entre vous ?

Excédé, je me tourne vers la journaliste qui vient de me poser les deux questions coup sur coup. Elle va prendre cher pour tous les autres, et tant pis si je suis filmé. Ils me font tous trop chier.

— Mais t'es un génie, toi ! Qu'est-ce que tu ne comprends pas quand je te dis de fermer ta gueule ?

— La France a le droit de savoir, proteste-t-elle.

— La France ou la feuille de chou pour laquelle tu bosses avec l'absolue certitude d'être le prochain Pulitzer ? C'est un moment important pour cette famille, pourquoi ne pas juste nous laisser tranquilles ?

— On a beaucoup parlé de Mlle Moreau, il y a quelque temps…

— Et on a raconté beaucoup de conneries ! Tous autant que vous êtes, vous avez détruit la réputation de cette femme qui était une victime dans cette histoire. À cause de vous, elle a perdu son job, elle a dû subir les regards et les insultes d'inconnus qu'elle croisait dans la rue. Mais vous êtes magiques, vous autres, parce que ça ne vous a jamais empêchés de dormir du sommeil du juste, pas vrai ?

Puis, sur ces paroles acerbes, je leur tourne le dos pour

m'engouffrer dans le bâtiment. Une fois à l'intérieur, Yann me tape sur l'épaule et murmure avec ironie :

— Bravo ! Maintenant, t'es sûr qu'ils ne te ficheront plus la paix. Cela dit, c'était bien envoyé.

— J'ajouterais même que c'est du grand art, enchérit Mika. Réussir à leur faire endosser la responsabilité de cette affaire de sextape, alors que nous savons tous les deux que ta propre implication est évidente, chapeau !

Je n'ai rien contre elle, mais il faut qu'elle arrête. Ses leçons de morale, j'en ai ma claque.

— Dis-moi, Mika, tu t'es sentie comment quand t'as appris qu'Enrique avait une femme et un gosse qui s'apprêtaient à débarquer à Paris ? Il paraît que tu t'es torché la gueule ce soir-là, et quelque chose de sévère. Dis-toi que j'étais exactement dans le même état. Tu sais aussi bien que moi que quand on a l'esprit embrumé par l'alcool, on prend de mauvaises décisions.

Elle rougit, lance un regard gêné en direction de mon frère, puis réplique avec agacement :

— Mais moi, je n'ai pas été jusqu'à nous filmer tous les deux en train de baiser.

— Moi non plus, je ne l'ai pas fait, tu as l'air de l'oublier un peu trop facilement. Oui, Chris m'avait indiqué qu'il serait dans les toilettes et que c'était le meilleur moyen de me venger. Une fois encore, j'étais complètement bourré, moi qui ne bois jamais. Alors quand je suis entré dans la pièce avec Ella, je te jure sur la tête de mon frangin que je ne me souvenais plus de cette conversation. Le problème, ce n'est pas qu'il ait filmé, mais qu'il ait publié cette vidéo. Et ça, crois-moi, je ne l'ai jamais autorisé.

— Bien, intervient mon frère pour pacifier les choses, on va s'arrêter là. Mika, Nath s'est montré con un soir, tu ne vas pas lui renvoyer cette erreur à la tronche à chaque occasion, ce serait injuste. S'il avait été sobre, jamais il n'aurait pris un tel risque, lui qui fuit la presse comme la peste. Alors, maintenant, il faut que tu passes à autre chose.

La mise au point de Yann a le mérite de la faire taire. Décidément, je l'aime, lui ! Il est trop fort à ce petit jeu. Il l'a toujours été, d'ailleurs.

Nous parvenons à proximité des parents d'Ella qui patientent à côté de personnalités du gouvernement. Face à moi se dresse un Georges Moreau qui n'a plus rien à voir avec le mec hagard et malade d'inquiétude pour sa môme. Là, je reconnais le type prétentieux au possible que j'ai rencontré la première fois. Sauf qu'aujourd'hui, il ne m'impressionne plus pour deux sous. Il n'a pas réussi à se débarrasser de moi et ce n'est pas près d'arriver. Entouré de journalistes, il raconte par le menu la libération de sa fille comme s'il y avait assisté. Je secoue la tête, blasé. À l'entendre, c'est lui qui a mené les négociations et qui est allé là-bas pour chercher sa chère gamine surdouée. Parce que oui, ça aussi, ce connard se sent obligé de le gueuler sur tous les toits. Un homme tenant un micro le stoppe abruptement dans son petit discours :

— Monsieur Moreau, on vous a souvent reproché vos prises de position jugées trop conservatrices. Que répondez-vous aujourd'hui à vos détracteurs ?

— Que l'avenir me donnera raison.

Mika soupire longuement et grogne à notre intention :

— Vous vous rendez compte ? Il est clairement opposé à toute forme d'avortement. Il prétend que c'est un meurtre. Dire que c'est mon père, je vous jure, j'ai tellement honte. Et je ne vous parle pas de ses autres convictions, toutes plus réacs les unes que les autres. À croire qu'il vit avec un siècle de retard.

— Si l'avortement est un meurtre, chuchoté-je, la branlette c'est quoi ?

— Un génocide ! lance Yann avec son humour habituel.

Cette réplique provoque un fou rire instantané chez tous les trois.

— Vous penserez à ça la prochaine fois que vous vous toucherez la nouille, souffle Mika en pouffant de plus belle. En attendant, si vous voulez vous foutre le bourdon, écoutez un de ses discours, je vous jure qu'au bout de dix minutes vous aurez envie de vous tirer une balle. La famille traditionnelle, le refus du mariage gay, la priorité aux Français de souche, et j'en passe. Alors, je vous jure que nous moquer de lui est extraordinairement jouissif pour moi qui dois le supporter depuis vingt-trois ans.

Nouvel accès d'hilarité. Oh bon sang, ça fait du bien, parce que nos oreilles saignent d'avoir entendu pareilles conneries ! Malheureusement, cela le fait immédiatement pivoter dans notre direction.

— Tiens, vous êtes là, vous ? me lance-t-il avec son arrogance coutumière.

Il s'oblige à sourire et me donne même une accolade, mais je sais que c'est uniquement à cause des caméras.

— Ouais, et vous feriez bien de vous y faire, parce que désormais je serai où Ella sera, je chuchote à son oreille, juste avant qu'il fasse un pas en arrière.

À aucun moment, je ne baisse la tête, et c'est lui qui détourne le regard en premier. Cela peut vous sembler puéril, mais c'est une petite victoire et, j'espère, la première d'une longue série. En tout cas, si j'avais supposé que cette tragique expérience le transformerait, je me suis gouré. Ce type est un requin aux dents si longues qu'elles rayent le parquet, certainement pas Oui-Oui et le crayon magique. Chassez le naturel et il revient au galop, n'est-ce pas ?

— Georges, si ta fille l'a choisi, tu n'as pas ton mot à dire. Je pensais que tu avais enfin compris, intervient Mireille à voix basse.

— C'est bon, ça va…, grogne-t-il, visiblement mécontent que sa femme ait pris mon parti.

Malheureusement pour lui, Mme Moreau m'a carrément à la bonne et je l'apprécie également, surtout quand elle claque le beignet à son abruti de mari.

Je n'ai pas le temps de la remercier, parce qu'une agitation soudaine annonce l'arrivée des rescapés. J'avance vers l'immense baie vitrée et je vois un petit avion qui vient de s'immobiliser sur le tarmac.

Lorsque la porte près du cockpit s'ouvre et qu'on approche un escalier sur roulettes, mon cœur bat tellement vite que je le sens cogner dans mes tempes. Les mains moites, j'attends de l'apercevoir. Alors seulement, je serai totalement rassuré.

Ella est la dernière à sortir de l'appareil, juste après ses deux collègues. Ceux-ci se précipitent vers leurs familles, tandis qu'elle se dirige vers nous d'un pas plus mesuré. Elle donne l'impression de ne pas avoir vu l'eau courante depuis des mois, tellement elle est crasseuse. Ne leur a-t-on pas au moins proposé une douche et des vêtements propres ? Toutefois, je dois aussi reconnaître que cela ne l'empêche pas d'être d'une beauté à couper le souffle.

Sa mère se jette sur elle pour la presser contre elle, imitée par son mari qui garde bien l'œil rivé sur les reporters qui les photographient ou les filment. Je secoue la tête avec une moue dégoûtée, tout comme Mika qui fusille son père du regard. Enfin une journaliste qui a un minimum d'éthique !

La voilà qui le vire d'ailleurs sans ménagement pour embrasser sa sœur et la serrer dans ses bras. Puis elle s'écarte, afin de me permettre d'approcher. Lorsqu'elle m'aperçoit, Ella rougit comme une gamine et je ne peux pas me retenir de rire.

— Viens là, petit génie.

Je l'attire vers moi pour l'enlacer. Deux choses me frappent alors, simultanément. La première, c'est qu'elle ne me repousse pas, bien au contraire. Elle niche son visage dans mon cou et passe ses mains autour de ma taille. Je flippais d'être envoyé sur les roses publiquement, je ne vous le cache pas. Ensuite, ce n'était pas juste une impression, il me semble que cette nana n'a pas vu l'ombre d'une douche depuis des siècles, tellement elle sent mauvais. Cela ne suffit pourtant pas à me décourager et je la serre encore plus contre moi. Quant au baiser de retrouvailles, il attendra. Il n'est pas question que je la galoche devant tout ce monde. Quand je commencerai, il y a fort à parier que je n'arriverai plus à m'arrêter. Alors, autant éviter d'être accusés d'exhibitionnisme, d'autant que notre passif ne plaide pas en notre faveur.

— Putain, je me suis fait un sang d'encre, râlé-je à son oreille.

Elle rit doucement.

— Moi aussi, j'ai eu peur, tu sais…, murmure-t-elle.

— Tu m'as manqué, Ella.

— Vraiment ?

— Oui, vraiment. Je ne peux pas vivre sans toi.

— Hé, les jeunes, cessez de roucouler ! s'exclame Georges avec une bonne humeur feinte. Ella, tu es demandée.

À regret — enfin, je crois et je l'espère —, elle se détache de moi et rejoint son paternel, qui l'enlace devant les caméras. Ben tiens, il doit être tout content de partager l'affiche avec elle. Non mais je vous jure !

— Ne cherche pas, grince Mika à mes côtés. Il ne

changera jamais. Tu piges sans doute mieux pourquoi je ne veux surtout pas devenir journaliste politique. Le sport, c'est un domaine où je ne risque pas d'avoir affaire à lui.

— Et tu fais particulièrement bien ton job.

— Comment ? Le grand Nathan Leray qui me fait un compliment ? Dieu existe, alors ! Je peux mourir tranquille !

Nous rions à nouveau, pendant qu'Ella est occupée à répondre aux questions d'un présentateur télé. Je ne comprends pas pourquoi ils ne lui fichent pas la paix. Ne remarquent-ils pas qu'elle est exténuée ?

— De quoi avez-vous envie maintenant ? demande le présentateur.

— D'un bon bain, j'en rêve depuis des mois. Et ensuite, d'être avec ma famille et ceux que j'aime.

— Nathan Leray en fait-il partie ?

Ben voyons ! Pourquoi ne suis-je pas étonné ? Heureusement que ce crétin a remis la question sur le tapis, des fois que les téléspectateurs auraient oublié. Dire qu'il est à la tête du journal du soir. Ella reste digne et calme, mais je sens que ça la gonfle prodigieusement et je compatis. Après une hésitation, elle finit par lui répondre :

— Absolument. Et maintenant, si vous le permettez, je suis très fatiguée. Je voudrais m'en aller.

Le type ne peut que s'incliner s'il ne tient pas à passer pour un malotru. Il hoche la tête en souriant et Ella pivote dans notre direction pour nous rejoindre.

— Faites-moi sortir d'ici, souffle-t-elle en se cramponnant à mon bras.

— On va faire ça, d'autant que tu as vraiment besoin de faire un brin de toilette. Tu schlingues, miss !

— Toujours aussi délicat.

— Eh, j'aurais pu te dire que ton odeur corporelle est très approchante de celle du balai de chiottes et que tu as une haleine de chacal. Tu vois, mauvaise langue, j'ai fait dans l'élégance.

— Mais bien sûr, grogne-t-elle en me suivant sous les flashs des photographes.

37

Ella

Plongée jusqu'au cou dans une eau délicieusement chaude et parfumée à la fleur d'oranger, je ne peux m'empêcher de gémir de bonheur. Mika a bien fait les choses, puisqu'un verre de vin est posé sur le rebord de la baignoire. Les yeux fermés, je ne boude pas mon plaisir. Après des semaines passées à transpirer sous un soleil de plomb, je dois dire que j'apprécie même le temps maussade. À mesure que je me détends, la fatigue me gagne. Entre les derniers jours là-bas, les horreurs que j'ai vues et les malheureux que j'ai rencontrés, je suis exténuée aussi bien physiquement que psychologiquement. Je pense que je ne me remettrai jamais vraiment de cette expérience. Paradoxalement, je m'en trouve enrichie, avec l'impression que plus jamais je ne me prendrai le chou pour des futilités, et que je sais désormais replacer chaque événement dans son contexte pour relativiser.

Un petit coup frappé à la porte me sort de ma léthargie.

— Oui ?

— C'est Nathan.

— Entre.

Pas besoin de jouer les pudiques, il m'a déjà vue nue un nombre incalculable de fois. L'air mal à l'aise, il s'avance et referme derrière lui.

— Écoute, je voulais te dire…

J'arque un sourcil ironique. Que ce soit bien clair, je n'ai aucune intention de lui faciliter les choses.

— Je… je… je suis désolé de la manière dont ça s'est terminé entre nous. Je n'avais pas compris que tu avais tenu tête à tes parents et… je ne sais pas… je me sentais rabaissé, genre j'étais assez bien pour qu'on baise ensemble, mais pas assez bien pour ta famille. Je sais que je ne suis pas très instruit, mais entre le savoir et se le faire balancer en pleine face, il y a un monde. J'ai été vexé par ton absence de réaction, mais cela ne m'autorisait pas à me montrer aussi cruel. J'ai été plus bas que tout, comme si je voulais confirmer les propos de ton paternel. Il m'a dit que j'étais un minable et j'ai agi comme un minable.

— Nathan…

— Ce qu'il faut que tu intègres, m'interrompt-il, c'est qu'il ne s'est strictement rien passé avec cette meuf. Pas même une galoche.

— Mais ce n'est pas ce que j'ai vu au club. Tu l'as embrassée sous mon nez ! Et c'était particulièrement douloureux.

— Je sais et j'en suis profondément désolé. C'était juste pour te faire souffrir autant que je souffrais. En tout cas, je te jure qu'il ne s'est rien passé après ton départ.

— Tu me l'as déjà précisé par mail et au téléphone.

— Ouais, mais j'avais besoin de te le dire en face. Tu comprends… je ne veux pas que tu me prennes pour un menteur. J'aimerais que tu me regardes à nouveau comme tu me regardais avant.

— Tout ça, c'est bien gentil, mais je suis dans mon bain, là. Tu aurais pu choisir un autre moment pour les explications, non ?

— Impossible, ils vont tous te sauter dessus dès que tu sortiras de cette pièce. Et je n'avais pas envie d'attendre pour…

Nathan hésite et rougit. Oui, vous avez bien lu, Monsieur Arrogant pique un fard. Enfin, j'ai compris depuis longtemps qu'il ne s'agissait que d'une façade. Au fond, il est resté le jeune garçon mal dans sa peau et bourré de complexes qu'il a été à une certaine époque.

— Pour quoi ?

— Pour te dire que je t'aime.

Face à mon regard interloqué, il s'approche et s'agenouille près de la baignoire. Puis, d'une main douce, il me caresse la joue.

— Ne fais pas cette tête, petit génie, tu as bien entendu. Je t'aime comme un dingue et je n'imagine pas ma vie sans toi. Alors, je t'en supplie, donne-moi une deuxième chance. Je te promets que je ne te décevrai pas.

Je soupire et détourne le regard.

— Ce n'est pas si simple.

— Si tu tiens autant à moi que je tiens à toi, ça l'est. Je te jure que ça l'est. Je regrette d'avoir été trop aveugle pour ne pas l'avoir vu avant, sinon je ne t'aurais jamais laissé partir.

— Là n'est pas la question, tenté-je de biaiser.

— Si, c'est exactement le propos. Est-ce que tu m'aimes ?

— Oui, Nath, je t'aime.

Un immense sourire illumine son visage, et je ne peux m'empêcher d'être attendrie. On dirait qu'il a un cintre dans la bouche, c'est adorable. Toutefois, je ne peux pas m'arrêter là, parce que les choses sont loin d'être aussi faciles qu'il semble le penser.

— Mais…

Ma voix est douce, mais contient une note de gravité qui le fait revenir immédiatement à la réalité.

— Mais quoi ?

— Mais j'ai peur. Je suis terrifiée à l'idée que tu me fasses du mal. Tu es sans doute le seul homme au monde qui ait ce pouvoir. Et la dernière fois que tu en as joué, ça a été horrible pour moi.

— Ella, à ce moment-là, je ne savais pas. Maintenant, je sais…

— Mais tu sais quoi au juste ?

— Je sais que tu es un véritable diamant, que tu mérites d'être traitée comme tel, et d'être choyée. Et je veux passer le reste de ma vie à te prouver que je suis digne de toi.

— Sur la banquette arrière de ton Range ?

Clairement, je l'ai mauvaise, autant qu'il en soit bien conscient.

— Si je te dis qu'il ne s'est rien passé ! Crois-moi !

— Et après ça ? Les jours et les semaines qui ont suivi ?

— Depuis que mon regard a croisé le tien, je n'ai pas couché avec une autre femme que toi, je te le jure sur la tête de mon frère.

Cette révélation me déstabilise. Je connais la bête et je sais que sa libido est assez phénoménale. Mais, en même temps, je lis une telle sincérité dans ses yeux que je n'arrive pas à douter de la véracité de ses propos.

— Ella, tu fais ressortir ce qu'il y a de meilleur en moi, tu me pousses à me dépasser comme personne ne l'avait jamais fait, tu as foi en moi, en mon potentiel. Je reprends des études, je veux m'améliorer, et j'adorerais qu'on réussisse tous les deux ensemble. Mais s'il n'y a rien à attendre de toi, il faut me l'annoncer maintenant. Parce que…

— Parce que quoi ?

— Mon coach a téléphoné hier. Il paraît que la Juventus de Turin cherche à m'approcher pour un éventuel rachat à la mi-saison.

À ces mots, je me sens pâlir.

— Ah bon ?

— J'ai toujours rêvé de jouer dans un club italien, tu le sais. Pour ma carrière, c'est une opportunité incroyable. Dans ces conditions, si tu t'en fous de ma tronche, dis-le-moi et je partirai. Mais si tu m'aimes et que tu n'as pas envie de me voir disparaître de ta vie, alors…

— Alors quoi ?

— Alors je refuserai leur proposition.

— Tu ferais ça ?

Je suis choquée à un point que vous n'imaginez même pas.

— Absolument. C'est une façon comme une autre de te prouver la sincérité de mes sentiments. Donc, la question est la suivante : est-ce que je pars ou est-ce que je reste ? Si je pars, tu n'entendras plus jamais parler de moi. Mais si je reste, alors j'ai bien peur que tu m'aies sur le dos pour les soixante prochaines années.

Je suis muette de stupéfaction, tandis que je prends la pleine mesure du sacrifice qu'il est prêt à s'imposer pour moi. Hélas, Nathan doit considérer mon silence comme un désaveu, car il se redresse pour se diriger vers la porte, la tête basse.

— Adieu, Ella, chuchote-t-il d'une voix tremblante, comme s'il allait se mettre à pleurer.

Certaines d'entre vous pourraient penser qu'un homme qui chiale est une chochotte, pas moi. En tout cas, surtout pas un mec tel que lui. Nathan Leray est un concentré de virilité et d'assurance, une grande gueule au grand cœur, en somme.

— Halte-là ! je m'exclame au moment où sa main se pose sur la poignée.

Il se fige, mais ne se retourne pas.

— Je n'ai pas donné ma réponse. Alors, la voici : tu restes ! Et je t'interdis de me quitter sous quelque prétexte que ce soit. Sinon, gare à tes fesses !

Avec un rire rauque, Nath pivote vers moi et revient sur ses pas. Puis, sans me laisser le temps de réagir, il me soulève pour me sortir de la baignoire.

— Viens ici, petit génie, murmure-t-il en pressant mon corps nu et trempé contre sa chemise et son pantalon de créateur.

Je ris, proteste vaguement, mais oublie tout dès que sa bouche entre en contact avec la mienne. Bon sang de bonsoir, qu'est-ce qu'il m'a manqué… Cette excitation intense, ce besoin de ne faire qu'un avec lui, j'ai l'impression que ça fait des siècles que je ne les ai pas ressentis. Parce qu'il nous faut bien respirer, je m'écarte et pointe l'index sur ses vêtements mouillés.

— Il vaudrait mieux que je m'essuie avant qu'on continue.

— Je m'en occupe.

Tout d'abord, il éponge ma tignasse à l'aide d'une serviette, avant de finir avec le sèche-cheveux. Puis il retire le drap de bain que j'avais attrapé pour me couvrir et le passe partout sur mon corps en commençant par mes bras et mes épaules. Molle comme une guimauve, je me laisse faire, profitant tout simplement de l'instant. Parvenus à ma poitrine, ses doigts frôlent la pointe de mes seins.

— Oups, pardon, je ne l'ai pas fait exprès, s'excuse-t-il avec une mauvaise foi hallucinante.

Ben voyons…

À son contact, mes mamelons durcissent aussitôt, avides de caresses après de trop longues semaines d'abstinence.

Nathan s'agenouille devant moi pour s'attaquer à la partie inférieure. Là, en une minute chrono, je suis à deux doigts de le supplier, tellement je suis excitée.

— Je suis désolé, chuchote-t-il. Je voulais qu'on prenne notre temps mais je n'y arrive pas, c'est trop dur. J'en ai trop envie.

Sans me laisser le temps de répondre, il enfouit son visage entre mes cuisses et entreprend de me dévorer. Instantanément, je suis traversée par une onde de plaisir qui me coupe le souffle. Quand sa langue entre en action, je gémis. Quand elle trace des cercles autour de mon clitoris, je l'implore. Et quand elle me pénètre, une fois qu'il a placé une de mes cuisses sur son épaule, je dois serrer les dents pour ne pas hurler. Inlassablement, il lèche, lape, titille, mordille et je ne peux faire autrement que de m'accrocher à ses cheveux pour presser son visage contre mon sexe, parce qu'il n'est jamais assez près. Lorsqu'il saisit ma chair entre ses lèvres, pour la sucer avidement, c'en est trop. Je craque, submergée par un orgasme de malade. Une main collée au mur, la seconde sur sa tête, je subis les assauts de sa langue avec délectation. C'est magique, tellement incroyable que je jouis à deux reprises, coup sur coup, ce qui ne m'était jamais arrivé. Nathan se redresse et essaie de s'écarter, mais je ne le laisse pas faire.

— Ella, il faut qu'on sorte d'ici, ils ne vont pas tarder à venir voir ce qui se passe.

— Je m'en fous. Je te préviens, si tu me laisses en plan comme ça, je te quitte.

— C'est un cas de force majeure, alors ? s'enquiert-il en haussant les sourcils, une lueur salace dans les yeux.

— Précisément.

Vif comme l'éclair, il me retourne, me pousse contre le carrelage et baisse son pantalon en même temps que son caleçon. Au moment où je sens son sexe contre la peau brûlante de mon entrejambe, je manque de basculer une troisième fois. Quand il me pénètre, d'un mouvement fluide et décidé, je suis au paradis. Après des mois de disette, je retrouve ce sentiment si extraordinaire, la certitude absolue d'être exactement à ma place, lorsque nous sommes si parfaitement emboîtés et que je ne sais plus où je commence et où il finit. Oui, faire l'amour avec cet homme est l'expérience la plus incroyable qu'il m'ait été donné de vivre, sans le moindre doute.

Dès qu'il se met à bouger, je calque mes déhanchements sur les siens. Il accélère en un clin d'œil, tout en se collant contre mon dos. Puis sa main droite se pose sur un de mes seins pour en taquiner la pointe et l'autre se glisse entre mes cuisses pour en faire autant avec mon clitoris. Je suis stimulée de partout, si bien que très vite je sens les prémices de l'orgasme me gagner à nouveau. Nathan semble sur le point de perdre tout contrôle, car ses mouvements deviennent encore plus rapides et ses gestes plus fébriles.

Afin de s'empêcher de gémir, il plante ses dents dans mon épaule, tandis que sa main plaquée contre ma bouche étouffe mes cris. Les seuls bruits que l'on entend sont nos respirations sifflantes et les claquements de son bassin contre mes fesses.

— C'est si bon ! chuchote-t-il à mon oreille. Putain, si tu savais comme je t'aime…

Ces mots me font définitivement craquer et je jouis à m'en faire exploser le cerveau, puissamment, follement.

Dès qu'il sent mon sexe se contracter autour de lui, il se lâche et étouffe son grognement dans mon cou.

Essoufflés, en nage, nous mettons une éternité à reprendre nos esprits. Encore profondément perturbée par la violence de ce que je viens de ressentir, je lui dis à voix basse :

— Moi aussi, je t'aime. Depuis un petit moment, d'ailleurs… En fait, je ne me rappelle même pas quand ça a commencé.

— On ne devrait pas trop traîner, ils doivent s'impatienter.

Comme pour corroborer ses dires, un coup résonne à la porte.

— Eh, les tourtereaux ! Mes lasagnes sont en train de cramer et je n'ai aucune envie de manger du charbon. Alors maintenant, vous arrêtez vos cochonneries, on vous attend ! râle Mika.

Riant comme des adolescents, nous nous rajustons rapidement avant de filer dans ma chambre. Il faut que je m'habille et Nathan doit se changer, vu l'état de ses vêtements. Avec étonnement, je constate qu'il y a de nombreuses fringues lui appartenant çà et là.

— Tu as déménagé ? je demande avec ironie.

— Très drôle ! Figure-toi que je suis resté ici entre le moment où tu as disparu et celui où on t'a retrouvée. Ça me faisait bizarre de dormir dans une chambre de fille, mais je n'imaginais pas être ailleurs. J'avais l'impression d'être plus proche de toi. C'est con à dire, mais j'en avais besoin.

Émue au-delà des mots, je finis de me vêtir d'un jean et d'un T-shirt blanc, avant de m'avancer pour me lover dans ses bras.

— Promets-moi que plus jamais tu n'iras dans un endroit aussi dangereux. Jure-moi que tu ne me quitteras jamais.

— Non, je n'y retournerai pas, même si je ne regrette

pas cette expérience un instant. Quand je suis partie, je fuyais simplement, parce que je ne savais plus où j'en étais et que je suis lâche de nature. Mais j'y ai trouvé bien plus que ce que je cherchais.

— Et qu'as-tu trouvé ?

— La sérénité, la découverte des vraies valeurs, comme l'entraide et la solidarité ou encore le don de soi, l'envie de faire le bien. Mais je me rends compte aujourd'hui que je n'ai plus besoin de me rendre à l'autre bout du monde et de me mettre en danger pour être dans cet état d'esprit.

— Alors, montre-moi, apprends-moi. J'évolue tous les jours dans un milieu complètement fou, déconnecté de la réalité, et absolument impitoyable. Je dois dire que ça commence à me fatiguer sérieusement. Est-ce que tu es d'accord pour me guider vers la sagesse ?

— Bien sûr, mais c'est une démarche très personnelle, et le chemin peut se révéler long et douloureux.

— Peu importe, nous avons toute la vie devant nous.

Épilogue

Un an et demi plus tard

Nathan revient vers moi en courant, un sourire radieux aux lèvres, plus heureux que s'il avait marqué un but en équipe de France.

— Je l'ai eu ! Je l'ai eu ! J'ai assuré comme une bête ! s'écrie-t-il en arrivant à mon niveau.

Je saute dans ses bras, ravie pour lui. Depuis mon retour d'Alep, il y a eu beaucoup de changements dans nos vies. D'abord, j'ai emménagé dans son appartement, si bien que Yann a dû se résoudre à déménager. Il a repris ma chambre pour devenir le colocataire de Mika.

Trois mois après nos retrouvailles, Nathan m'a épousée en petit comité, dans une chapelle de la région lilloise. Maintenant, une superbe alliance en or orne mon annulaire gauche, la même que celle qu'il arbore fièrement à son doigt. Je ne suis plus Raphaëlla Moreau, mais Raphaëlla Leray. Et je ne me lasse pas de mon nouveau nom. Grâce à la médiatisation de mon retour, j'ai trouvé un poste d'interne dans un service d'urgences sans difficulté. En fait, j'ai eu de nombreuses propositions, mais j'ai choisi l'endroit le moins prestigieux, le moins huppé, parce qu'il correspondait à mes valeurs.

Et chaque jour, Nathan et moi avons travaillé main dans la main, lui sur son DAEU et moi sur mon doctorat. J'ai soutenu ma thèse, que j'ai obtenue avec mention, il y a environ un mois. Et aujourd'hui, l'homme que j'aime vient de décrocher son diplôme.

— Mention très bien. Tu te rends compte ? C'est génial ! Dès que nous serons installés dans le Sud, je m'inscrirai à la filière sciences du sport de l'université de Nice.

— Je le savais. Je n'ai jamais douté de ton succès, mon amour.

Ah oui, j'ai oublié de vous dire que mon cher et tendre a conclu le transfert de l'année et rejoindra Monaco à partir de début août. Ce n'est pas aussi prestigieux que les propositions du Milan AC, de Barcelone ou d'Arsenal, mais il a tenu à prendre son temps et à choisir un club situé dans un endroit où nous pourrions trouver notre bonheur tous les deux. Et là, assurément, on a tout bon. Le soleil, la Méditerranée et un poste qui m'attend dès à présent dans un hôpital de Nice.

La seule ombre au tableau, c'est que Yann ne le suivra pas. Mon petit doigt me dit que ma sœur n'y est pas étrangère, mais elle reste étonnamment discrète sur leur relation. Il vient d'ailleurs de décrocher un emploi au centre de formation du PSG, où il s'occupera des jeunes, et je suis certaine qu'il fera des miracles. Cet homme a un véritable don pour les comprendre et se mettre à leur niveau, afin qu'ils apprennent à tirer le meilleur d'eux-mêmes.

Avec Nath, ils interviennent régulièrement dans des écoles, pour rappeler à ces gamins que leur avenir est ce qu'ils en feront. Bien sûr, l'élitisme est une réalité, dans une certaine mesure. La vie est beaucoup plus facile quand on a de l'argent et qu'on est issu d'un milieu social favorisé. L'égalité des chances à la maternité est une vaste escroquerie, parce qu'elle n'existe pas. Cela étant, ce n'est pas une fatalité de naître pauvre, et rien n'est impossible pour celui qui a la rage de vaincre et qui travaille sans relâche pour réussir. Voilà le message que mon mari et mon beau-frère essaient de faire passer à ces jeunes, afin de les motiver à ne pas se complaire dans leur malheur, mais à se battre chaque jour que Dieu fait pour s'extraire de leur condition et accomplir leurs rêves.

Main dans la main, nous nous éloignons du campus pour retourner chez nous. Voilà deux ans, j'ai rencontré un homme incroyable que je prenais pour un idiot, alors que j'avais tout faux. L'instruction est importante, bien sûr, mais elle est sans commune mesure avec l'intelligence du cœur. Et ça, Nathan en est pourvu bien plus que n'importe qui.

Grâce à lui, à sa patience à toute épreuve et à sa gentillesse, j'ai appris à m'ouvrir aux autres, à ne pas seulement voir la vie à travers les livres et, surtout, à faire mes choix en fonction de ce que je voulais réellement et pas de ce qu'on exigeait de moi. Nath Leray rend chaque jour unique et, même si je suis un petit génie, comme il se plaît à m'appeler, c'est lui qui m'a appris le bonheur.

Remerciements

Écrire les remerciements me semble souvent plus compliqué que d'imaginer une histoire. Je vais pourtant me livrer à l'exercice en tâchant de n'oublier personne.

En premier lieu, je voudrais dire merci à mon mari et à mes enfants. Ce sont des héros, vous pouvez me croire ! Ils font preuve d'une patience et d'une bienveillance infinies envers moi. Pardon pour les repas pris à pas d'heure, parce que j'étais plongée dans cette histoire. Désolée de ne pas vous avoir écoutés à certains moments, alors que vous me parliez. Désolée aussi de vous imposer ma passion de la romance qui envahit souvent vos vies.

Ensuite, un grand merci à ma copine Sophie Jomain. Sans toi, rien de tout ceci n'aurait été possible, ou en tout cas pas de cette façon. Tu sais de quoi je parle…

Merci à Karine L. et Sophie L. de m'avoir donné ma chance et d'avoir cru en moi. L'autoédition est une expérience formidable, mais elle a des limites dont je suis parfaitement consciente. Cela dit, si je n'avais pas été en confiance, notre collaboration n'aurait pas pu se faire.

Un merci tout particulier à Pauline B., mon éditrice pour la version poche. Ta patience et ta gentillesse sont juste incroyables, j'adore notre collaboration !

Toute ma reconnaissance à mes bêta-lectrices, et plus spécifiquement à Nathy qui a traqué les coquilles de ce roman.

Enfin, un immense merci à Typhaine, mon éditrice. Sans ta gentillesse et ta spontanéité, les choses auraient probablement été beaucoup plus ardues. J'espère que cette première collaboration marquera le début d'une longue série, parce que je trouve que notre complicité tant professionnelle qu'humaine est parfaite.

Pour finir, un immense *big-up* à vous, chères lectrices, qui me lisez depuis des années. Vous me suivez et me soutenez par vos messages et vos encouragements. Vous m'avez fait confiance quand personne ne misait un cent sur moi. Votre fidélité est ma plus belle récompense.

Composé et édité par HarperCollins France.

Achevé d'imprimer en août 2018.

BLACK PRINT

Barcelone

Dépôt légal : septembre 2018.

Pour limiter l'empreinte environnementale de ses livres, HarperCollins France s'engage à n'utiliser que du papier fabriqué à partir de bois provenant de forêts gérées durablement et de manière responsable.

Imprimé en Espagne.